GUARDIAN'S GUARDIAN

ガーディアンズ・ガーディアン

2

〜三書の秘密と失われた一族〜

河上 朔

Novel.Saku Kawakami

contents

Characters

ヒース

イースメリア王立
図書院に
所属する
知の聖騎士。

ヒエン

知の聖騎士で
ヒースの同僚

Guardian

ヒースラッド

ヒースのガーディアン。

Guardian

ヒエンディラ

ヒエンのガーディアン。

イルシオーネ

暁の書の主人。聖女。

Guardian

ランツァ

イルシオーネの近侍で、
暁の書のガーディアン。
聖神兵と呼ばれる。

Characters

Guardian

リリーメイ

ザクロより前から
エリカを守護している
ガーディアン。

Guardian

ザクロ

久遠の書の
ガーディアン。
“黒の牙”とも
呼ばれる。

エリカ

久遠の書の主人。
孤児。

サールヴァール

三書の謎を知り、
エリカが”おじじ”と慕う存在。

“黄昏”様

黄昏の書の主人。

シド

黄昏の書に
関わる存在。

ジダイ

シドを慕う少年。

illustration

田倉トヲル

Guardian's Guardian

落ちこぼれ聖騎士と黄昏の人々

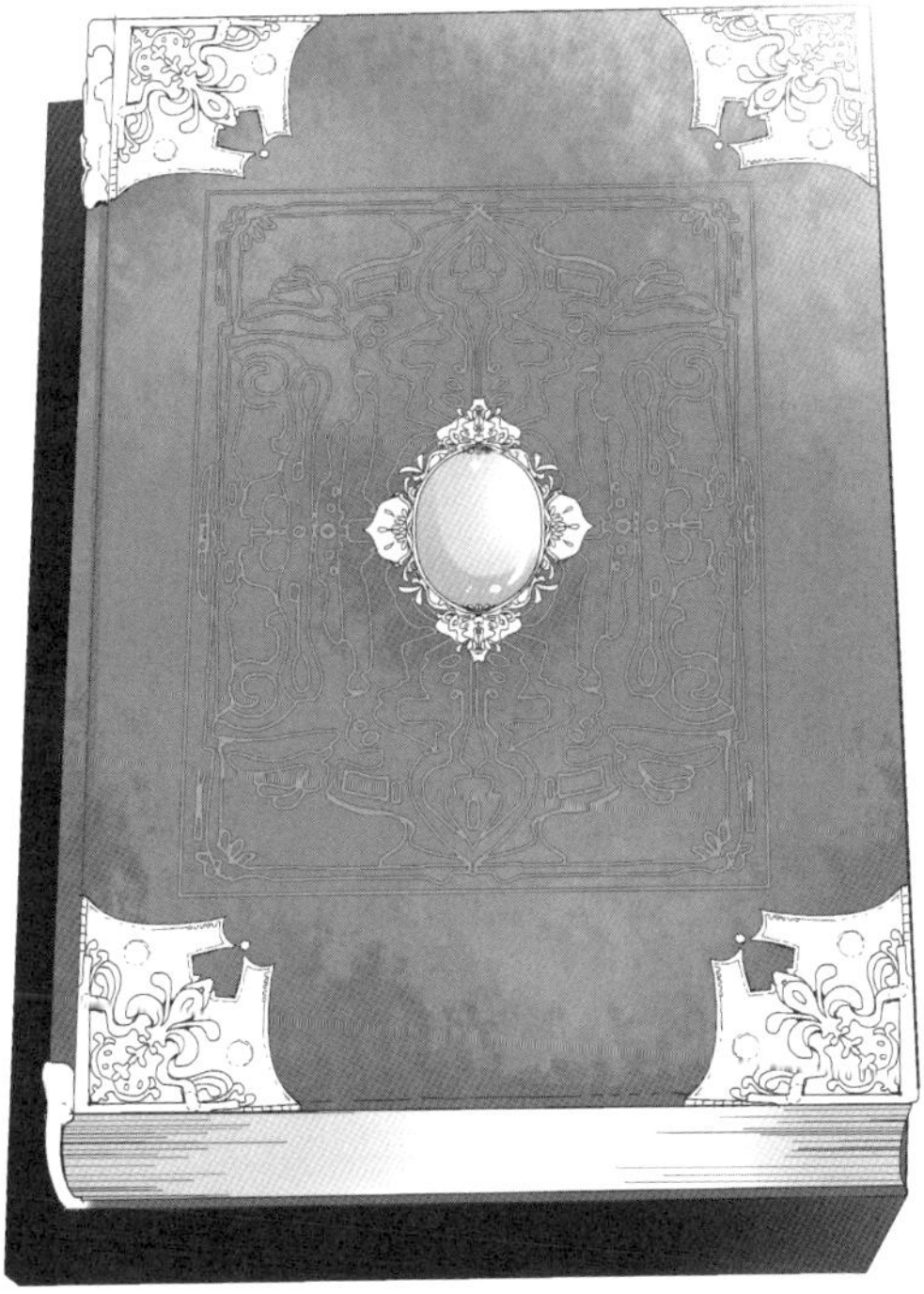

1

少女の膝上に伏《ふ》した黒髪の男は、固く目を閉じたままぴくりともしない。

表通りの方から聞こえてくる喧噪《けんそう》は華《はな》やかで楽しげで、ここととは別の、どこか遠い世界のことのようにヒースには感じられた。

暁《あかつき》の書の主人であるイルシオーネを襲ってきた集団は、ザクロが倒れると同時にこの場から立ち去ったらしい。狭《せま》い路地に溢《あふ》れんばかりだった殺気は跡形もなく消えている。

建物の濃い影に覆《おお》われた路地裏は、時が止まったかのように静まりかえっていた。

「……死ん、だ？」

呆然《ぼうぜん》とした呟きは誰のものだったのか。エリカの小さな肩が大きく揺れる。

イルシオーネを護衛する神官兵の一人がふらりとザクロの頭を抱《かか》える少女の元へと動いた。

が、

「退《ひ》け！」

まるでランツァの鋭い叫びに反応したかのように、かっとザクロの瞳が開かれるのをヒースは見た。

しなやかに身を起こしたエリカのガーディアンは、傍《かたわ》らに転がっていた剣を拾い上げるや、振り返り様、横凪《よこな》ぎにそれを振り払った。

わずかにでもランツァの声が遅れていたら、その神官兵の胴は真っ二つになっていたはずだ。腰を抜かして尻餅《しりもち》をついている兵のちょうど腹の辺り、隊服が横一線に裂けている。

エリカに寄り添うように地面に座り込んでいたイルシオーネはランツァによって引き離され、エリカとイルシオーネの背後にいたヒースは、ヒースラッドの力に守られるのと同時にヒエンの背にも庇《かば》われていた。

（生きてた）

その事実に安堵《あんど》しかけるが、次の瞬間、男の体が再び大きく傾《かし》いで片膝をついた。小さく悲鳴をあげるエリカを、それでもザクロの動きに反射的に剣を構える神官兵らから隠すように自身の背後に庇う。

地面に突き立てた剣を支えにする肩が大きく上下し、はっはっ、と短く吐き出される荒い息が男の不調を伝えている。

ヒースの位置からザクロの表情は見えないが、男を正面から見つめている神官兵らの青ざめた顔を見れば、自《おの》ずと想像がつく。

「皆、剣を下ろせ。ガーディアンは主人を守っているだけだ」

誰もが凍りついたようにその場に佇《たたず》む中、凛《りん》とした声が響いた。

「イルシオーネ様」

ランツァの背後にいたイルシオーネが、静かに歩み出た。近侍《きんじ》の咎《とが》めるような声を軽く手を挙げて制し、片膝をつくガーディアンに向かっていく。

ザクロは即座に地面に突き立てていた剣をイルシオーネへと向けた。途端、神官兵らの空気は一気に緊張し、再び彼らは剣を構える。

「ランツァ」

イルシオーネは、今度はただ近侍の名を呼んだ。それだけでランツァは主《あるじ》の意思を汲《く》んだらしい。小さな溜め息と共に部下に剣を下ろすよう指示した。

そのままザクロの向ける剣の切っ先がぎりぎり触れない距離に立ち、イルシオーネはヴェールをあげると、男を真正面から見つめた。

「ザクロ、私の兵を傷つけることは許さない。誰にも触れられたくなければお前の足で立て。私の館に部屋を用意しよう。エリカの安全を確保し、お前の身の回復に最大限の力を貸すことを、暁《あかつき》の書の主人の名の下に、偽《いつわ》りなく誓約《せいやく》する」

言うなり、イルシオーネは突きつけられていた剣先に己《おのれ》の左の掌《てのひら》を撫《な》でるように滑《すべ》らせた。

「イルシオーネ様！」

ザクロがいつ反応しても動けるようにと一番傍《そば》近くに立っていたランツァですら、それを止めることはできなかった。

「どうする」

しかし渦中《かちゅう》の聖女は眉《まゆ》ひとつ動かすことなく、剣先を滑らせた掌を荒い息をするガーディアンに向けて見せた。白く細い掌に、赤い筋がひとつ。すぐに滲《にじ》み、ぷっくりと赤い雫《しずく》になる。

沈黙はわずか。

膨《ふく》れあがった雫が流れ落ちる寸前、黒髪を揺らし顔を上げたザクロは、イルシオーネの掌に己《おのれ》の手《て》甲《こう》を乱暴に押しつけた。

革の手甲に赤黒い染みがつき、イルシオーネは右手の小指でその染みの上で二重の円を描くように指を動かした。二重の円は太陽を示し、これを己を示すものとして使用できるのは暁の聖女だけだ。

小指は約束の指とされ、血による誓約は最も拘束力《こうそくりょく》が強いとされている。

イルシオーネが指を離すと、ザクロは剣を収めて力任せにエリカを横抱きにした。

「先に行く」

「やめて、ザクロ。自分で歩ける。無茶しないで。おろして！」

「おとなしくしてろ。落とす」

余裕のない男の声が、エリカの口を噤《つぐ》ませた。

ザクロの顔色は既にどす黒いと言っていいほどで、眉間《みけん》には深く皺《しわ》が寄り、こめかみから滝のように汗が流れ、肩で息をしている。いくらエリカが痩《や》せっぽちで軽いとは言え、この状態で少女をしっかりと抱《かか》え上《あ》げていることが信じられない。視界が霞《かす》むのか何度か目を細めて瞬《しばた》いた後、不意に、男はヒースを見た。

ヒースが思わず首を竦《すく》めると、ザクロはその場から風のように消え去った。否《いな》、駆け去ったのだ。瞬《まば》きする程の間の出来事だった。

「今の、なに？」

「分からない」

ヒエンの怪訝《けげん》そうな声に咄嗟《とっさ》に首を横に振る。

嘘だった。

(『黄昏《たそがれ》を呼べ』)

意識を失う直前、ザクロはヒースにそう言った。

何故《なぜ》ヒースが〝黄昏〟と会ったことを知っているのか、〝黄昏〟を呼んでどうするつもりなのか。

落ちこぼれと言えど、ヒースとてイースメリアの王立図書院の知の聖騎士なのだ。おいそれとシテの者を久遠《くおん》の書に近づけるわけにはいかない。〝黄昏〟とザクロが呼ぶ男は、長年久遠の書を狙い、敵対し続けてきたシテ国の人間だった。

〝黄昏〟を呼ばなければならない理由があるのなら、まずはそれを聞かなければ。

赤黒い顔色をしていた男の姿を頭から追いやり自分にそう言い聞かせていると、イルシオーネに手を引っ張られる。

「行こう。人に騒がれる前にここを離れたい」

寺院までの護衛はヒースが請け負《うお》った。

路地を抜けイルシオーネのために用意されていた飾り気のない馬車にヒエンと共に乗り込むと、馬車はすぐに動き出した。

石畳《いしだたみ》の上を走る車輪の音が、やけに大きく響く。

「焚《た》きつけたのは私だが、ザクロが心配だ。書に繋《つな》がれた人間というのは、惨《むご》いものだな」

俯《うつむ》いたイルシオーネはヴェールの向こうで唇を噛みしめているようだった。

「あの状態で尚《なお》、生き長らえ、主人を守ることが優先される」

繋がれたヒースの手が、イルシオーネに強く握りしめられる。

「人間なら確実に即死してるからね」

手の痛みと、さらりと告げられたヒエンの言葉の意味を考えることを、ヒースは反射的にやめた。

ただ背筋をざわりと這《は》った予感に、心臓が嫌な音を立てるのを止めることはできなかった。


急ぎ帰り着いたソヴェリナ寺院では、突如《とつじょ》現れた久遠の書のガーディアンが神官兵らを蹴散らし聖女の館へ籠もったと、大変な騒ぎになっていた。怪我をしたらしい兵たちが他の兵らに運ばれ、綺麗に刈り込まれた植木が薙《な》ぎ倒され、渡り廊下に彫像が倒れて無残にその破片が散らばっているのも見た。

青ざめた様子の神官たちが右往左往するのを、神官兵らが宿舎や聖堂に戻りおとなしくしているよう促している。

「負傷者は十名を超えます。かの方は尋常《じんじょう》でないご様子で、イルシオーネ様の館へと向かわれました」

「久遠のガーディアンは、行く手を塞《ふさ》ぐ者は誰であれ容赦《ようしゃ》しませんでした。到底我々の手に負えるものではなく……。易々《やすやす》とイルシオーネ様の館への侵入を許しましたこと、深くお詫《わ》びいたします」

「大神官様方は皆、早々に避難されてご無事です。イルシオーネ様の身を案じておられました」

「イルシオーネ様の館に入られてから、動きはありません。久遠の書の主人と思《おぼ》しき方を抱えていらっしゃいましたので、お二人とも、館の中にいらっしゃるのではないかと思われます」

ランツァとイルシオーネの帰還を待っていたのだろう。次々と報告に訪れる神官兵たちの言葉を聞きながら、一行はソヴェリナ寺院の最奥《さいおう》に位置するイルシオーネの館を目指した。

前に見た時にはたったふたり見張りが居《い》ただけの聖女の敷地へと続く門前には、今は多くの神官兵が三重の列を作って並んでいた。

ランツァの指示で門は開けられたが、イルシオーネらが通り抜けると間を置かずに閉じられる。

唖然《あぜん》とするヒースに、手を繋いでいたイルシオーネは小さく肩を竦めて見せた。

「爺《じじい》どもがザクロに怯《おび》えて配置したんだろう。あんなもの、ザクロにはなんの意味もないだろうがね」

人の背の三倍もある高さの壁をも飛び越えてしまうガーディアンだ。門前にいくら人を配置しようとあの男をここに閉じ込めておくことなどできないだろう。

それまでの物々しく騒々しい雰囲気が嘘だったかのように、一面草地の広がる聖女の敷地の中は、ここを出た時と変わりない静寂に満ちていた。

しかし、聖女の館を囲う三重の壁を抜け昼なお薄暗い館へ入った途端、上階から低い呻《うめ》き声《ごえ》と強く壁を叩きつける音が響いてきた。小さく、少女の泣き声のような叫び声も聞こえる。

館へ入ったのはヒースにイルシオーネ、ランツァとヒエンだったが、わずかに視線を交わし合うと、無言で上階へ続く階段を駆け上った。

果たして、久遠の書のガーディアンは、暁の書が収められている聖室の前に倒れ、その床上でのたうち回っていた。

白目を剝《む》き、大きな体が激しく痙攣《けいれん》している。自らの首や胸元を鋭く掻きむしる手の爪先は赤黒く染まり皮膚《ひふ》には無残な線が幾筋《いくすじ》も這《は》い、乱れた黒髪の張りつくこめかみや首筋からは汗が滝のように吹き出ていた。噛みしめた唇から流れ出た血が口周りを汚し、喘《あえ》ぐように呼吸する口からは低い唸り声が漏れる。

「ザクロ！　開けて、お願いだからザクロ！」

聖室の扉にはザクロの剣で閂《かんぬき》がされ、扉の内側から激しく戸を叩き、絶叫するエリカの声が響いていた。

その壮絶な光景を前に体が硬直する。

「お気をつけください。正気を失っている」

先導していたランツァが、イルシオーネとヒースを背に庇うように立った。

「さすがはガーディアン、と言うべきなのかな。これじゃ死んだ方がマシだろうけど」

一番後ろをついてきたヒエンが皮肉混じりに漏らした一言に、ヒースはぞっとした。

歴史書や物語にわずかに書き留められた、憐《あわ》れで可哀想《かわいそう》な存在。人の愚《おろ》かしさを示した反省すべき過去。

そう学びながらも、遠い昔に姿を消した彼らは、ヒースにとって物語に登場する架空の人物のように現実味のない存在だった。

伝説と呼ばれるガーディアン〝黒の牙〟が「人」であると知らされても、他のガーディアンを圧倒する力におののき畏《おそ》れを抱《いだ》くばかりで、強大なガーディアンとしか思えなかった。

人を呪《じゅ》の力をもって書に繋ぐ。

その意味を、今、初めて理解する。

書に受けた傷をそのまま自らの肉体に負う彼らは書と運命を共にし、書が存在する限り生き続ける。

彼らは、人が即死するほどの傷を負っても死ぬことができない。

そうして、その状態であっても、定められた主人を守り続ける。

「ザクロ、お願い。ここを開けて。顔を見せて。ザクロ！」

どん、と両手で扉を打つ激しい音とエリカの叫び声にヒースは我に返った。

「エリカ、遅くなってごめん。戻ってきた――」

「下がって！」

同時に発された厳しい声に、え、と見上げようとした背中はもうそこには無かった。ヒエンの体が不自然に倒れたかと思うと、そのまま廊下の向こうに投げ飛ばされたのだ。ヒエンは長身で、鍛え上げられた肉体を持つ剣士である。それが、まるで子供が癇癪《かんしゃく》に任せて放った人形のように飛ばされた。

信じられない光景に目を剝くが、同時に、自分に真っ直《す》ぐ向かってきた大きな手がヒースの視界を奪っていた。

（死ぬ）

目を閉じることもできずにいたヒースのわずか手前で、ぴたりとその手は目に見えない壁に弾かれた。ヒースラッドの守護だった。

「黄昏は？」

肩で大きく息をしながら、ザクロは忌々《いまいま》しそうに見えない壁に手と額をつけて、青ざめるヒースを睨《ね》めつける。ヒースラッドの守護がなければ、今にも喉笛を食い千切られそうだ。

「ま、まだ」

だん、とザクロは拳《こぶし》を宙に叩きつけた。ヒースラッドの作る檻《おり》の中にその音も振動も伝わってはこないはずだが、ヒースは全身をびくりと震わせた。

「いいか、もう一度言う。今すぐ、黄昏を、呼んでこい」

一言一言、荒い呼吸と共に噛みしめるように告げられる言葉は、恐怖のあまりヒースの中で意味を為《な》さない。だが、

「お前が黄昏を呼んでこないなら、エリカは殺されるぞ」

ヒースは瞬き、射殺すような瞳でこちらを見下ろすガーディアンを見つめた。

「エリカが殺されるって、どういうこと」

「今すぐここから出ていけ。でなければ」

ヒースの問いには答えず、ザクロは肩越しに自身の背後を示した。薄暗い廊下の向こう、ザクロに投げ飛ばされたヒエンが無表情で起き上がるのが見える。

「あの男を殺す」

(なんで)

なんの脈絡もない。

しかし、ザクロの長い黒髪が翻《ひるがえ》るのを見るや、ヒースは呪縛《じゅばく》から解かれたように駆け出した。目の前の男が、人ひとり殺すことに欠片《かけら》も躊躇《ためら》わないことはもう知っていた。

ザクロを追い越し、立ち上がったヒエンの手に飛びつく。

「黄昏を呼んできたらあなたは助かるのね？　すぐ行くから、だから、エリカのことを教えて」

「分かった。そいつは殺す」

「どうしてそうなるのよ！」

ヒースはざっと青ざめその場から駆け出した。

「ヒース？　一体今のはどういう意味だ。ヒース！」

今上って来たばかりの階段を駆け下りるヒースとヒエンの後ろをイルシオーネの戸惑った声が追いかけてくるが、それに答える余裕はない。

「急げ」

ガーディアンの声から一歩でも遠くへ逃《のが》れなければと、ヒースは必死で今来た道を駆け戻った。

「ヒースラッド、あいつ追いかけてきてる？　私のこと見てる？」

聖女の敷地を抜け、広い寺院の半《なか》ばほどまで駆けたところで息が切れ、太い柱が林のように並ぶ広間で立ち止まる。

騒ぎがあったせいか辺りに人気《ひとけ》はなく、ヒースがはあはあと肩で呼吸する音だけがやけに響いた。

「落ち着け」

ヒースラッドは頭上にふわりとその姿を現した。

腕組みしてヒースを見下ろす右目の琥珀色《こはくいろ》。いつもと変わらない無表情に、どれほど安心するか。

「ここに来て」

ヒースが見上げる位置に浮かんでいるガーディアンを、自分の目線に呼び寄せる。わずかに怪訝《けげん》な顔をしながらも、ヒースラッドはヒースの前に降りてきてくれた。彼が纏《まと》う灰色の上衣《うわぎ》が地に着くほどになれば、ちょうどヒースの頭はヒースラッドの胸元にくる。

姿形がどれほどはっきりと見えていても、書から現れたガーディアンにヒースたちが触れることはできない。

ただ、ガーディアンに触れられると、日を浴びた書が熱を帯びた時のような、そんなやわらかなぬくもりを感じる。

柱に向かい立っていたヒースは、だから額をそこに押しつけた。ふわりとした独特のぬくもりの向こうに、冷たい石の感触がする。

「助けてくれてありがとう」

「それが我々の役目だ」

当たり前のように返された答えが、今は苦く胸に響いた。

ザクロは人の身を持つガーディアンだ。書を手にかけ、他のガーディアンを消してしまうことができる。ヒースラッドが、これまでザクロを刺激せぬように注意を払ってきたのも知っている。

それでもヒースの危険が身に迫《せま》れば先ほどのように必ず守護の力を発する。

きっとヒースラッドも、己が消え去るような場面であっても最後までヒースを守護するのだろう。

それが、ガーディアンの役目だから。

「……ヒースラッドも、書が傷ついたらあんな風に苦しむの」

「あれと我々は違うものだ。書の損傷が激しければ消える。そうでなければ、リリーメイのようになにかを失うくらいだろう。痛みも、苦しみも、人の子のように感じることはない」

「そう」

よかった、と口には出せなかったが、心のどこかで安堵の気持ちがわくのを、ヒースはひどい気持ちで受け止めた。

苦しみ喘ぎながら、エリカをここまで連れ帰り、聖室に閉じ込めたザクロの姿がぐるぐると脳裏をまわっている。

「ひどい呪だね」

怖い、とヒースは思った。

ザクロの殺気も恐ろしかったが、人であるガーディアンがどのようなものか、まったく理解していなかった自分の想像力のなさも恐ろしかった。

「お前が気に病むことではない。それよりも、今はすべきことがあるだろう」

「ねえ、普通それって僕の役目なんじゃないの」

不意に背後に強く手を引かれたかと思うと、不機嫌を顔中に書き散らしたヒエンがヒースの顔を覗き込んでいた。

完全に存在を忘れていた。

「そんな普通、知らないけど」

きらきらしい顔が近づいてくるので後退《あとず》さろうとしたが、すぐに背後の柱に阻《はば》まれる。すると当然のようにヒエンは歩を詰めてくる。

「ここに、君が片時も手を離そうとしない僕がいるのに？　その手を離さないまま目の前で他の男に慰《なぐさ》めを求めるなんて、君は本当にどうかしてるよ。こんな侮辱《ぶじょく》を受けたのは初めてだ」

ヒエンはわざとらしく目を細め、未《いま》だ繋がれている自身の左手とヒースの右手を掲げて見せた。

心の底から信頼する己のガーディアンと、心底胡散臭《うさんくさ》い男。比べるべくもない。しかしそれを正直に口に出せばもっと面倒になることもさすがに分かった。

「これは、ザクロがあなたのことを殺すって言ったからでしょ」

できることなら今すぐ振りほどいてやりたいが、ここはまだ寺院内で、いつザクロが追ってくるとも限らない。ヒースラッドの檻は、彼にこそ必要だと思われた。

「僕が簡単にあいつにやられると思ってるんだ」

「さっき簡単に投げ飛ばされたでしょ」

ヒエンに即座に言い返したヒースだったが、自分の言葉にはっと目を見開いた。

「……そうよ、体！　体、大丈夫なの？　床に叩きつけられてたじゃない。どこか痛めたりしてない？」

とにかくあの場所から逃げ出すことに夢中で、怪我の有無も確認せずに引っ張って来てしまったことに今更気づいた。ついでにそれが、ヒースをザクロから守ろうとした結果だということも。

ヒースラッドの守護によって外界の音は限りなく遮断《しゃだん》されていたが、ヒエンが叩きつけられた際の鈍い音は伝わってきた。相当な勢いで投げられたに違いない。

頭から爪先《つまさき》までを青ざめて確かめようとするヒースに、ヒエンは毒気を抜かれたような顔をして、ヒースに対して詰めていた距離をわずかに開けた。

「受け身をとっていたから大丈夫だよ。無様な姿を見せたのは不本意だけど、君が無事でよかった」

こちらを安心させるように白い歯を見せて笑う姿は完璧《かんぺき》で、本来ならば頬を赤らめる場面なんだろうと、ヒースはぞわぞわする背を柱に押しつけながら思った。

「こ、こちらこそ、いつも庇ってくれてありがとう」

ヒエンほど完璧ではないにしろ、笑顔で言えたと思ったのだが失敗したらしい。

「君って本当に分からないな。あそこで身の危険も省《かえり》みずに僕の手を取ってくれたのは、僕のことを心配してくれたからだよね。それって少なからず僕のことを想ってるってことだと思うんだけど」

……これだからいつまで経《た》っても素直に感謝の気持ちがわいてこないのだ。

「ヒエンだって目の前で誰かが襲われていたら助けるでしょ。あなたは同じ任務を授かる同僚。想うも想わないもないわ」

ヒースラッドの守護があることを知っているはずなのに、この男は危険が迫ると必ずヒースを守ろうと動く。それは、ヒエンの剣士としての反射だと思うのだ。

若干《じゃっかん》青ざめながらも即答するヒースに、男はゆるりと目を細めた。

「僕が君を助けるのは、君に僕を好きになって欲しいからだよ」

絶句。

「それに、君が僕のことを同僚だと思ってるなんて信じられないな」

明らかに含みを持たせた微笑《ほほえ》みに、ヒースはわずかに逃げ腰になる。それを逃すまいと強くヒースを引き寄せると、じゃあ行こうか、とヒエンはにこやかに歩き始めた。

「え、ど、どこに」

「やだな。〝黄昏〟のところに決まってるでしょ。ザクロの命《めい》に逆らうわけにはいかないし、せっかくヒースが守ってくれたのに、ここで殺されるなんて僕はごめんだ」

動揺して足を踏ん張ったヒースだが、ヒエンの力の前には無意味だった。ヒースの手首を無造作に摑み、正門へ向かってぐいぐい進んでいく。

途中数人の神官兵や神官と擦《す》れ違《ちが》ったが、皆、明らかに無理やり引っ張られているヒースと満面の笑みを浮かべるヒエンを見ては、視線を逸《そ》らして足早に去っていった。

そうして寺院を抜け、下界へと向かう長い階段の中腹まで下りた頃、さらりと金の髪を揺らしてヒエンはヒースを振り返った。

これ以上ないほど綺麗な顔をして笑う男に、背筋がひやりとする。

「それで？　いつの間に〝黄昏〟を呼び出せるくらい仲良くなったの？　ヒース、君は同僚であり同じ任務を授かる相棒である僕に、なにか話すことがあるんじゃないのかな」

ヒースはやっと、男の機嫌がかなり悪いらしいということに気づいた。

◆

この街に来るなり立て続けに起きたできごとに紛《まぎ》れて、すっかり〝黄昏〟の報告を忘れていたヒースだ。

ザクロが現れたその日、王立図書院の近くで既に一度接触があったこと。その時は目覚めたザクロと、新たに久遠の書の主人となったエリカへの挨拶が目的だったようだが、この街に入った時点での接触は、ヒースと会うのを目的としていたこと。ヒースのことを〝善き友〟、〝書の友人〟などと呼んで危害を加えるつもりがないことや、口利き役として、エリカへの取り次ぎを頼まれたこと。

気が変わったら、いつでも自分の名を呼ぶように言われたこと。

「声を覚えた？　気持ち悪い男だな。もしかしてずっと君の跡をつけてまわってるんじゃないの？　大体、気が変わったらってどういう意味？」

いつもと違い、怒っているような空気を纏うヒエンの様子に若干怯えつつ、覚えている限りのことをヒースが話し終えると、男は片眉をぴくりと上げてわざとらしく辺りを見回した。

ソヴェリナ寺院を出て、岩山を歩いて下りている最中だった。もちろん、周囲はごつごつとした岩肌と木々に覆われた山道が続くばかりで、ヒースたちの他に人の気配などない。

「……どうして自分たちが久遠の書を狙うのか、本当の理由を知りたくはないかって」

「聞いたら教えてくれるって？　それで簡単にこっちが納得できる理由があるなら、久遠の書を巡《めぐ》る争いが何百年と続いてるはずがないよね。いつも問答無用で攻めてきて、今まで一度だってそんなこと言ってきたことないのに。君、舐められてるんだよ。嫌な男だな」

ヒエンは心底馬鹿にしたように鼻で笑ったが、〝黄昏〟の申し出にわずかにでも心が揺れたヒースである。思わず視線を彷徨《さまよ》わせた。

それに、〝黄昏〟が自分に一体なんの用だと怯えはしたが、彼を嫌な男だとは思わなかった。

ヒースラッドが彼を一度も警戒しなかったことも大きい。

「ザクロが望んでいるからって、〝黄昏〟と接触することが私に許されると思う？ 一体なにをするつもりなのか全然分からないのに、そんな勝手なことできないでしょう？ でも、〝黄昏〟を連れて行かないとエリカが殺されるって。誰に？ どうしてそんなことになるの？ 大体、どうしてザクロはすぐに殺すって言うの。だから〝黒の牙〟なんて物騒な呼ばれ方されるのよ。力になりたくても、あんな風にされたらまともに話なんてできないじゃない」

胸に渦巻《うずま》く気持ちを口に出せば出すほど、自分がどうすればいいのか分からなくなる。

「ヒース、ひとつずつ落ち着いて考えたらいいんだよ。通常、ガーディアンが傷ついたらどうする？」

青ざめるヒースを宥《なだ》めるように問うたヒエンの声は、思いの外やわらかなものだった。

「書を修繕《しゅうぜん》するわ」

頁《ページ》が破れたり、表紙に焼け焦《こ》げができたり。その都度、ガーディアンは弱り、怪我を負ったような見た目になる。エリカのもうひとりのガーディアンであるリリーメイが顔を持たないのは、書の損傷が激しいためだ。エリカは同じ書を探し出して、リリーメイのために修繕したいと願っている。

王立図書院には専門の修繕師がおり、知の聖騎士らが所持する書や巻物が、常に損傷のない状態で保たれているよう注意を払っている。

「それならザクロだって同じはずだ。彼は人だけど、ガーディアンなんだから。そもそも彼が負傷したのはエリカを通して久遠の書が傷ついたからでしょ。ザクロを治すためには、久遠の書の修繕が必要になるってことだよね」

だが久遠の書は主人であるエリカを器として、表には出てこない。

そこまで考えて、はっとヒースは顔を上げた。

「〝黄昏〟なら、久遠の書をエリカから取り出すことができるっていうこと？」

「もしくは、今の状態のまま書を修繕することができるのかもしれない」

そんなことが可能なのだろうか。けれど、あの状態のザクロが〝黄昏〟を求めたのだ。

「……ヒエンには、エリカが殺されるかもしれない理由が分かる？」

硬い表情で問うたヒースをわずかに見つめ、男は小さく首を傾げた。

「いや、僕にはよく分からないけど。もしかしたら僕を殺すって言ったみたいに、君を動かすための単なる脅しかもしれないよ。そんなに気にしなくてもいいんじゃないかな」

嘘をついている。

労《いた》わりを見せる男の顔を見て、わけもなくヒースは思ったが、ヒエンはそれ以上なにも言う気はなさそうだった。

確かに脅しと考えられなくもない。ヒエンに関しては確実にそうだったと言える。

けれど、エリカのことを告げたザクロは、ただそのことを知っているような口調に感じられたのだ。

エリカの命にかかわることだ。絶対に間違えたくはない。

「……弱ったザクロに〝黄昏〟を会わせたりして本当に大丈夫だと思う？　彼はエリカに会わせて欲しいって言ってたけど、なにをするつもりなのかは聞いていないし。ザクロには悪いけど一度王立図書院に連絡して、過去に似たようなことがなかったか調べてもらった方がいいかもしれないよね。〝黄昏〟を呼ばなくてもザクロを治す方法があるかもしれないし」

しかし、それで本当にエリカが危険な目に遭《あ》ったら、きっとヒースは後悔してもしきれないだろう。考えれば考えるほど、どう動くことが正解なのか分からなくなる。

「ヒース」

寺院を出てからも、ザクロが怖いからと一方的にヒエンに握られていた手を強く引かれた。

いつの間にか深く俯《うつむ》いていたらしい。顔を上げれば、ヒースを覗き込むヒエンの顔。相変わらず隙なく整いきらめいており、心の準備が間に合わずにヒースはわずかに仰け反る。

それを咎《とが》めるように、もう片方の手も取られた。

「難しいことは置いておいてさ。君はどうしたいの、ヒース。余計なことは一切考えずに、君が今一番したいことを頭に思い浮かべてみなよ」

いつもなら背筋がぞわぞわとするはずだが、何故かその時は、ヒースの気持ちを促《うなが》すようにやわらかく細められた瞳に心が挫《くじ》けた。

熱いものが込み上げてきて、それを知られたくなくて俯くと、強く握られた両手が視界に入る。

「……早く、ザクロを楽にしてあげたい」

どれだけ横暴で恐ろしい存在でも、あんなに苦しむ姿は見ていられない。

エリカも同じだけ傷ついただろう。倒れたザクロを抱き締め、青ざめた顔が忘れられない。

「殺したいってこと？　気持ちは分からないでもないけど、意外に思い切った決断するんだね」

「違うわよ！」

顔を上げれば、男は無邪気に笑っていた。

「じゃあ、〝黄昏〟を呼ぼう。決まりだ」

あまりにも簡単に言うから、ヒースはぽかんとする。

「勝手に、そんな大事なこと決めていいのかな」

当然、とヒエンは自信たっぷりに頷いて見せた。

「僕たちに課せられた命《めい》は久遠の書とその主人の守護だよ。書が傷つけられた今、その修繕に全力で当たるのは当然のことでしょ。ザクロは今僕たちにできる最善の方法を知っていて、それを示してくれている。誰も、彼以上に彼のことを知っている人間なんてこの世界に居やしない。そうでしょ?」

「どうして今日はそんなにまともなの?」

ヒエンがかっこよく見えたらどうしようと不安になるくらいだ。ヒースの戸惑った表情に、ヒエンはぴくりと眉を動かした。

「僕はいつだってまともだよ。上からの覚えだっていいし、言い訳だって上手だ。だから、君がしたいようにしなよ」

「……なんで」

そこまでしてくれるの、という言葉は呑《の》み込《こ》んだはずなのに、ヒエンは正確に読み取った。

「〝黄昏〟を連れて帰らなかった八つ当たりでザクロに殺されるのはごめんだし、なにより、僕は君の相棒だからね」

爽やかな笑顔にいつも通り背筋がぞわついて、何故か気持ちが落ち着いてくる。

前は突然あの男が現れて、ただ怖くて逃げることしか頭になかったけれど、今回はひとりではないのだ。

「呼びなよ」

促されて、ヒースは〝黄昏〟の名を口にした。

山の麓《ふもと》まで下り、街が見渡せる場所に立ってから、男に告げられた名を何度か呼ぶ。名を呼べ、としか言われていない。声は覚えたと言われたが、一体どうやってヒースの声を拾うのだろう。疑問はわいたが、それ以外に方法を知らないのだから仕方がない。

そのまま街外れで待っていようとしたが、ヒエンが反対した。

「相手が仲間を引き連れて来たらどうするのさ。こっちはふたりなんだから、人混みの中にいた方が却って安全だよ。騒ぎになるのは向こうも避けたいだろうしね。でも人混みに紛れて不意討ちされると嫌だから、手も繋いだままでいいよね。ヒースラッドの力って、本当に便利だよねぇ」

そんなことを珍しく真面目《まじめ》な顔をして言うから、そんなものなのかと元近衛隊の隊士でもあるヒエンに従い、屋台が連なり人でごった返す大通りに向かった。

しかし、それからいくらもしないうちに、ヒースはヒエンに対し疑念を抱き始めた。いつシドに声を掛けられるだろうかと緊張するヒースの手を引き、ヒエンは大通りに着くなり、目についた屋台を端から覗き出したのだ。

今も目の前では、子供ほどの大きさの男が、自分の体の三倍もあるような巨体を抱き上げて、周囲から喝采《かっさい》を浴びている。

ヒエンをそっと窺《うかが》えば、視線は芸人らに向けられていたが、その表情は真剣なものだ。辺りを警戒して集中しているようにも見える。

やはりヒースには見せないだけで、この男なりに事態と真剣に向き合っているのだと思おうとした時、不意に身を屈めて耳元に口を寄せてきた。

〝黄昏〟が来たのだろうか。

ヒースは体を強張らせて、ヒエンの声を一言も聞き漏らすまいと耳を澄ました。

「思ったんだけど、あれ、絶対ヒースにもできると思うんだ。ほら、僕はビール樽《だる》よりは軽いからさ。君、見た目は小さいし、遠目には成人前に見えるだろうし、きっと彼らよりたくさんお客さんを集められるよ。どう？」

なにを言われたのか、理解するまでに時間がかかった。かっと頭に血が上る。

「なにが『どう？』なのよ！　するわけないでしょ。もっともらしいこと言って、あなた屋台巡りしたかっただけなんじゃないの⁉」

ヒエンの言葉を信じた自分が悔しくて涙が出そうだ。

「あの人には私ひとりで会うから、もう好きなだけ遊んでて」

「あ」

「離してよ！」

ヒエンの手を振り解こうと顔を真っ赤にしていたヒースは、背後に現れたその人に気づかなかった。

突如人を食ったような笑みを浮かべたヒエンに引き寄せられる。

「ちょっとヒエン、いきなりなにするのよ」

「やあ、初めまして。君がシド？　なかなか来ないから待ちくたびれちゃったよ。僕の自己紹介は必要かな。とりあえず、会えて嬉しいよ」

ぎょっとして顔を上げれば、ヒエンがにこやかに手を差し出した先に男がひとり立っていた。

フードつきのマントを頭からすっぽり被り、顔は目元以外隠れている。数日前に会った時と同じ。

「〝久遠〟に、なにがあったんだい」

ただヒースだけを見て、男は問うた。


広場には新しい芸人たちがやって来て、小芝居を始めようとしていた。地上の混雑を避けようとしたのだろうが、広場を囲む四方の建物の窓やバルコニーにも人が溢れて今にも転がり落ちそうになっている。

「ここは少し騒がしい。あちらに行こう」

シドは自ら先導するように人波をかき分け、広場の隅に向かって歩いていく。歩き方が悪いのか、わずかな距離を行く間に何度も擦れ違う人とぶつかり、その度に悪かったね、と頭を下げる。案外鈍くさいのかもしれない。そう思うと、ヒースの強張った体から少しだけ力が抜けた。

西日に照らされ建物の長い影がいくつも地面に伸びている。その内のひとつに入り、シドは立ち止まった。

「理由はどうあれ、君が再び私を呼んでくれたことは嬉しく思うよ、ヒース。前はあまりにも急に声を掛けて、君を驚かせてしまったようだから。顔も見せずに失礼なことをしたね」

そう言って口布とフードを外した下から出てきたのは、ひどく柔和《にゅうわ》な顔立ちの男だった。

おさまりの悪そうな黒髪をざっくりと後ろで束《たば》ねて、その毛先が襟首のあたりにちろりと揺れている。

唯一《ゆいいつ》知っていた灰色の目は変わらず垂《た》れているが、その下に現れた穏やかそうな口元のせいで、前に会った時よりもずっとやさしげに見えた。割合綺麗な卵形の顔に収まっている鼻筋も眉も、こちらを見る視線や口調にも、とにかく尖ったところがひとつもない。

この人が、〝黄昏〟？

何故かヒースは、肩すかしを食らったような気持ちになった。

久遠の書を狙い、信徒らを度々王立図書院に送り込んできた邪教リベイラの、この人が頂点に立っている？

「どうにも緊張感に欠ける顔だと周りが煩《うるさ》くてね。本当はこんなものをつけて歩くのは嫌なんだけど」

シドの「周り」の誰だかは知らないが、彼に口布をあてろと提案する気持ちは分かるような気がした。顔のほとんどを隠していた時の方が、得体の知れない感じがして恐ろしかった。

考えていることが顔に出ていたのだろう。ヒースに言い訳するように、シドは苦笑気味に外した口布を掲げて見せた。

その手首は細く、指も細長い。細い指輪が色んな指にいくつも嵌《は》まっている。剣を持つ人ではないのだ。背は少し猫背気味で、ヒエンと並ぶと体が薄そうだということもよく分かる。

声の感じから勝手に同世代だろうと思っていたが、若者と呼ぶには表情も口調も落ち着きすぎているし、中年と呼ぶには早いような気がする。

なんだかこの人は懐かしい感じがする。

不意にそんな思いが過《よ》ぎり、ヒースはあっと思った。

いつも穏やかな様子で、難しい飾り文字などをなにも見ずに何種類もさらさらと書くような写字生《しゃじせい》。

力仕事は苦手だが、気になった一文の考察は何日していても飽《あ》きないし、ひどくこだわる。

彼は、そんな写字生のような雰囲気を纏っている。

しかしこんな印象を抱いてしまえば、相手に緊張感を持ち続けることは難しい。むしろ、これこそがシドの狙いなのだろうか。

「ねえ、あんたはどうして〝久遠〟のこと知ってるの」

しっかりしろとヒースが気合いを入れ直していると、待ちきれなかったのかヒエンが口を開いた。

にこにこしてはいるが、挑発するような視線と口調はどこからどう見ても喧嘩腰だ。しかし、シドは大して気分を害した様子もなく答えてくれた。

「……元は一冊の書だった。三書の内に大きなことが起きれば、感知はできる。彼の目覚めも、だから私たちは感じていた」

久遠の書の目覚めが近いと最初に王立図書院に使者を送ってくれたのは、暁の書の主人であるイルシオーネだった。国の星読みたちが、なんの予兆《よちょう》も捉《とら》えていなかった時期にだ。

男の言葉に嘘はないだろう。

問題なのは、今その回答がヒースに対してのみ行われたことだ。

シドはヒースの隣に立つヒエンには視線ひとつ送ることなく、ヒースにだけ向かい合っている。

隣の空気がひやりとしたような気がしたが、シドから目を逸らすことができない。

「へえ、じゃあ僕たちがあんたを呼び出した理由も分かってるってこと？」

ヒエンはおもむろにヒースの真後ろに立ち、ヒースの両肩に手を置いた。つまりシドの真正面に立った。

「恐らくはね。そうであればいいと思っているのだけど、何故私を呼んだのか教えてくれるかい？ヒース」

それでもシドは視線をヒースに向けたまま。まるでヒースの問いかけに答えるように口を開く。

「は、はい。あの、ザクロ……いえ、〝久遠〟があなたを必要としていたので」

早々に認識を改めなければならない、とヒースは思った。

ヒエンを相手にこんな真似ができる相手が、ただの「やさしげな人」であるはずがない。そう言えば、彼はヒエンが差し出した手を取ることすらしなかった。まるでヒエンの存在などないように振舞っている。

そう思えば、口元の微笑みも、緩やかに垂れた瞳も、こちらを欺《あざむ》くための仮面のようにも見えてくる。

「ねえ、さっきから随分《ずいぶん》な態度だね。それが君の国の礼儀？」

「人見知りな質《たち》でね。心に添わないと感じた相手とは、恐ろしくて目を合わせることもできないんだ。

気を悪くしたのなら謝罪しよう。悪かったね、イースメリアの剣士。私はヒースに呼ばれたからここに来たのであって、君と会うために来たのではないんだ。私とヒースのために、少しは配慮《はいりょ》してくれるとありがたい」

シドがひたりとヒースを見つめたまま穏やかな口調で語るので、ヒースはこの場から逃げ出したい気持ちでいっぱいになった。

「へえ」

みしりと、ヒエンに摑まれた肩が鳴る。痛い。

「シド！　話を戻しますが、つまりあなたには、〝久遠〟を助けることができるんですね？」

これ以上心臓に悪い思いをするのはごめんだと慌てて口を挟《はさ》めば、男は少し困った顔をして見せた。

「できるとも言えるし、できないとも言える」

どういう意味だ。

「他に方法がないわけではないけれど、〝久遠〟はそれを望まないだろうからね」

「他の方法も、ご存知なんですか？」

その時初めて、シドの視線がヒースの頭上を窺ったような気がした。背後のヒエンは無言のままだ。

「ヒース、君もガーディアンを癒《いや》す方法は知っているだろう。書の修繕によってガーディアンは回復する。つまり、〝久遠〟を助けるためには書を主人の体から世に出さなければならない。方法はふたつ。三書とその主人を揃《そろ》えるか、〝久遠〟の主人にその役目を終えさせるか。そのどちらかだ」

（役目を終えさせる？）

怪訝《けげん》な顔をしたヒースを見て、シドは言葉を重ねた。

「つまり、殺すんだ。主人が死ねば書はまた眠りにつく。傷ついた書は、修繕を受けるまで消えずに世に留まると言われているからね」

「……」

――〝黄昏〟を連れ帰らなければ、エリカは殺される。

ザクロの言葉がヒースの脳裏に重く響いた。

「でも、エリカの受けた傷はザクロが代わりに受けますよね。殺すなんて、そんなことできるはずがないですよね」

不可能だと言って欲しくてシドの目を見上げたが、こちらを労る色に心臓が大きく鳴る。

「どうやってそんなこと……」

「それは私の知るところではないよ。君たちの国が一番詳《くわ》しいはずだ。これまでずっと、久遠の書を守り続けてきたのだから」

「そんな話、……私は聞いたことがありません」

「あまり外聞の良い話ではないだろうからね」

穏やかな男の声が、容赦《ようしゃ》なくヒースの胸に突き刺さった。

それはつまり、国が書のためにエリカを殺すということだ。

そんなことあるはずがないと強く否定したいのに、断言することができない。

永久《とわ》の繁栄を約束するという久遠の書を敵に奪われるようなことがあってはならない。その際は、書の主人よりも書の保護を優先すること。

ヒースとヒエンが、王立図書院から暗黙の了解のうちに課された命だ。

エリカもザクロも、敵の手に渡ったわけではない。ただ、傷を負っているだけだ。まさかそんな命が下るはずが――。

目眩《めまい》が起きそうなヒースの思考を遮《さえぎ》ったのは、肩に置いた手にぐっと力を込めたヒエンだった。驚き振り返ると、ヒエンは無言でヒースを見つめて、どうしたいの、と瞳だけで告げた。さっきと同じ。

ヒースは顔を上げると、直立の姿勢をとった。

何故シドに会いに来た？　理由はひとつ。

「あなたに、いきなりこんなお願いをするのは非常識だと分かっています。でも、あなたの手を借りる以外の方法を私は知らないので、ザクロのためにどうか力を貸して頂けませんか。とにかく苦しそうで、早くなんとかしてやりたいんです。お願いします」

深く頭を下げた。

明るい喧噪《けんそう》に包まれる広間で、ヒースたちの周囲だけが恐ろしいほどの静けさに満ちている。

「もちろん、〝久遠〟を助けることに私はやぶさかではないよ。我々にとっても大切な書だ。ただし、条件がある」

「なんでしょう」

動揺しつつ、ヒースは顔を上げた。

よほど強張った表情をしていたのだろうか。シドは柔らかに目元を細めたが、迷いのない口調で告げた。

「〝久遠〟を助けるためには書の主人と二書が必要だと話しただろう？　黄昏の書は私の国にある。ヒース、君が本当に〝久遠〟の回復を望むなら、私に同行し書の持ち出しについて頭の固い老人をひとり説得して欲しい。もちろん君の身の安全は、私が責任を持って保障する」

説得？　〝頭の固い老人〟をひとり？

疑問がぱっと脳内に浮かぶが、それよりもどきりとしたのは、シテに同行するという一言だった。

隣国シテ――リベイラ信徒らの本拠地である。

頭部に布を巻いて口布を当て、青い布を腕や首に結わえた集団が無言で攻めてくる様が脳裏を過ぎり、ぞっと肌が粟立《あわだ》った。

「それは……」

言葉に窮《きゅう》したヒースを、シドは穏やかに見つめている。

「できない？　私は、君が私に求めているのと同じことを求めているだけだよ。〝久遠〟は暁の聖女らと共にあの寺院にいるのだろう？　私に敵地の懐《ふところ》に飛び込む危険を冒《おか》せと言うなら、同等の覚悟を君は私に見せるべきではないのかな」

「……」

ヒースは全身に冷や汗をかいた。

愚かにも、その瞬間まで、自分が〝黄昏〟になにを要求したのかまるで想像していなかったことに気づいたからだ。ただ〝黄昏〟に会うことばかりで頭がいっぱいになっていた。

かっと顔は熱くなるが、後頭部は冷たくなってくる。よくもシドが真面目に相手をしてくれるものだと、己の無謀《むぼう》さに呆れてしまう。

いたたまれず俯くヒースの背後から、ヒエンが身を乗り出した。

「ねえ、さっきからあんた、まるでただ〝久遠〟を助けに来てくれるみたいに話してるけど、本当はなに企《たくら》んでるの？　ヒースはお人好しだから御《ぎょ》しやすいと思ってるのかもしれないけど、相棒が僕だってことを忘れてもらっちゃ困るよ。これまでずっと久遠の書を狙い続けてきたあんたたちが、こんな機会をみすみす逃すはずがないよね」

「ヒエン！」

あまりに直截な物言いに青ざめるヒースの前で、シドはヒエンと視線を合わせるのを避けるように軽く瞳を伏せた。

「企みなんかないさ。下心がないとは言わないけどね。私はただ、〝久遠〟――いや、〝ザクロ〟を助けるための話をしているだけだ」

ザクロ、とシドはその響きを確かめるようにもう一度呟いた。小さく笑う。

「どうして。あんたはヒースに、久遠の書の主人への取り次ぎを頼んだんでしょう？　それは条件に盛り込まなくていいの？」

煽《あお》るようなヒエンの言葉にも、男は苦笑をひとつ零《こぼ》すだけ。

「何故って。〝久遠〟が傷ついたからと、我々に頭を下げてまで助けを求めてきたのは君が初めてだからだよ、ヒース。神書が三書に分かたれてから気の遠くなるような時間の中で、初めて、だ。凄《すご》いことだと思わないか？」

　そう言われても、よく分からない。

だって、ヒースには他に選択肢がなかった。ザクロに脅され、〝黄昏〟に助けを求めるより他の良い方法を思いつかなかった。それだけだ。

「それにヒース、君はザクロが『苦しそうだから』、助けて欲しいと言った。それは人に使う言葉だ。本来、書のガーディアンに使われる言葉ではない。そしてその人助けのために、シテの人間である私を頼った。敵国の人間をね。そこにあるのは人に対する期待と信頼だろう？　我々は剣を持たずに来た人間に剣を向けるような真似はしない。人助けのためなら、私が知人である君にほんの少し手を貸したところでなんの問題もないはずだ。そうだろう？」

　真顔になったヒースに、シドは笑みを深めた。それはとても温かみのある表情で、ヒースの気持ちを十分に汲んでくれたように見えた。彼はいい人だと、ヒースは直感した。

「ヒース、私は今こうして君が生み出した流れがどう動いていくのか見てみたい。できることなら、我々の願いのためにも〝久遠〟には目覚めていて欲しいからね」

　視線を上げたシドは、遠くソヴェリナ寺院を見つめている。物思うその横顔を見ていたら、ヒースはどうしても聞いてみたくなった。

「……あなた方が、久遠の書を求め続ける理由はなんなんですか」

　少し緊張した声のヒースを見たシドの目には、こちらを値踏みする光が灯《とも》っていた。自分の内を探られるような視線に負けそうになるが、ヒースは精一杯その場に踏み止まり目を逸らさずにいた。

「ソヴェリナ寺院大神官様よりの通達である！」

雷のような声が背後で響き渡ったのはその時だった。

けたたましく鳴らされる鐘の音に、人々が一斉《いっせい》にそちらを振り返り、そこに神官兵らが馬を駆ってくる姿を見つけて驚き叫びながら道を空《あ》ける。

広場の中央にやって来た彼らは、芝居を見せていた芸人たちを追いやると声高に告げた。

「聖女イルシオーネ様の急な体調不良により、明日の言祝ぎの儀は延期されることとなった。明日の言祝ぎの儀は延期されることとなった！」

いかめしい神官兵の通達に、辺りからは怒号のような悲鳴が起きた。

耳が割れそうな喧噪に首を竦《すく》めたヒースの小指に、なにかがするりと嵌められた。耳元で囁く声。

「私は、我々が捕らわれている古《いにしえ》の呪縛からすべてを解放したいと思っているだけなんだ。〝ランバートル〟からガーディアンを呼び出した君には、きっとその意味が分かるだろう。だから私は、君と話がしたい」

「シド？」

「五日待とう。覚悟ができたらまた私の名を呼ぶといい。街の入口まで迎えに行く」

手早くフードを被り口布を当て直すと、シドは灰色の瞳を細めて見せ、そのままふらりと人波に流されるようにしてその姿を消した。

「今、あいつになに言われたの？　ちょっと、これなに」

「し、知らない」

不機嫌さを隠しもしないヒエンが摑みあげたヒースの左手の小指には、指輪。

夜を閉じ込めたように青い石の嵌まったそれは、今にも沈みかけようとしている西日を弾いてきらりと光った。

＊

すっかり暗くなった空に、星が次第に増えていくのをヒエンは見るともなしに見ていた。

「なにをしている」

規則正しい足音が近づいてきたかと思うと、背後で止まる。明らかに不審者に対する口調だ。

「んー？　ヒースが、中の様子を確かめるまで外で待ってろって」

街中から再びソヴェリナ寺院に帰ってくるまでの間、ヒースは眉間に皺を寄せてやたらと深刻そうな顔をしていたのだが、寺院に着くなりはっとした顔でヒエンを見上げ、すぐに戻るからと駆けていった。〝黄昏〟を連れて帰らなかったことでザクロがヒエンを害すのではないかと心配したらしい。

だからヒエンは、門前を守る神官兵らの怪訝《けげん》な視線を背に受けながら、ひとり階段に腰掛けている。

「ザクロは？」

「鎮静剤《ちんせいざい》を飲ませて、今は落ち着いている。聞いていた通りだな。人の薬も多少は効くらしい。しかしエリカ様とイルシオーネ様以外の者が近づこうとすると危険だ。聖室の奥部屋で寝かせている」

ランツァは、寺院の正面階段に掛けているヒエンの隣に下りてきた。しかし、そこに座ることはせず、佇んでいるだけだ。下界から吹く風が、ランツァの白い隊服の裾《すそ》を翻《ひるがえ》している。

「王都への連絡は？」

「済ませた。じきに指示が来るだろう」

「あっそ」

投げやりな返事に、ランツァの視線がこちらに向けられるのを感じた。

「会えたのか」

ザクロとヒースの間でわずかに交わされた会話から、ランツァはある程度の事態を把握《はあく》したらしい。

ヒエンはわずかに頷いた。

「向こうの協力はヒース次第だって」

企みはないが、下心はあると言っていた。

やたらと余裕ぶった態度の、ひどくいけ好かない男。結局シドは一度しかヒエンと目を合わせなかった。

リベイラ信徒をもう数え切れぬほど斬《き》ってきたのだから、嫌われているのは当然か。

「ヒース様次第？」

「そ。妙に気に入られたみたいでさ」

よくもまあ次から次へと引っかけてくるものだと笑ってしまう。

エリカにイルシオーネ、そしてシド。

「落ちこぼれ聖騎士ヒース」が、今や三書の主人と関わりを持っていることに、ヒース自身は気づいているだろうか。あれが「本物の書の主人」の力なのか、ヒース自身の力なのかは不明だ。

（やっぱり手放せないな）

ヒースに言えば、また理解できないものを見る目つきでヒエンから距離を取ろうとするのだろう。あの大きな目はよく喋《しゃべ》る。

エリカやイルシオーネは当然、まともに話したのは今日が初めてだろうというシドにですら、既に悪い感情は持っていないようなのに、ヒースのヒエンに対する態度は王立図書院にいた頃から少しも変わる様子がない。

三書の主人であり、ヒースが好意を持って接する彼らなら、ヒースがガーディアンを呼び出した写本〝ランバートル〟の一節に感情移入できるのだろうか。ふと、ヒエンは思った。

ヒエンには少しも共感できなかったあの話。ヒースが涙を流すのを見た時には、驚きを通り越して気持ち悪く、泣くほどのことかと苛《いら》つくような気持ちにさえなった。

ヒースはヒエンが理解できないと言うが、ヒエンもヒースが理解できない。ヒエンが好意的に接した人々は皆ヒエンに好意を返してくれるのに、ヒースだけはそうならない。声を掛けると、あの青い瞳は、強すぎるほどの力でヒエンを見つめて逸らされない。もちろん女性から熱烈な視線を受けることは多々あるから、ヒースの視線がそういった熱を一切孕《はら》まないものだということは分かっている。

あんなに真剣に、自分の中のなにを見ているんだろう。そうやってヒエンを見て、なにかヒエンには見えないものを見つけて、それを理由にヒエンを拒《こば》む。

「ヒースの癖《くせ》に、生意気だな」

心の底から言うと、ふっと隣に佇《たたず》む男が笑った。

「だから機嫌が悪いのか」

「別に。なんにせよ、お互い今後の準備は進めておかないとね。まったく、久遠の書が目覚めるなんて、面倒な時代に生まれてきちゃったなあ」

背後から小さな足音が駆けてくるのが聞こえる。田舎《いなか》育ちのせいか、意外にヒースの足は速いのだ。

そのことを知ったのは、ヒースが多数の襲撃者から少しでもヒエンの負担を減らし、助けようとした時だった。

ヒエンのことが苦手で警戒しているのに、命が関わると別らしい。さっさと自分だけ逃げればいいものを、ヒエンの手を握り締めた必死な姿が面白くて、どこまで行くんだろうと手を引かれるままに駆けた。小さな手だが力強さはなかなかのもので、思い切り握られると痛いくらいだ。

ヒエンは石段についていた左手を見た。今日一日、なんだかんだと理由をつけてヒースの手を握っていたから、離れた今は物足りないような気がする。また繋いでくれと言ったら目を吊り上げて怒るのだろう。

ヒースがエリカを助けたいと言ったから、そっちの方が面白そうだとその流れに乗って来た。同じように、ヒースが生み出した流れがどこに行くのか見てみたい、とシドは言った。

概《おおむ》ね、ヒエンも同感だ。けれど、

(流れの舵取《かじと》りはこっちでするよ)

立ち上がり大きく伸びをすると、ヒエンはヒースを迎えるべく笑みを浮かべる。

その隣で、ランツァが呆れたように息を吐いた。

シテに入り、数週間が経《た》ちました。

ご存知の通り、シテはイースメリア南部に隣接し、イースメリアの四分の一ほどの広さの小国です。大昔にはイースメリアやその周辺国家と併《あわ》せて巨大なひとつの国だった時代もあるそうで、言語や習慣、民族など、イースメリアとの共通点は多いように見受けられます。更に南へ向かうと顔立ちが変わり、彫りが深く肌色も濃い人々などが出てくるようですが、イースメリアとの国境周辺ではほとんど見かけには変わりがありません。

お陰で、私がイースメリアの民だということも気づかれてはいないのです。

先に聞いていた通り、国民の大半は、あの黄昏《たそがれ》の書を教典とするリベイラ教の信徒です。

リベイラの徒は死を尊《とうと》ぶと噂《うわさ》には聞いていましたが、こちらでの葬儀の壮大なことには驚いてばかりです。まるで祭りのような賑《にぎ》わいの内に葬儀を行い、その死がいかに立派であったかを親族が語り合い、触れ回るのです。涙もありますがどちらかと言えば笑顔が多く、イースメリアの死者を悼《いた》む静《せい》謐《ひつ》で荘厳《そうごん》な葬儀を私は誇《ほこ》らしく思いました。

また彼らは、黄昏時を恐れません。イースメリアでは悪《あ》しき呪《じゅ》が力を持つとされていますが、彼らには、その日一日の終わりを占《うらな》う重要な時間なのだそうです。

彼らの多くは、頭部に布を巻いています。他に体のどこかにとても深い色をした青い布を付けていますが、これは団結と神への信愛を示すというリベイラ信徒の証《あかし》だそうです。

人々の性質は陽気で、誰もがお喋《しゃべ》りです。なにかを記憶することが得意なようで、幼い子供がとても大人びた言葉を使ったりするので驚きます。私の腰までもない背丈の子供が、古い詩の一節を口ずさんだりするのですから。老人たちは知識の宝庫です。大昔のことから、つい最近のできごとまで。知らぬことはないというほど、なんでも教えてくれます。文字を知らぬ人ばかりですが、吟遊詩人がやって来ると皆熱心にその話に聞き入って、誰が一番最初に物語を覚えられるのか競ったりしています。


「ヒース、少し休まないか？」

「あっ」

静まり返った聖室の中で無心に文面を追っていたヒースは、突然階下から掛けられた声に驚いて、手にしていた紙を取り落としてしまった。読んでいたのは、誰かに宛てられた旅人の手紙だった。

「ごめん。たまたま目に入って」

二階から梯子《はしご》で階下に降りると、イルシオーネが拾った紙面に視線を走らせていた。

ザクロを救うための記録がなにか残されてはいないかと、手分けをして探している最中だったのに、これはまったく無関係のものだ。

「気になるのだろう？　構わないさ。ただあまり根を詰めすぎるな。また倒れるぞ」

「ありがとう。大丈夫だよ」

さらりとした口調とは裏腹に、非常に疑わしげにヒースを窺《うかが》っているイルシオーネである。

数日前、シドと会って寺院に戻ってきたヒースがイルシオーネに報告を行っている最中、急な目眩《めまい》に襲われてその場にへたり込んだことで死ぬほど心配をかけたのだ。

目が覚めたら、ベッドの脇で目を真っ赤に腫《は》らしたイルシオーネがヒースの手を握り締めて祈りを捧げていて、一体これは何事だとヒースは声も出ないほど驚いた。

イルシオーネは、外傷もないのに人が倒れる姿を初めて見て相当動転したらしい。

「なにか、〝黄昏〟の出した条件の他に懸念《けねん》があるのか」

目覚めたヒースに、イルシオーネは幾分《いくぶん》強い口調で問うた。

「〝黄昏〟に会って帰ってきた君は、ザクロを助ける方法が見つかったと言いながら、ひどく辛そうな顔をしていた。それは〝黄昏〟の出した条件のせいではないだろう？」

久遠の書の修繕《しゅうぜん》を優先させるため、国が、〝久遠の書の主人《エリカ》〟を犠牲にするよう命《めい》を下すかもしれない。その可能性を、イルシオーネはまるで知らないように見受けられた。

既にイルシオーネから、王宮と王立図書院に向けて事態の説明と対処法を求める書簡が送られていた。ザクロの半《なか》ば脅しに近い〝黄昏の書の主人〟召還要請《ようせい》についても、どう対処すべきかと指示を仰《あお》ぐ形で知らせたらしい。

ヒースが倒れたというだけで、イルシオーネはこれほど心配してくれるのだ。まだ命が下されたわけでもない「可能性」について報告して、徒《いたずら》に不安にさせるような真似はしたくない。

「……無理に話して欲しいとは言わない。だが倒れるほど苦しむのはやめてくれ」

結局、なにも言えずに黙りこくったままのヒースにイルシオーネが折れた。

「王都から連絡が来るまで、私たちもできる限りのことをしよう」

と。

代わりに容赦《ようしゃ》のない言葉をくれたのはヒエンだった。

「倒れるほど悩むなんて、君ってホントどうかしてるよ」

目が覚めたとイルシオーネから聞いて部屋まで様子を見に来てくれたのだが、呆《あき》れた、というよりは心底驚いたような顔をしていた。

「そんなに〝黄昏〟の話が衝撃的だったの？」

「……ヒエンは、知ってたのね」

書の修繕のためにその主人の犠牲が必要になるかもしれないこと。

「可能性を思いついただけだよ。ありえない話じゃないなと思って」

当然のように言われると、ヒースは自分に自信がなくなる。

そんなことを思いつきもしなかったのは自分に考える力がないからで、知の聖騎士であるならば、皆当然その答えに行き着くのだろうか。

「なに言ってるの。君はもともと写字生《しゃじせい》でしょ。僕はそういう思考訓練を受けてきただけ」

ヒースの落ち込みを、男は鼻先で一蹴《いっしゅう》した。

「もし、もしも、本当にそんな命令が来たらヒエンは……」

「拝命するよ」

最後まで言い淀《よど》んでいるうちに、男は答えた。静かな声に心臓が大きく鳴り、ヒースはヒエンを見上げた。

「命令内容にどんな感情を抱《いだ》こうと、それが僕たちの立場でしょ」

その言い方に引っかかりを覚える。

「……ヒエンも、そんな命令が来たら嫌だと思ってる？」

「わざわざ〝黒の牙〟の不興を招《まね》く矢面《やおもて》に立たされるのに、嬉しいとでも？」

「ごめん」

完璧《かんぺき》な笑みを向けた男に、ヒースは素直に頭を下げた。

しかし、ヒエンはどこまでも現実的で、ヒースのように感情で物事を見ないし感情に振り回されない。それが少しだけ羨《うらや》ましい。

「まあそれは冗談にしても。言ったでしょ。ヒースの好きにしたらいいって」

「え？」

「最終的に君が望む方向に進むかどうかはともかく、ヒースの決めることに僕は反対するつもりはないよ。あいつは気に入らないけど、僕は君の相棒だからね。そのことは覚えておいて」

ぱちりと片目を瞑《つぶ》り軽快に閉じられた扉を、ヒースはぽかんと見つめた。

〝あいつ〟というのは当然シドのことだろう。

（ヒエンも、エリカが犠牲になることには反対なんだろうか）

彼は決してそんな言葉は口にしないけれど、ヒースに「反対しない」とはそういうことだ。

ヒエンがヒースの意思を支持してくれているという事実に、悔しくもどっと安心感が込み上げる。

力を得た気がして、ヒースは王都からの返事をおとなしく待つことに決めた。

イルシオーネはヒースを再び聖室に招き入れると、三書や書のガーディアン、その主人について書かれた記録を片っ端から書棚《しょだな》より抜き出し、机や椅子、それが足りなくなれば床に積み上げていった。

ヒエンを聖室に入れることはランツァが許可を出さなかったが、ヒエンはそれに不満を漏らす様子もなく、定期的に寺院内を巡《めぐ》り、街へ下りては情報を集めてくる。

「ヤークにある寺院は今、君の回復を祈る人でどこも毎日長蛇《ちょうだ》の列ができてる。君の体調が回復したら、延期された儀式も行われるだろうからって居座ってる人も多いよ。屋台も減った様子がないし、今日も大道芸人や吟遊詩人たちが広場に集まってた」

言祝《ことほ》ぎの儀の延期を決めたのはイルシオーネだったから、彼女はことのほか街の様子を気にしていた。ヒエンの話を聞く度《たび》に、皆に申し訳ないと唇を噛みしめるのをランツァが後ろから恐ろしい目で見ているが、結局イルシオーネが知りたがるのでヒエンを止めることはしない。

この大事態に寺院の大神官たちはとにかくザクロを生かしておけとイルシオーネに言い捨て、自分たちは大聖堂で祈るばかりで具体的に何をするということもない。

「ザクロに矢を放った犯人は行方《ゆくえ》を眩《くら》ませて、まだ捕まっていないらしいよ。大神官様たちは何故《なぜ》か近隣の沿道に配していた神官兵を大量に寺院に呼び戻して、自分たちの館の周辺に配備してる。昨日、王都に向けて箱馬車が何台か出発したみたいだよ。総大神官様も一緒だって。侍女たちの話によると、山のような貢《みつ》ぎ物《もの》が詰め込まれていたらしいね」

大神官たちがイルシオーネを亡き者にしようとした結果、久遠の書に傷を負わせることになったと知られることはないだろうが、ソヴェリナ寺院の管轄内《かんかつない》で起きた事故であることに変わりはない。

王に事の釈明《しゃくめい》に走ったのだろう、と報告を受けたイルシオーネは呆れたように頷いた。

もしくは、結果として手出しをしてしまった久遠の書の恐ろしきガーディアン〝黒の牙〟から少しでも遠くに逃れたかったのか。

そんな中、エリカはただひたすら、ザクロに付き添っていた。

わずかな時間、聖室の奥の部屋から出てきてヒースやイルシオーネと二、三言葉を交わしはするが、積み上げられた書を何冊も腕に抱《かか》えるとまたすぐにザクロの傍《そば》に戻っていく。

「王都から、なにか返事はきた？」

と何度も確認して。

ザクロが倒れた日から、エリカは一度も泣かない。

苦しげな唸《うな》り声《ごえ》がした後、泣きそうな顔をしていることはあっても、涙は零《こぼ》さない。歯を食いしばって、どこか怒ったような顔をして部屋から出てくる。

ヒースが回復した日の夜中も、小さな明かりの下で積み上げた書を読んでいると、ふらりとエリカがやってきた。イルシオーネは、ある程度の時間になるとランツァが強制的に部屋に帰してしまうので、その時部屋にいたのはヒースひとりきりだった。

エリカの目には力が入り、唇をぐっと噛みしめている。また、ザクロが苦しんでいるのだろう。

こちらにおいで、と書を除《よ》け自分の隣の場所を空《あ》けたが、エリカはヒースの背に向かってぺたりと座り込んだ。そのまま、とん、と小さな衝撃。肩越しに振り返ると、エリカがヒースの背に額を押しつけている。

「呆れないで聞いてくれる？」

「うん？」

促《うなが》し、エリカは黙ったまま。金色の頭のつむじをしばらく見つめていたが、ヒースは前に向き直ると、一度閉じた書を開いた。

ぱらり、ぱらりと頁《ページ》を繰る音だけが、夜の聖室に響く。

こうしていると、王立図書院の図書室を思い出す。書の匂い。紙を繰る音。夜の静けさ。

「あたし、ザクロのことがずっと怖かった。嫌いだったの」

エリカの声が、静けさに紛《まぎ》れるように落とされた。

「でも、あんなに強い人が守ってくれることに心のどこかで安心した。リリーメイが居《い》てくれたから、あたしは他の皆よりずっと安全に生きてきたんだ。でも失敗することもあって、そういう時は、痛かったり、怖かったり、すごく苦しかったりした。あたしたちにひどいことをする人が嫌いだったし、怖かったけど、あたしたちは孤児だから、誰も守ってくれたりしないでしょう」

他の皆、というのは、孤児であるエリカの仲間のことか。

エリカがこれまでにどんな風に生きてきたのか、ヒースには想像することもできない。街で孤児を遠目に見かけることはあっても、言葉を交わすことは決してなかった。存在は知っているが、ヒースの世界に関わってくることのない子供たち。そういう認識だったのだ。

「だから、ザクロがあたしを守ってくれるって言って、怖い人たちから本当に守ってくれた時、すごく怖くて嫌だと思ったけど、同じくらい、ほっとしたんだ。どうしてか分からないけど、あたしは選ばれたから、もうこれから痛い思いも苦しい思いもしなくていいんだって。ランバートルにディートリヒが居たみたいに、あたしを強い力で守ってくれるガーディアンができたんだって思った」

「……うん」

「ずっと、リリーメイとふたりきりだったのに、ザクロと三人になって。当たり前みたいにあたしの傍に居て、あたしを守ってくれるって言う。少しずつだけどあたしの言うことも聞いてくれるようになって、嬉しかった。書の主人になんかなりたくないって言ったのにね。それがどういうことなのか、あたしよく分かってなかった」

エリカの声がくぐもり、また静けさがふたりを包んだ。エリカは涙を必死で呑み込もうとしていた。

「神様の書のガーディアンだから、ザクロは誰よりも強いんだって勝手に思ってた。自分の傍を離れるなとか、ヒースの傍に居ろとかさんざん言われたけど、でもあたしが負った傷をザクロが負うことになるなんて、一度も言わなかった。ザクロに、どうして教えてくれなかったのって聞いたんだ。そしたら、『主人を守るのがガーディアンなんだから、言う必要なんてないだろ』って。当たり前みたいに言った。……これまでずっと、そうやって書の主人の代わりに傷を負ってきたんだよね」

背中に額を押しつける力が強くなり、ぎゅっと服を摑まれる。

「ザクロが、ガーディアンをやめる方法はないのかな。あたし、それを探したい」

「エリカ……」

驚き振り返ろうとした途端、背中からぱっとぬくもりが離れた。

「ここにいるよ！　すぐそっちに行くから」

打って変わって明るい声で奥の部屋に向かって叫ぶと、聞いてくれてありがと、と小さく言い残し、エリカはスカートの裾《すそ》を翻《ひるがえ》し駆けていく。

「ザクロの声なんて聞こえた？」

思わず自身のガーディアンに呼びかけると、否《いな》、と頭上から返ってくる。

「声なき声を聞き取っている。繋《つな》がりが強いんだろう」

ヒースラッドの言葉に、納得する。

「ガーディアンをやめる方法、知ってる？」

本気で訊いたわけではなかった。

しかし、エリカの心の動きに強く共感したことは確かだった。いや、エリカの方が、ずっと強くザクロのことを想っている。

それが、リリーメイの顔を取り戻したいから、と王立図書院に忍び込んできたエリカの心の在《あ》り方《かた》だった。もう、ザクロはエリカの中でリリーメイと同じ場所に居るのだ。

行儀悪く積み上げた書の上に片肘《かたひじ》をついているヒースを、ヒースラッドはきろりと見下ろした。

「書と人を結びつけたのが人ならば、それを解くのもまた人だろう」

「……できるの？」

「人のことより、お前自身はどうするつもりだ。欲張るとすべてを失うぞ」

ヒースの問いには答えず、ヒースラッドは姿を消した。


そんな日々を過ごして今日で四日目。

各所に乗り換え用の馬を配備し、夜を徹《てっ》して走り続ければ、ここから王都まで二日で着くとランツァが教えてくれた。ヒースが王都ザヤからこのヤークまで来るのに、徒歩とはいえ七日かけたことを思うと想像を絶する速さだ。向こうから即座に使者が立てば、今日にも誰かがやって来ることになる。シドがヒースに提示した期限まであと一日。

王都からなんらかの回答が返ってくるまで、余計なことは考えない。そう思おうとしながら、シドの言葉はずっとヒースの胸の内で渦巻《うずま》いている。

聖室で歴史書やガーディアンに関して言及《げんきゅう》する書を紐解《ひもと》きながら、シテに関する項目があればそちらに目が行くのはそのせいだ。

王立図書院に置かれていたシテに関して記されている書は比較的新しいものばかりで、その内容は大抵、否定的なものだった。

隣国シテは、好戦的で、自らを神から知恵の書を授かった一族の末裔《まつえい》と称してはばからない、厚顔《こうがん》無恥《むち》で野蛮《やばん》な民で構成された、死を尊ぶ恐ろしい宗教を信仰する国であると。

ヒースの知っているシテの民は王立図書院を定期的に攻めてくるリベイラ神徒や信徒だけで、シドに会うまで一度も、まともに言葉を交わしたことはなかった。

今、聖室で偶然見つけて思わずヒースが読みふけってしまった、旅先のシテからイースメリアに宛てられた手紙は、王立図書院では見たことのない類《たぐい》のものだった。ここにある書や書簡、巻物はすべて、生涯をこの場所で過ごす暁《あかつき》の書の主人、歴代の聖女たちの無聊《ぶりょう》を慰《なぐさ》めるために集められたのだという。そのためか、どういった経緯でか、個人の書簡や日記の類まで納められている。

書簡や日記は、人と触れ合うことを知らぬ聖女らが、人の息遣《いきづか》いを感じられる唯一《ゆいいつ》のものなのだとイルシオーネは言った。

この旅先から書かれた書簡も、そういったもののひとつなのだろう。いつ頃のものなのかは知れないが、ごく率直に、手紙の主が目にしたシテの様子が語られている。

シテにもイースメリアと変わらぬ人々がいて、きっと同じように人々の他愛《たわい》ない暮らしが営まれている。そんな当たり前のことが想像できるようになったのはシドのお陰だ。

王立図書院を襲うリベイラ神徒や信徒らの頂点に立つ人が、ヒースを相手にごく穏やかに話をしてくれたこと。彼が「話の通じない好戦的で野蛮な人」ではなかったから。

本当はどんな国なのだろう。手紙から読み取ることのできるシテは、どこか謎《なぞ》めいているけれど、人々の明るいざわめきが聞こえてきそうな魅力的な場所に思える。

「こんなものがあったのか。面白いな」

ふふ、とイルシオーネは拾い上げた紙面に一通り視線を走らせると薄い金色の瞳を輝かせた。凛々《りり》しさが消え、年相応の無邪気さが覗く。

「我々は暁を尊び、彼らは黄昏を慈《いつく》しむ、か。三書を編んだ者は、昇る日の輝きも、沈《しず》む日の美しさも、その両方を愛していたんだろうな」

満足そうに告げる顔があんまり嬉しそうだから、ヒースはそのことに気づいた。

「イルシオーネは、シテやリベイラ教のことを悪く思っていないんだね」

暁の書を教典とするトラス教の大神官たちは、リベイラ教を邪教と呼んではばからないが、イルシオーネがそんな風に言うのを聞いたことがない。

聖女は肩を竦《すく》めて見せた。

「私は、暁の書の主人だからな」

「どういう意味？」

「君が、〝ランバートル〟を誰よりも愛しているのと同じことだ。私は、幼い頃わけも分からぬうちに暁の書に選ばれて主人になった。色々思うところがないわけでもないが、あの書を大切に思っているのも本当だ。あれは、後の人々のために良き教訓となるよう、気持ちを込めて書かれたものだ。それを感じることができるのに、元は一冊だったという黄昏の書を憎《にく》むことができるか？」

悪戯《いたずら》っぽい目が、ヒースを窺《うかが》う。

「ここに居ると良い話は入ってこないが、我がトラス教が暁の書を教典とする素晴らしい教えであるように、リベイラ教だって黄昏の書を教典とし、シテの民が団結する素晴らしい教えがあるに違いない。底に流れているのは同じ者の想いだ」

イルシオーネにとってそれはとても単純なことなのだ。

迷いのない彼女の言葉に、鳥肌が立つ想いがするのは何度目だろう。

元はひとつ。分かたれた三書。誰もが知っているのに、誰も気づかない。リベイラは邪教。そう、教えられ続けてきたから。

「それに、〝黄昏〟はその指輪をヒースに渡したのだろう？　これは黄昏の書の主人が君を必ず守護するという意志の証だ」

ヒースの左手を取り、イルシオーネは小指に嵌《は》められた深く青い石を見つめた。今までに見たことのない色合いの石だ。ほとんど黒に近い青の中に、星のような光が見える。

不思議なことに、どれほど力を込めようと水につけようと、この指輪はかっちりとヒースの小指に嵌まったまま抜けないのだ。

「どうやってこんなものを作ったんだろうな。この石からは黄昏の書の力を強く感じる。大きな守護の力だ。外せないのは呪《じゅ》のせいだろうから外す時はその男に頼むしかないだろうな。なんにせよ、こんなものを寄越すくらいだ。〝黄昏〟が悪い人間じゃなさそうで安心したよ」

にこやかに言うイルシオーネに、ヒースは苦笑いする。

同じことを告げた時、ヒエンが呆れ顔で言ったことを思い出したせいだ。

『それのお陰で向こうはいつでも君の場所が分かるし、その指輪を外したかったら君は必ずあいつに会う必要があるってことだよ。君のことを守るためって言うより、逃す気はないってことじゃないの？』

「しかし、私よりもよほどあちらの方が久遠の書に詳《くわ》しいのかもしれないな」

積み上げてあった書を手に取りながら、イルシオーネは苦笑気味に言った。

「長い間、神から授かったふたつの書が同じ国にあったというだけで、ソヴェリナ寺院と王立図書院はそれぞれが所持する書やその主人、ガーディアンの情報を共有してはこなかった。聖騎士や聖神兵についても同じだな。どちらがより力のあるガーディアンを持っている、どちらがより価値のある書を持っていると互いを牽制《けんせい》し合ってきた結果だ」

確かに、ここソヴェリナ寺院における聖神兵――知の聖騎士やリベイラ神徒らと同じ、ガーディアンを呼び出すことができる者のソヴェリナ寺院での呼び名――が王宮に届け出のあった四名であるということ以外、ヒースら王立図書院の人間は一切を知らない。

トラス教の教典よりガーディアンを呼び出す彼らは、ガーディアンを神と位置づけており、人が神をむやみに呼び出すことがあってはならないと己《おのれ》のガーディアンを顕現《けんげん》させることがない。よって、例えばランツァのガーディアンがどんな姿をしていて、どんな力を持っているのか、ヒースはまるで知らないのだ。他に三名居る聖神兵についても同様だ。

これについて、王立図書院は折《おり》に触れ彼らのガーディアンの詳細《しょうさい》について問い質《ただ》しているらしいが、ソヴェリナ寺院は神への冒涜《ぼうとく》である、と一貫《いっかん》して回答を拒否している。

「暁の書の主人は生涯をこの館で過ごし、世俗と関わりを持つことはない。私に求められているのは、ただ書の主人としてここに存在し、久遠の書の目覚めについて報告することだけだ。久遠の書について総大神官から教えられたことは、イースメリアの民が知っていることとさして変わりないだろう」

ここ数日、これはと思う書をイルシオーネとエリカと三人で片っ端からめくっていった。しかし、四方の壁を埋め尽くすほどの書がありながら、久遠の書やその主人、ましてやガーディアンについて詳細に書かれたものなどほとんどなかった。三書に関する記述のされたものはあれど、その内容はどれもこれも噂話や伝聞、逸話《いつわ》の域《いき》を出ず、事実や実話に基づき書かれていたもののほとんどは、当然と言うべきか暁の書の主人たちについてであった。

「ザクロを助けるためには三書とその主人が要《い》ると、〝黄昏〟もザクロも知っていたのだろう？　私は知らなかった。暁の書の主人として本来受け継ぐべき記憶を、我々は失ってきたのかもしれない」

わずかに目を伏せ、イルシオーネは小さく唇を噛んだ。

「〝黄昏〟がヒースに告げた言葉の意味を、ずっと考えてしまうんだ」

「『我々が捕らわれている古《いにしえ》の呪縛《じゅばく》からすべてを解放したい』？」

何故彼らが久遠の書を求め続けるのか、落とされた言葉の意味をヒースも考え続けているが、今も分からないままだ。おまけにシドは、〝写本ランバートル〟からガーディアンを呼び出したヒースになら分かるはずだと言ったのだ。話がしたい、と告げたシドの言葉の意味を、ヒースは量りかねている。

「〝ランバートル〟の中に、そんな描写はなかったよね。基本的には勇者ランバートルが光の書を授かって、ガーディアンのディートリヒと一緒に、最終的には呪書の王ドグライドを倒す話でしょう？　呪縛という意味では、ドグライドが呪書を使って人を書隷《しょれい》にして操っていたけど、つまり書に私たちが操られてるっていうことが言いたいのかな」

「いつ生まれたのかも分からぬ書に、国中が振り回されているのはその通りだな」

イルシオーネが苦笑気味に頷く。

「〝古の呪縛〟が〝書に振り回される私たち〟だとすれば、それらすべてを解放したいわけだから……、彼らは〝書を巡る争いを終わらせたい〟と思っている？」

「私もそれは考えたが、ならば、何故〝黄昏〟はイースメリアに対話を持ちかけない？」

剣を持たない者に向ける剣をリベイラ信徒は持たない、とシドは言った。

確かに、リベイラ信徒はイースメリアの一般市民に手出しをしない。「久遠の書を取り戻す」という信念に基づき、王立図書院とは無関係な民に手を出した者は、仲間であるリベイラ信徒の手により処分されると言う。

王都にある王立図書院がリベイラ信徒らに攻め込まれながら、その様を近隣に住むイースメリアの民が囃《はや》し立《た》てて市街から見守っているという奇妙な光景は、こうした事情から生まれたものだ。

リベイラ信徒に余計なことをしなければ、自分たちが襲われることはない。それを、イースメリアの民はよく知っている。

シテは表向き、王立図書院を攻めているリベイラ信徒はごく一部の過激な者たちであり、シテの総意とは無関係であるという立場を取っている。イースメリアはそれが詭弁《きべん》と知りながら、こちらからシテに攻め込み、相手につけ入る口実を与えるような真似は決してせぬようにと、防戦一方の体制を貫いている。

「つまり、〝古の呪縛〟にはなにかしら意味があるんだ」

「……そして久遠の書には、〝古の呪縛からすべてを解放する〟ためのなにかがあるってこと？」

それは一体、なに？

左手の指輪に視線を落とす。鍵《かぎ》を握っているのはシドだ。

妙な緊張に静まり返った部屋に、扉を叩く音が響いた。

ふたりしてびくりと振り返る。

「イルシオーネ様、ヒース様。王立図書院より、知の聖騎士長ルドベキア様がただ今到着されました。イルシオーネ様に目通り願いたいと大聖堂でお待ちです。ヒース様も至急お越しくださいますよう」

ランツァの慇懃《いんぎん》な声に、ヒースとイルシオーネは互いに顔を見合わせた。

（きた）

一瞬足が震えたのは、なにかの予感だったのだろうか。

「どうしたヒース、急ごう」

イルシオーネの怪訝《けげん》そうな声に、ヒースは慌てて動いた。


大聖堂の正面には丸い飾り窓があり、両隣には暁の書の一節が石板に刻まれている。中央祭壇《さいだん》には知恵の書を抱く神の彫像が祀《まつ》られて、背後から淡い夕刻の光を受けていた。

その祭壇の前に立った聖女イルシオーネは今、王立図書院からの使者、知の聖騎士長ルドベキアを見下ろし静かに激昂《げっこう》していた。

「今、なんと仰《おっしゃ》いましたか。私が求めたのは、久遠の書のガーディアンを回復させるための方法です。良いですか、ルドベキア殿。もう一度、お話を伺《うかが》いましょう」

なんとか気持ちを抑《おさ》えようとしていることが窺えるが、興奮のあまりヴェールの向こうから聞こえる声が震えている。

緋毛氈《ひもうせん》に片膝をつき、深く頭《こうべ》を垂《た》れるルドベキアをヒースは背後から見ていた。聖騎士長ルドベキアの声を聞くだけで、王立図書院に居た頃の憂鬱《ゆううつ》な気分が甦《よみがえ》ってくると言うのに。

ルドベキアの後ろにヒエンとふたりで並び、同じように片膝をついた姿勢で、ヒースは今日の前で起きていることが現実のものとは思えずにいた。

握り締めた拳《こぶし》が、じわじわと白くなっていく。

「改めて申し上げます」

ルドベキアは、やけに落ち着いた声音で、子供に言って聞かせるように話した。

「甚大《じんだい》なる破損が予測される久遠の書の可及的《かきゅうてき》速やかな修繕のため、王立図書院より三名の修復師を派遣《はけん》いたします。久遠の書の主人におかれましては、イースメリアの永久《とわ》の繁栄を次代に繋《つな》ぐべく、その大任を全《まっと》うして頂《いただ》きます。このため、神官兵より三百、並びに王立図書院より警備兵五十を至急こちらに配備し、万全の体制を整えて対応いたします。この件に関しまして、久遠の書の主人、並びにガーディアンが滞在するイルシオーネ様の館をお騒がせすることになりますが、既に総大神官様からもお許しを頂戴《ちょうだい》しております。また、久遠の書を狙《ねら》いリベイラ信徒がこちらに押し寄せる可能性があります。既に神官兵や一部聖神兵に市街の警備をさせていると伺いましたが、ここヤークは暁の書を戴《いただ》いて以後、何者からも襲撃を受けたことがありません。それ故、このような事態に不慣れな点もおありでしょう。王立図書院より、警備兵として更に二百名を配備いたします。イルシオーネ様におかれましては、暁の書と共に早急に館をお移りくださいますよう、お願い申し上げます」

「ルドベキア、何故書の修繕にそれだけの兵が必要になるのかと、私は問うているのです！」

とうとうと語り続けるルドベキアの言を、遂《つい》にイルシオーネは遮《さえぎ》った。

「久遠の書の主人に、なにをさせる気です。イースメリアの永久の繁栄を次代に繋ぐための大任とは一体なんです。答えなさい」

ヒースはその背中を見つめているだけだったが、何故か、ルドベキアが薄く口元に笑みを浮かべるのを感じた。

「暁の書の主人であらせられるイルシオーネ様には、お分かりでしょう。書を修繕するためには、書を手に取らねばなりません。久遠の書は、その主人を器とする希有《けう》な書です。主人が女神イデルの御《み》手《て》に導かれる時、再び世に姿を現すのです」

女神イデルは、死の神だ。

「エリカを、殺すというのか」

ぞっとするほど低い声が大聖堂に響いた。

「すべては、イースメリアの未来のためです。我々は、過去より受け継いだ神の書を子々孫々に伝え続ける義務があります。これには多くの犠牲を伴《ともな》うでしょう。私の家系は代々知の聖騎士を輩出《はいしゅつ》しておりますが、伝えられた記録によると、かつて同様の決定が行われた際、二百名を超える兵が主人を守る久遠の書のガーディアンの犠牲になったそうです。その反省を踏まえ、今回は三百五十名の兵を投入し」

だん、とイルシオーネの足が強く床を打ち鳴らした。

「……愚《おろ》かな！　そのように血塗《ちぬ》られた書を繋いで、どのような繁栄を次代に伝えるつもりか。過去の反省を生かすと言うなら、犠牲者を出さぬことを考えるべきではないのか。久遠の書のガーディアンは、黄昏の書の主人を呼ぶよう求めたと私は伝えたはずだ。愚かな命を告げる前に、シテに助力を乞《こ》うべきだろう！」

「イルシオーネ様、そう興奮召《め》されませんよう。シテに助力を乞うこと、断じてならぬと王より言付かっております。彼《か》の国の信徒に我々がこれまでにどれほどの被害を被《こうむ》ってきたか、ご存知でしょう」

「知らぬ。本来ならば受けられるべきそのような報告を、我々は王立図書院より受けたことがないからな。暁の書の主人として、是非《ぜひ》とも伺いたい」

「これは失礼いたしました。穢《けが》れなき聖女様のお心を煩《わずら》わせぬよう、神官様が努めておられたのですね。私の失言でした」

　たっぷりと込められた皮肉も、しかしルドベキアはどこ吹く風だ。イルシオーネの固く握り締められた手が震えている。

「私が納得するよう説明しろ。久遠の書の主人を犠牲にすることなど、認められぬ。聞いているのか！」

「イルシオーネ様！」

　業《ごう》を煮やし、ルドベキアに摑みかかろうとしたイルシオーネを背後からランツァが羽交い締めにした。聖女は暴れ、腕をむちゃくちゃに動かし、今にもヴェールが外れそうになっている。

「ランツァ殿、イルシオーネ様は少々お気持ちが昂《たか》ぶっていらっしゃるようです。私はこの者たちに話がありますので、どうぞお連れください。イルシオーネ様、貴重なお時間を割《さ》いて頂き深く感謝申し上げます」

慇懃《いんぎん》に、ルドベキアは頭《こうべ》を垂れた。それに倣《なら》い、ヒースとヒエンも頭を垂れる。

「ランツァ、離せ！　まだ話は終わっていない。ランツァ！」

遠ざかっていくイルシオーネの声を聞きながら、ヒースは不意に覚悟が決まるのを感じた。

あれほど悩んでいたことが冗談のようにすっと。

過去に同様のことがあった？

主人を守るため、ザクロが数百人の兵を殺した？

想像するだに恐ろしい光景だと思うのに、ヒースは、それほどまでにして守った主人を失ってしまったザクロの気持ちを思った。

再びの眠りにつきながら、彼はなにを考えただろう。想像すると、胸の奥が凍《こご》えた。

久遠の書を次代に繋ぎたい。その気持ちは分かる。久遠の書に限らず、ヒースにとって書はすべて次の世代に繋いでいくべきものだ。

だが、そのために書の主人を犠牲にするのか。

再び、ザクロを同じ目に遭《あ》わせるのか。

他に方法があるのに。

『人助けのためなら、私が知人である君にほんの少し手を貸したところでなんの問題もないはずだ』

そう告げたシドの笑顔が脳裏を巡《めぐ》る。

野蛮な民だ、邪教だとイースメリアの人々が忌《い》み嫌《きら》うシテのリベイラ神徒であるシドの方が、よほど人道的で友好的ではないか。

「ヒエン、あなたを王立図書院警備兵一小隊並びにソヴェリナ寺院神官兵二中隊による合同大隊の総大隊長に任命します。全隊の指揮をとり、必ず任務を遂行《すいこう》しなさい。私はこの後すぐに王都へ戻ります」

自分の思考に沈みかけたが、ルドベキアの声に意識を戻す。

代々知の聖騎士を輩出する家に生まれ、なんの能力も持たないヒースがガーディアンを呼び出したことに嫌悪の色を隠さなかった人だ。久遠の書の主人となったエリカが孤児であると気づいた時もそうだった。エリカを守る気など、もともと微塵《みじん》もないのだろう。

「謹《つつし》んで拝命いたします」

横目で窺うヒエンは顔色ひとつ変えていない。彼は、この事態を最初から正確に予測していたのだろうか。

「任務にあたり、王より宝剣が預けられます。剣身に呪が刻まれており、久遠の書のガーディアンの力を弱めると言われているものです。後続の小隊が運んで来ますので、それを待って任にあたりなさい。我々とて、兵を徒《いたずら》に失うような真似はしたくないのです。せっかく百余年ぶりに目覚めたものを、神官たちが余計な真似をしてくれたものです。まあ、起きたことをぐだぐだと言っても始まりませんが」

「ご心痛、お察しいたします」

神経質に眼鏡の中央を押し上げ、ルドベキアは煩わしそうに頭を振った。

「ヒース」

「は、はい」

このまま退出を促《うなが》されるのだろうと思っていたから、ヒースは突然呼ばれてびくりと姿勢を正した。

「あなた、聖室への出入りを許されているらしいですね」

「恐れながらイルシオーネ様のご厚意を賜《たまわ》り」

さっと手を上げ、ルドベキアはヒースの言葉を遮《さえぎ》った。

「結構です。聖室内部の様子を詳細に観察し、ヒエンに報告するように」

「つ、謹んで、拝命いたします」

はっ、と鼻で笑う声が響く。

「命と呼べるほど大層なものではありませんよ。この程度のことでしたら落ちこぼれのあなたにもできるでしょう。引き続きヒエンと打ち合わせをします。下がりなさい」

確かに自分は、知の聖騎士としては落ちこぼれだ。与えられた命を、ただ忠実に遂行することもできない。

(行こう)

黙って頭を下げると、ヒースは踵《きびす》を返した。


机に向かい無心に手紙を書いていると、珍しく、呼び出していないのにヒースラッドが姿を現した。

「置いていく気か」

手を止めて、頭上を見上げる。

無表情も、淡々とした声もいつもと同じだと思おうとしたけれど、ヒースのガーディアンはその右目に明らかに怒りの色を湛《たた》えていた。

「うん」

ヒースは迷いなく答えた。

「お前の書だ」

「だから、置いていく」

写本〝ランバートル〟を置いていくことは、シテに行くかもしれないと思った時から決めていた。

もともと王立図書院に収められた書で、この書を持つことでヒースは知の聖騎士となった。

国の命に背《そむ》くのだ。当然書は返すべきだと思ったし、いくらシドがヒースの身の安全を護ると誓《ちか》ってくれたとしても、シテは敵国には違いない。そんな場所に、大切な書を持って行くことは考えられなかった。

たとえヒースになにかあったとしても、残ってさえいれば、書は次の人へと受け継がれていく。

「絶対に帰ってくるから、ここで待ってて」

「書を置いていく主人などいない」

「ここにいるわ」

「書とその主人を守ることがガーディアンの役目だ」

「私は書を守護する王立図書院の知の聖騎士よ。あなたを守ることも私の役目だわ」

ヒースラッドの眉間《みけん》に深い皺《しわ》が寄る。負けるものかと、ヒースも目に力を込めた。

これまでに、それほど多くの言葉を交わしたわけではない。それでもヒースラッドが、ヒースの内面を誰よりも理解しているだろうことをヒースは知っていた。

「連れて行け」

もう一度だけ、ヒースラッドは言った。先ほどよりも幾分《いくぶん》やわらかい声で。諦《あきら》めをはらんだ声で。

だからヒースは何度か瞬《まばた》きをして、琥珀色《こはくいろ》の瞳を見つめながらはっきりと答えた。

「置いて行く」

ヒースラッドは無言でヒースを見下ろしていた。本当は目の前まで下りてきて欲しかった。けれど、忌々《いまいま》しそうにヒースを見る顔が怖くて、それ以上なにも言えなかった。

「その指輪を決して外すな」

ふいと視線を逸《そ》らしたガーディアンは、そのまま姿を消してしまった。

「ヒースラッド」

腰袋から書を取り出して、赤茶色の表紙に向かって呼びかけてもなんの反応も返ってこない。

怒らせた。

途端に胸の奥がひゅっと冷たくなるが、ヒースは一度書に額を押しつけて強く目を閉じると、挫《くじ》けそうになる気持ちを振り切った。涙は一粒《ひとつぶ》零《こぼ》れたけれど。

イルシオーネがランツァを伴《ともな》い部屋にやって来たのは、三通目の手紙を書き終わった頃だった。

さんざん泣いたことが窺える真っ赤な目元は痛々しかったが、細い眉《まゆ》をきりとさせたイルシオーネは、決然とした表情でヒースの前に立った。

「先ほどは、取り乱した姿を見せてすまなかった」

ヒースはゆっくりと首を横に振る。

「君が黙っていたのは、このことだったんだな」

「ごめんね」

「いや、私が君の立場でも同じことをしただろう。謝罪の必要はない。それで――」

言いながら、イルシオーネの視線がヒースの背後に注がれた。

まとめられた荷物と、机の上には手紙。

それだけで、イルシオーネはヒースがなにをしようとしているのか理解したらしかった。わずかに瞳を大きくすると小さく口角を上げる。背後に控《ひか》えていたランツァから書を数冊受け取り、ヒースに差し出した。

「遅くなったが、君に〝報酬《ほうしゅう》〟を持ってきた。どれもこれも興味深いものばかりで、君の知るランバートルに比べると驚くほどに粗野《そや》で乱暴だろう。けれど確かに今のランバートルに通じる話ばかりだ」

言いながら、ヒースの胸元に書を強引に押しつけてくる。

「え、あの、これ」

「君が私に自由を与えてくれた〝報酬〟だ。受け取ってくれ。念のため、私から君に確かにこの書を

譲《ゆず》り渡《わた》した旨《むね》を書面にしたためておいた」

確認して欲しいと強い調子で言われて、ヒースは突然のことに戸惑いながらも、示された一冊の表紙を開いた。そこに、今差し込まれたばかりと思われる文書が一枚。

暁の書の主人、聖女イルシオーネが、イースメリアの民であり、書の友人たるヒースに命ずる

シテに赴《おもむ》き、黄昏の書とその主人に助力を乞うことこの命に背《そむ》く者、聖女イルシオーネに背き、国の礎《いしずえ》である暁の書の教えに背く者とみなし、破門する

暁の加護を

文書の終わりには、イルシオーネがザクロに授けたものと同じ、輝く太陽であり、暁の書の主人しか使用できない赤い、二重の円が記されている。

破門する、の文字にヒースの心臓が大きく鳴った。それは「権利を持たざる者」へ落とすという意味だ。

イースメリアで、それはほとんど身の破滅を意味する。

総大神官と、ごく一部の大神官が持つ破門の権利は、確かに聖女であるイルシオーネも持っている。

驚き顔を上げたヒースが口を開くのを、イルシオーネは制した。

「私は祈ることしか知らない。だからどうかこれを受け取って欲しい。初めてできた友を失いたくな

いんだ」

それが、エリカのことだけではなく、ヒースのことも指しているのだと気づく。

王立図書院の命に背くヒースを、聖女の命を与えることで守ろうとしてくれている。

破門の文字には、国王ですら逆らえぬと言われるほどの力があるのだ。ヒースがこの命に逆らうことなどできやしない。

「……ありがとう、ございます」

思わず、ヒースは手渡された書を抱き締めたままその場に片膝をついた。

「やめてくれ、ヒース。幼い頃から人々に傅《かしず》かれ甘やかされて育った姫や聖女などというものは、我《わが》儘《まま》で横暴で世間知らずなものと決まっている。そうだろう？」

あまりに堂々と言い切るから、こんな時だと言うのにヒースは笑ってしまった。

立ち上がり、ありがとうと目を見て告げると、聖女は満足そうに頷く。

「君をひとり行かせることに不安がないとは言わない。だがこの指輪を君に託《たく》したのが〝黄昏〟なら、私は彼を信じていいと思う。持ち主を守ろうとするやさしい力しか感じないからな」

君に暁の光の加護を、とイルシオーネがヒースの頬に自身の頬を寄せた。

「こちらのことは心配するな。私にはランツァがいるからな。君が戻るまで、エリカは必ず守る」

イルシオーネが背後を振り返れば、直立不動の姿勢で控《ひか》えていた男は、軽く頭を下げて見せた後、静かに口を開いた。

「イルシオーネ様、ヒエンがエリカ様に接触しているようですが」

一気に血の気が引いた。

一瞬イルシオーネと視線を交わすと、ふたり揃って扉に飛びつく。

「館に戻って来て、エリカには？」

「まだ会っていないの。なんて言えばいいのか分からなくて。イルシオーネは？」

「私もだ！」

ヒースの部屋は三階にあり、聖室の入口は二階にある。

走り慣れていないイルシオーネを置いて、ヒースは暗い階段を一段飛ばしに駆け下りた。

（まさか）

聖室の扉の前に、ヒエンの背中が見えた。その向こうにエリカの姿も。いつものように、エリカの首元にはリリーメイが抱きついている。

「ザクロを助けるもうひとつの方法があってね」

やさしげな男の声に、ヒースは叫んだ。

「ヒエン、やめて！」

ちらと、ヒエンがヒースを確認したのが分かった。もちろん男はやめたりしない。

「君を殺すよう、僕たちに命が下ったんだ」

「させないから。絶対に、させないから！」

あっさりと言い放った男とエリカの間に割り込み、ヒースはエリカの両肩を抱くとその目を覗き込んだ。

エリカは、一瞬なにを言われたのか分からないと言うようにぽかんとしていたが、ヒースと、その後ろにいるヒエンの顔を交互に眺めた後、なんだ、とほっとしたように顔の強張《こわば》りを解いた。

動揺したのはヒースの方だ。

「驚かないんだ？　怖くないの。僕は今命令を実行するつもりかも知れないよ」

ひょこりと、ヒース越しにヒエンがエリカを覗き込む気配がする。エリカは顔を上げて、ヒエンをじっと見つめていたが、すぐに表情を崩した。

「ヒエンがもし本当にあたしを殺すつもりなら、ザクロもリリーメイもこんなにおとなしくしてないでしょ」

なるほど、とヒエンは何故か楽しそうだ。

「それに、そのことなら、ザクロからもう聞いてたんだ。書の主人をやめたいなら死ねばいい、って最初に言われたでしょ。あれと同じことだって。黙っててごめん。今みたいに、すごく心配してくれると思ったから」

少女の両肩に置いたヒースの手の上に、エリカは自分の手を重ねた。その瞳に怯《おび》えや恐れは微塵《みじん》もない。

「知って……」

どう伝えるべきかと悩み、彼女に宛てた手紙を書いていたのだが、必要なかったらしい。

どっと力が抜けて、膝から崩れ落ちそうになる。

「でもヒエン、教えてくれてありがとう。それからヒースも。先に謝っとくね。あたし、ザクロを助けるために死ぬつもりはないんだ」

少女は自分の胸に右手を押し当てた。慈しむように、目を伏せる。

「あたしの命は、ザクロが守ってくれたものだから。だからヒース、お願いがあるんだ」

再び顔を上げたエリカは、先ほどヒースの部屋に入ってきたイルシオーネと同じ表情をしていた。

エリカの肩から手を離し、ヒースは少女と向き合った。

「知の聖騎士は、久遠の書とその主人に仕《つか》えると言ってくれたことは、今も変わらないですか」

「変わりません」

姿勢を正し、右手を左胸にあてる。

目の前に立つのは、もう予期せぬ事態に巻き込まれ、怯えて泣いていた少女ではない。瞳に強い決意の光を宿し、毅然とした態度でヒースとヒエンに対する書の主人。

「久遠の書の主人として、お願いします。ザクロを助けてください」

「謹んで、拝命いたします」

その場に片膝をつき、ヒースは深く頭を垂れた。

「我儘言ってごめんなさい」

ぽたりと、目の前の床に雫が落ちてきて、視線を上げればくしゃくしゃになったエリカの泣き顔がそこにあった。その場に座り込んで、ヒースに対して何度も何度も謝り続ける。

「エリカ、これを持ってて」

ヒースは首元を探ると、首飾りを外してエリカの首にかけてやった。同僚のアンドレアナが、ヒースのために作ってくれたものだ。ヒースの目と同じ青い色の石が嵌まっている。

「友達がくれたの。元気が出るお守り」

「そんな大事なもの、預かれない」

少女が怯えたように首を振るのをヒースは笑って制した。

「だから大事に持ってて。次に会う時、返してもらうから。それに今回のことは私自身納得がいかないの。エリカのお願いがなくたって、勝手に行くわ」

「ヒースが帰ってくるまで、絶対にザクロを守るから」

エリカが嗚咽交じりに告げた言葉はつい先ほどイルシオーネがヒースに告げたものとよく似ていて、ヒースはなんだか胸がいっぱいになって痩《や》せっぽちの少女を抱き締めた。

✹

夜も深まる時間だというのに街の大通りには煌《こう》々《こう》と灯《あか》りが連《つら》なり、真昼の明るさを保っている。まるで夜を追い払わんとするばかりだ。

ヒエンの言っていた通り、数日前に比べると人の姿は減っていたが、それでも旅装束《たびしょうぞく》の人々が未《いま》だ多く行き交っている。時折、ソヴェリナ寺院へ向かって祈る人の姿を見た。イルシオーネの体調を案じる会話もすれ違い様に耳に入る。

街の入口まで辿《たど》り着《つ》くと、ここに来た時と同じように神官兵らがずらりと立ち並んでいた。大きなかがり火が焚《た》かれ、彼らの白い兵服を炎の色に染めている。道を挟《はさ》んだ松明《たいまつ》の明かりは、等間隔でずっと遠くまで続いていた。姿は見えないが、明かりの数だけの神官兵が沿道に立っているのだろう。

なんとなく、フードの端を引っ張り、もう少し深く被る。

ここに、シドは迎えに来るのだろうか。入口付近の屋台をひやかしているふりをしながら、ヒースは小さく眉間に皺を寄せた。

リベイラ信徒が街へ入り込むことを警戒していると、ルドベキアは言った。

ここで待ち合わせするのは、危険すぎるかも知れない。名を呼びながら、街の中ほどにある広場まで誘導すべきだろうか。

考えながら無意識に胸元の石を握ろうとして、感触が違うことに驚く。今そこにあるのは、赤い石の嵌まった古めかしい指輪だった。

「これ持って行きなよ。君のお守りの代わりに」

途中まで送ると寺院から街外れまで馬を走らせてくれたヒエンが、別れ際に無理やりヒースの手に握らせたのだ。

黒い革紐《かわひも》に下げられていた金色の指輪は、幅が広く、炎のように赤い楕円《だえん》の石が嵌まったいかにも高価そうなものだった。持って行けないと顔色を変えてヒースが返そうとする前に、もうヒエンは馬首を巡らせて来た道を戻ろうとしていた。

「あいつの下心、ちゃんと確認してね。その指輪を上手《じょうず》に使えば、きっと君の武器になると思うよ。まあヒースには難しいかもしれないけど。自分がなにをしたいのか、それだけを考えるんだよ」

ヒエンは、シドがヒースの小指に嵌めた指輪を見ながらそんなことを言った。

あれも、ヒエンなりの激励《げきれい》だったのだろうか。

前に口にした通り、ヒエンはヒースの決めたことになにひとつ口を挟《はさ》むことなく送り出してくれた。ならばヒースはそれに成果をもって応《こた》えるべきだろう。

「あなたがヒース？」

指輪の赤い石を見つめて、ヒースがもう何度目になるか分からない気合いを入れていると、突然子供の声がした。

振り返れば、まだ十になるかならないかという少年がヒースを見上げている。

褐《かっしょく》色の肌に、白に近い銀色の短髪。刺繍《ししゅう》の施《ほどこ》された明るい灰黄色の上衣は裾《すそ》が膝丈《ひざたけ》まであり、その下には白いズボン。少し裾が長すぎるように見える。

濃い紫色の瞳よりも白目の方が多いためか、恐ろしく目つきが悪い。じっとヒースの顔を睨《にら》みつけるように見据《みす》えている。

「え？　あの、あなた」

「そうだね」

誰、と訊《き》く前に、少年はヒースの左手をとった。声が低めなせいかその喋り方のせいか、随分《ずいぶん》大人びて聞こえる。

小指にはシドに嵌められた指輪。

食い入るようにそれを見つめた少年の視線が、瞬間鋭さを増したような気がした。

「手、冷たいのになんで汗かいてるの。気持ち悪い」

ヒースの手をふいと離すなり、少年はヒースの手を取っていた自分の手をいかにも不快そうに服で拭《ふ》いた。

思わずごめんと言いそうになったがぐっと堪《こら》える。なにか言うべきかとも思ったが、怒りと恥ずかしさが同時に込み上げて言葉にならない。

今から、単身シテに向かおうというのだ。緊張していてなにが悪い。

「これ」

顔を赤くするヒースを気にすることなく、少年はおもむろに自分の右腕を突き出した。

小さな手首に銀色の腕輪が嵌まっていて、その中央にはヒースの指輪に嵌められた石とそっくりの石が埋め込まれている。

「同じ石？」

「分かった？　じゃ、行くよ」

少年がシドの使いなのだということは分かる。だが、彼は一体なんなのだ。

少年はヤークの出入口とは反対方向に歩き出しており、こちらを振り返ることもしない。

「ちょっと待って。あなた誰なの」

わけも分からないまま、ヒースは少年の後を慌てて追いかけた。

③

小さく呻《うめ》き声《ごえ》をあげてザクロがうっすらと目を開けた。すぐに瞳が動き、エリカが傍《そば》に居ることを確認する。

「どうした」

苦しみ横たわっているのはザクロのはずなのに、目を覚ます度《たび》、男はエリカの様子を窺《うかが》う。

視線は、エリカが手にしていた石に向けられていた。

少し緑がかった水色の、縁飾《ふちかざ》りがしてある綺麗な石だ。ヒースがお守りだと、預けていった。

「ヒースが、シテに向かったの」

「遅い」

ザクロは忌々《いまいま》しげに舌打ちした。

「そんな風に言わないで。ほら、薬を飲んで。痛みは？　なにか食べる？」

水を差し出すと、ザクロはおとなしく薬を口にして、エリカの手を大丈夫だと言うように握り締めると、再び目を閉じた。

苦しみに暴れ出すことはもうほとんどないが、ザクロは一日の大半を寝て過ごしている。

痛いとも辛《つら》いとも言わないので、見ているだけのエリカには、今ザクロがどんな状態にあるのか推《お》し量《はか》ることもできない。

分かっているのは、ザクロがエリカを、なにがあってもただ守ろうとすることだけ。命を賭《か》けて。

それは、エリカにとって驚くべきことだった。

いや、王立図書院でザクロに会ってからというもの、驚きのない日など一日もない。

つい先ほど教えられた「国からの命令」の方が、どちらかと言えばエリカには身近なものだった。

この国でエリカたち孤児は「権利を持たざる者」と呼ばれて、国に守護されない。孤児が増えすぎると、国は治安が乱れると言って孤児の処分を行う。昨日まで笑っていた仲間の姿が今日は見えない、などということはエリカにとってごく日常だった。

国が、「権利を持つ人々」のためになにかを切り捨てるのは、そう驚くことではない。

本当に驚いているのは、今こうしてエリカの命を惜しんでくれる人がいるということだった。

ヒースもイルシオーネも、恐らくはヒエンも。エリカを助けるために、動いてくれている。

今の状況は、エリカが久遠《くおん》の書の主人に選ばれたから生まれたものだということも分かっている。

そうでなければ、エリカは今日も王都ザヤの裏通りをリリーメイとふたり残飯を探して歩いていただろう。

ヒースやイルシオーネに会って、綺麗な服を着て、あたたかい食事をして、他愛《たわい》ないお喋《しゃべ》りをして「普通の子」のように過ごす時間は夢のように楽しかった。

あんなに怖かったザクロが傍に居てくれることが当たり前になっていった。

目の前が熱くなり、エリカは慌てて固く目を瞑《つぶ》った。ヒースから預かった石を握り締めて、ザクロの脇腹あたりに額を落とす。

無意識だろうが、ザクロの手がエリカの頭に載せられた。人の体温は、安心する。そういうことも覚えてしまった。

リリーメイとふたりで生きていた頃、怖いものはたくさんあった。だから自分を守ってくれる存在に憧《あこが》れたし、自分を大切にしてくれる人がいれば、どんなに幸せだろうと思った。

だけど今、そんな人たちが傍に居てくれることが、エリカには時々恐ろしい。

ザクロが倒れた時、胸が張り裂けそうな気がしたのだ。

失うかもしれない。そう思ったら、怖くて、悲しくて、これまで感じたことがないくらい、寂しくなった。

頭に載せられたザクロの手の上に自分の手を重ねると、リリーメイがその上から更に手を包んでくるのが分かった。

これまで、死にたくないと思ったことは何度もある。けれど、生きたいとこれほど強く思うのは初めてだった。

エリカの命を、誰かが惜《お》しんでくれることの喜びを知ってしまったから。

◆

「あなたは本当に知の聖騎士なの？」

ぎろりと音がしそうなほどの視線を向けられて、ヒースは心底げんなりしていた。

小石を踏んだのだろうか。けたたましい音を立てて走り続けている馬車は、大きく上下に揺れた。

「僕が聞いているのは、何故《なぜ》その改編が行われたのかということなんだけど。あなたの感情的な感想なんか聞いてない」

淡々とした口調だが、車輪の音に負けぬようにと少年は多少大きな声で語っている。その間、ヒースを見つめる目は一度も動かない。

助けを求めてちらと少年の隣を見れば、シドはフードを目元まで被《かぶ》って眠っている。こんなにも煩《うるさ》くがたがたと揺れっぱなしの車内で、よくも熟睡《じゅくすい》できるものだ。

「ジダイ、何度も言うけれど、私は学者じゃないの。あなたが聞きたいって言うから話してるだけ」

「そんなことが言い訳になるの？　あなたは、仮にも写本〝ランバートル〟からガーディアンを呼び出した知の聖騎士なのに？　偉大なるイースメリア王立図書院の書の護《まも》り手《て》なのに？」

畳《たた》みかけるような口調は、完全にヒースをやり込めるためのものだ。

なんて口の立つ、嫌な子供だろう！

たった一日の間に、もう何度も同じ言葉を胸の内で吐き出している。眉間《みけん》に寄った皺《しわ》がそのまま張り付いてしまいそうだ。ただ生意気なだけなら我慢のしようもあるが、少年はひたすら追及の手を緩《ゆる》めずヒースに切り込んでくる。

『この子はジダイと呼ばれている。普通なら一生見ることのできない暁《あかつき》の聖女が表に出てくると聞いたからね。勉強熱心な子だから、後学のために見せてやろうかと思って一緒に連れてきたんだ』

ヤークの街で、ヒースを馬車まで案内したこの少年を、シドはそう紹介した。

「君の書にも興味を持っていたから、よければ話して聞かせてやってくれ」

慣れた仕草でシドがジダイの頭を一撫《ひとな》ですると、初めて、目つきの悪い少年は少しだけ照れたように首を竦《すく》めた。しかしヒースを見る目は変わらず冷たいもので、好かれていないことは容易に感じられる。

シドに会ったら事前に聞いておきたいことは色々あったのに、車内にヒースたちを招き入れ、馬車が動き出した途端、「私は少し眠るよ」と窓に持たれるやぴくりともしなくなった。

後に残されたのは、ジダイとヒースだけ。

「さっきは迎えに来てくれてありがとう。あなたも休む？　もう遅いものね」

ヒースの向かいに掛けた少年は、まるで監視しているかのようにヒースから視線を外さない。それに居心地が悪くなって話しかけると、ジダイがぼそりと言う。

「シドが、あなたに学べと言った」

不本意だと、顔中に書いてある。

「あなたが、写本〝ランバートル〟からガーディアンを呼び出した書の善《よ》き友だから。僕は、あなたから学ぶことがあると。だから、あなたの書の話を聞かせて欲しい」

「……話をするのは構わないけど」

今思い返せば、あれがよくなかったのだ。気乗りしないなら、無理に学ぼうとしなくていいんだよ、とやんわり断ればよかった。

「さっきあなたは、写本版のランバートルの親友ガンダーは素性《すじょう》の知れない平民出の騎士だが、正本では、由緒《ゆいしょ》正しい家柄《いえがら》の騎士となっていると言った。ランバートルがガーディアン・ディートリヒを呼び出す光の書は、正本では神から授かったことになっているけれど、写本版では彼の屋敷の古い納《な》屋《や》から見つけたことになっているとも。だからこれには、どんな意味があるとあなたは考えたか聞かせて欲しいと言っているだけだ。それから、写本版にも挿絵《さしえ》があるの？　彼らの服装や小物はどんなものが描かれていたの。正本とは違う挿絵だった？」

「だから、何度も言っているけど、私は学者じゃないの。その改編にどんな意味があるのかなんて深く考えたことはないわ。最初は、正本の後に写本版が書かれたと思っていたもの。イルシオーネが書かれた順番が逆だって教えてくれなかったら、今もそう思っていたわ。だからそうね、写本版から正本へ改編されたことを踏まえて言うなら、勇者ランバートルをより神格化させようとしたのかなって思うくらいよ。挿絵は写本版の方が少なかったわ。ランバートルが光の書を見つける場面と、閉じ込められた書からローゼンディア姫を救い出す場面。あとは、呪書《じゅしょ》の王ドグライドを倒して、呪書を光の書に取り込む場面。正本は写本版と同じ場面の他に、ランバートルとガンダーが共闘《きょうとう》する場面とか、ディートリヒがドグライドに斬《き》りかかる場面とか。他にもう何枚があったわ」

ジダイは大きく息を吐いた。話にならない、と思っていることがこれ以上なく伝わってくる。

「書かれた順序を間違えて捉《とら》えるなんて、筆者に対する侮辱《ぶじょく》だ。だから挿絵が重要なんだよ。着ているものや描かれている小物で、時代が見えてくることがあるでしょう。気がつかなかったの？」

子供相手なのだから怒らないように、苛立《いらだ》たないようにと思ってきたが、さすがに限界がきそうだ。

既にヒースは、ジダイにランバートルの正本について一通り語って聞かせた上、正本には載っていない写本版についても一昼夜かけて語らされている。おまけに、感情は乗せるな、ただ淡々と書の文字を追うように話せと注文ばかりつけられて、ヒースの疲労度合いはいつも広場で子供たちに語って聞かせていた時とは比べものにならない。

それでも最後まで語って聞かせたのは、少なくとも、ジダイにこちらの話を真剣に聞く姿勢が見えたからだ。一言一句聞き逃《のが》すまいとするかのように、前のめりになり、背筋をぴんと伸ばして食い入るようにこちらを見られては、途中で投げ出すこともできなかった。物語を楽しむわけでもないのに、異常なほどの熱心さだ。

お陰で、揺れまくる車内の中でヒースも疲れから熟睡《じゅくすい》することができたが、起きた途端に、では寝る前の続きからと言われて青ざめた。

結局逃げることができずに相手になっているものの、今すぐ放り出してしまいたい。

書に対する姿勢がとにもかくにも違いすぎる。

「書には書き手の伝えたいことがあらゆる形で織り込まれているのに。それを理解せずに、なにが知の聖騎士なの。下敷きとなった時代背景、歴史や文化、参考にされた人物やできごと。そこから読み取ることのできるすべての可能性を考えることが、書を読む者に課せられた使命でしょ。文字を学んでただ感情を高ぶらせるだけなら、吟遊《ぎんゆう》詩人の語る恋愛物語に一喜一憂《いっきいちゆう》する婦女子となんら変わらない。あなたはなんのために文字を学んだの」

少年の視線と口撃にはまったく容赦《ようしゃ》がない。

なんのために？　決まっている。〝ランバートル〟が読みたかったからだ。

まだ知らぬ彼らの世界を、余すところなく知りたいと思ったから王立図書院の写字生《しゃじせい》になることを目指し、文字を学んだ。

書き手の意図など深く考えたこともない。彼らの活躍に胸躍《おど》らせ、苦しみに共感し、恋にときめき、別れに涙する。全身で彼らの世界に飛び込んで、そこから受け取るすべてにヒースは一喜一憂した。

椅子に座っているだけなのに心はどこへでも飛んで行き、時に激しく、時に静かに感情を揺さぶられる。書を読む上で、それ以上のなにが必要だろう！

「〝落ちこぼれ〟とは、書の友人の真意を知らないイースメリアの民の無知故《ゆえ》かと思っていたけれど、本当のことだったんだね。どうしてあなたのガーディアンは、あなたを主人と認めたんだろう。あなたは書からなにも読み取ろうとしないのに。ねえ、あなたのガーディアンは、あなたになにを話すの」

心の底から不思議そうに言われて、ヒースは動きを止めた。

ヒースが何度でも〝ランバートル〟を読み返し、彼らの言葉や行動に興奮したり泣いたりする様を、ヒースラッドはいつだって黙って聞いてくれるばかりだ。ヒースラッドが書の内容について言及《げんきゅう》したことは一度もない。

「僕は、あなたのガーディアンと話がしたかった」

黙りこくったヒースに、駄目押しのようにジダイは告げた。悪かったわね、と心の中でヒースは呟いた。

いつの間にか馬車の速度が弱まっており、揺れが少なくなったかと思うと、緩やかに停止した。

「休憩《きゅうけい》しましょう」

外から女性の声がするや、ジダイはぱっと飛び出していく。

扉が開いたことで草の香りが流れ込み、暗い車内に光が差し込んだ。空気が少しだけ冷たい。息が詰まるような気持ちになっていたヒースは、ほっと息をついた。

「礼儀知らずで、申し訳ない」

「起きていたんですね」

「半分だけね」

ほとんど熟睡していたと嘯《うそぶ》く男は、まだ眠たそうな目をこすった。

「私が彼に教えてあげられることは、なにもなさそうですよ」

「あれはそういう風にしか書と接してこなかったから、考え方が極端なんだ。君と話をすることで、もう少し違う書との接し方を覚えて欲しいと思うんだが。君が書から得たものを、ジダイに伝えてやってくれないか。君の話を聞いていると私は楽しいよ。君の中で彼らは生きている」

「やっぱり、ずっと起きてますよね？」

くすくすとやわらかな笑い声をたてて、シドはヒースに馬車から降りるように促《うなが》す。同じ車内で膝をつき合わせているはずなのに、この二日間、シドと会話らしい会話をほとんどしていない。ヒースと話がしたいと言ったのは嘘だったのだろうか。

「やっとここまで帰ってきたか」

大きなあくびをしながら男の目が細められる。

目の前に広がるのは草地と小高い丘ばかりで、ヒースには現在地がまるで分からない。

王都よりも、シテの方がソヴェリナ寺院のあったヤークから近いことは分かっている。順調に走れば二日ほどで着くとシドが言っていたから、もうシテには入っているのだろう。

シドののんびりとした様子を窺い、ヒースは声をかけた。

「シド、もう何度も訊《き》いていますが、そろそろあなたが説得したいと言っていた方について詳《くわ》しく聞かせて貰《もら》えませんか。私が話をするのは、どんな方なんですか。私が留意する点があれば、予《あらかじ》め教えて欲しいんですが。それからこの指輪のことも」

「もう何度も言っているけれど、君に予め伝えなければならないことはなにもないよ。余計な情報で君に先入観を与えたくない。君は君のままで、その時感じたように話して欲しい。それで十分だ」

「そんな……」

「その指輪は、私の真剣さを君と君の周囲にいる人々に伝えるためのものだよ。暁《あかつき》の書の主人やザクロに見せてくれれば私の真意が伝わると思ったからね。実際君をひとりで送り出してくれた。光栄に思うよ」

シドは軽くヒースの肩を叩くと、御者台にいるジダイと護衛のひとりである秋曙《あきあけ》の元へ行ってしまった。こうやって折を見ては話しかけているのに、彼はまともに取り合ってくれない。

「ジダイ様に、かなりやり込められていましたね」

代わりにヒースの隣に立ったのは夏嵐《なつあらし》だった。秋曙と同じく、シドの護衛を務めるリベイラ神徒だ。

「こてんぱんです」

遠い目をするヒースの顔色からなにかを読み取ったのだろう。夏嵐の明るい笑い声が空に響いた。

気晴らしに少し歩きましょうか、と馬車から離れるよう促してくれる。

「どうかジダイ様の非礼をお赦《ゆる》しください。ヒース様にはご迷惑な話でしょうが、ジダイ様はジダイ様なりに書に対し真剣に向き合っておられるので、ガーディアンを持つあなたのことが羨《うらや》ましくて仕方がないのです」

黒髪短髪の夏嵐は背がすらりと高く、その呼び名に相応《ふさわ》しい夏空の色をした瞳はきりりとして非常に中性的な顔立ちをしており、男物の服を纏《まと》っているため遠目には男性に見える。

実際ヒースは今までずっと夏嵐のことを男性だと思っていたが、そのしっとりと落ち着いた声音やヒースに向けられる細やかな気遣いは非常に女性らしいものだった。

「彼は、シドとどういう関係なんですか？」

馬車の御者台で、ジダイは秋曙と何事か話をしている。シドがその傍《かたわ》らから口を出すと、ジダイは頰を膨《ふく》らませてなにか言い募《つの》った。ああしているのを見ると、子供らしいと思えるのに。

「大変近しい関係と申し上げておきましょうか」

振り返り彼らを見ていた夏嵐は小さく口角を上げた。

分かったような、結局よく分からないような回答だ。

「小さいのに、随分《ずいぶん》勉強熱心なんですね。イースメリアまで来るなんて、怖くなかったんでしょうか」

夏嵐たちが居《い》るからとは言え、敵とも言える国にまるで物見遊山《ゆさん》のように子供を連れてくるなんて、ヒースには信じられない気持ちだった。ただの子供ではなくガーディアンを持つ神徒なのかとも思ったが、そういうわけでもないらしい。

「我が国の子供たちは皆、書に対して熱心ですよ。それに他国を正しく知ることは非常に大切です。

噂《うわさ》や人づてに聞いた話と、自分の目で見たものの差は大きいものですから。誘われたのはシド様ですが、決断されたのはジダイ様ご自身です。あの方はご自分の使命を果たそうと必死なんです」

ジダイを見つめる夏嵐の表情は、親が子を見守るように慈愛《じあい》に満ちたものだ。

「使命？」

大仰《おおぎょう》だとも思える言葉に戸惑《とまど》う。けれど夏嵐は、ええ、と頷いたきりだった。

「ヒース様はシテは初めてでしょうから、きっと夜の美しさに驚かれると思いますよ。お食事にご要望はありますか？　賄《まかな》い方《かた》の者たちは大抵のものは作りますから、遠慮《えんりょ》なくお申し付けください」

「……あの、夏嵐」

ヒースはその後ろ姿に思い切って声を掛けた。

「なんですか？」

「どうして、私に良くしてくださるんですか」

たとえ、ヒースが王立図書院の物見台の上で皆の戦いを見物するばかりで、一度も彼らと切り結んだことがなかったとしても、知の聖騎士であるという事実は消えない。

だと言うのに夏嵐も秋曙も、シドに紹介を受けた最初から、ヒースに対して大切な客人をもてなすように接してくる。敵意をぶつけられたいわけではないが、こんな風に扱《あつか》われるとも思っていなかった。正直に言うと、落ち着かない。ジダイの蔑《さげす》むような視線の方がまだ理解できるほどだ。

こちらを振り返った夏嵐は、長い睫《まつ》毛《げ》をぱちりとさせて、そんなこと、と微笑《ほほえ》んだ。

「リベイラでは、書と心を結びガーディアンを呼び出した人物はとても尊敬を受けるのです。今の時代に、そんな風に書と接することを許される人はほとんどいませんから。ガーディアンを置いて来られるのは、大変な覚悟がいったでしょう。私にはとてもそんな決断はできません」

「……」

思わず、腰袋に視線を落とした。

そこに入っているのは、イルシオーネが「報酬《ほうしゅう》」としてくれたランバートルの説話集だ。

「覚悟なんて、大層なものではないです」

夏嵐の真《ま》っ直《す》ぐな目を見ることができずに、ヒースは自分の爪先に視線を落とした。

「そうですか？　なんにせよ、私にとってあなたは敬《うやま》うべき人物です。それに、あなたはシド様が求められた鍵《かぎ》の持ち主ですから」

「鍵？」

顔を上げると、夏嵐の背中はかなり先を行っていた。

「今の、どういう意味だろうね、ヒースラッ……」

呟きかけて、ヒースは口を噤《つぐ》んだ。

ソヴェリナ寺院を出てから、もう何度も同じことを繰り返している。

（どうしてあなたのガーディアンは、あなたを主人と認めたんだろう）

ジダイの刃物《はもの》のような言葉が甦《よみがえ》って、ヒースは自分をごまかすようにむりやり小さく笑った。

置いていくと告げたら、それきり姿を見せてくれなかったヒースのガーディアン。

ヒースラッドは、ヒースを主人としたことを後悔しているだろうか。

ジダイが言うように、彼は、なにかヒースに告げたいことがあったのだろうか。

ねえ、とまた傍にいない存在に語りかけようとして、ヒースはそれを振り払うように首を振った。

✸

もう窓の布を剝《は》がしてもいいと言われたのは、その日の昼頃だった。

ひたすら車輪の音ばかりが響いていたが、次第に人の気配がし始め、雑多な話し声が聞こえるようになっていった。山野を抜け街に入ったらしい。

ヤークを出てから二日半。寝泊まりはすべて馬車の中。軽い休憩を挟《はさ》むだけで、ほとんど走り続けていた。体中が痛みで悲鳴をあげている。ついでに喉は嗄《か》れかけていた。

ジダイは、結局最後までヒースにランバートルについて語らせ続けた。

彼にとって書はすべてなにかしら現実と繫《つな》がる、筆者からの意図が込められているものらしかった。お陰で、ヒースはこれまでに一度も考えたことのない観点からランバートルとイースメリアの歴史を見直すこととなった。歴史にそこまで詳《くわ》しくないため知識はあやふやで、ジダイからは余計に軽蔑《けいべつ》の眼差《まなざ》しを受けることになったが。

こんなに胸躍る物語を、なんて面白《おもしろ》くなく読み進めるのだろうと思ったが、写本版の挿絵に描かれていた衣装から挿絵が描かれたであろうおおよその年代を割り出していくうちに、写本版に度々《たびたび》登場する山賊《さんぞく》たちは、当時イースメリアやシテを襲った大干魃《だいかんばつ》後の飢饉《ききん》で増えた山賊を範としているのではないかと言い出した時には、その真偽はともかく感心したものだ。

なるほど、この少年は書にこういう楽しみを見出《みいだ》しているのかと。ヒースには到底真似できないとも思ったけれど。

「あなたが書の真意を読み取っているとは思えないけど、少なくとも、書を読み込んでいることだけは認めるよ」

「そ、そう」

少年は結局、一度も友好的な態度を見せないままそんな風にヒースに告げた。何度か物語について少年曰《いわ》く「感情的で意味のない」感想を尋ねてみたが、その度に迫力ある小さな瞳でぎろりと睨《にら》まれて、結局ジダイがランバートルという物語にどんな感情を抱《いだ》いたのかは知ることができなかった。

ヒースが敗退する度に、眠っているはずのシドの肩が小さく揺れていたのが非常に腹立たしかった。

本当に奇妙な時間だったと思いつつ窓から外を見て、ヒースは自分がイースメリアから離れた場所にいることを知った。

「リベイラ教の本拠地、キーシュだ」

視界に飛び込んできたのは、延々と続く青い屋根だった。

家々の壁は薄紅か薄茶でできていて、その屋根はすべて、青で統一されている。

イースメリアの建物は赤い屋根が基本で、ヒースは見慣れぬ景色にぽかんと口を開けて見入った。

道行く人々は、頭に布を巻いている人もいれば、そうでない人もいる。皆、上衣《うわぎ》がゆったりとした裾の長い服を着ており、腰を色鮮やかな布で締めている。子供たちはジダイのように裾が膝丈あたりまである上衣を纏って男の子は下にズボンを穿《は》いていた。女性も基本的には男性と同じように裾の長いものを纏い、スカート部分が広がっている。腰に何重《なんえ》も様々な色の布を重ねているのが人それぞれに個性的で、通り全体から華《はな》やかな印象を受ける。

道沿いに屋台が連《つら》なる様はイースメリアとそう変わりない。露台に馴染みのある野菜や果物が並んでいるのを見つけると、妙に懐かしい気持ちになった。

そのうち、街の至る所に水盤《すいばん》があることに気づいた。丸や四角、形は様々だが、ちょっとした広場には必ず噴水や彫像ではなく水盤が置かれている。周囲には花が飾られ長椅子が置かれ、時折子供たちが手を突っ込んだり水を掛け合って遊んでいるが、足を止めている大人の姿は少ない。

なにをする物なのだろう。

「あれは月を映《うつ》して楽しむものだ」

よほど集中して見ていたせいだろうか。シドが笑いながら教えてくれた。

「月？」

「我々は夜を楽しむ民だからね。イースメリアの夜は少し明るすぎる」

屋根の色のせいだけでなく、シテという国は全体的に青がよく使われているようだった。これはリベイラ教の影響だろう。

ヤークの街で、トラス教を示す宗教旗や国旗がはためき、白や赤や金色が空に翻《ひるがえ》っていた光景を思い出す。シテでは、至る所に青い旗が翻っている。

その青い旗が次第に規則的に道の両側に連なり始め、古びた大きな館が増え始めてしばらくして、馬車は走ってきた通りの突き当たりにそびえ立つ、巨大な石門を通過した。

「私たちの総本山、ケルマ寺院だ。リベイラ信徒が生涯一度は訪れたいと願う場所だよ」

灰色の太い円柱の柱が両脇に連なる道を、馬車は真っ直ぐ走っていく。円柱には蔦《つた》が這《は》い白い花が咲き乱れており、花の柱が美しい。

行く手には左右に広がる黒く巨大な寺院が、静かに佇《たたず》んでいた。

ソヴェリナ寺院が優美で女性的な建物だったことを思うと、このケルマ寺院は大地にどっしりと構える寡黙《かもく》で無骨な男性のようだ。まず大きさに息を呑むが、次いで感じるのはその静けさだ。

本当に、ここはヒースの知らない場所なのだ。そう感じると、俄《にわか》に心臓が大きな音を立てはじめた。

「ヒース、そんなに緊張することはない。ジダイ、夏嵐、彼女の案内を頼むよ。謁見《えっけん》の間に」

「はい、シド様」

「え、あの、シド！」

兵のひとりも立っていない寺院の正門に馬車が止まるや、シドはこれまでひたすら惰眠《だみん》を貪《むさぼ》っていたのが嘘のように機敏な動作で馬車を早々と降りてしまった。

思わず彼の後を追おうとしたヒースだったが、幼い少年の手に止められた。

「どこに行く気？　僕と夏嵐についてきて」

「シドはどこへ行ったの？」

「あなたとの約束を果たしに」

鋭く返された視線に、ヒースは口を噤《つぐ》んだ。

ジダイも夏嵐も、ヒースの目的について当然のように知っている。

「その指輪にかけて、シドはあなたに嘘はつかない。それは本来、あなたが持つべきものじゃない」

「……誰が持つものなの」

ジダイの小さな腕に、同じ石が嵌まっていることを知っている。

「それは、書の意思を守る方に」

わずかに目を見開いたジダイが口を開く前に、夏嵐の声が響いた。

「参りましょう、ヒース様。すぐに、目的の方にお会いになれますよ」

ほっそりと長い腕で示された寺院の奥に黒々とした空間が広がっているのが見えて、空はこんなに明るいのに、まるで夜が垂れ込めているようだとヒースは密《ひそ》かに身震いした。


薄紅の石を敷き詰めた広間の中央には丸い大きな水盤が据《す》えられており、天井《てんじょう》がなかった。夜になると縁《ふち》に飾られた花々の内に月が映るのだろう。

わずかな段差のある前方の壇上《だんじょう》には四角い水盤が作られ、その中央に大きな石板が立っている。

ヒースが片膝をつく広間は光に溢《あふ》れていたが、壇上は影になっており、そのくっきりとした陰影により、すぐそこにある影の世界が同じ場所にあるとは思えなくなってくる。

夏嵐もジダイもここに来るまでの間ほとんど口を開くことはなかったが、通りすがりに見たこの寺院の内部は、どこも明と暗がはっきりと分かれているようにヒースには見えた。

天井が覆《おお》われている部屋は窓ひとつなく暗く、かと思えば、そこを囲む回廊《かいろう》は光に溢れている。真っ暗な回廊を進んだかと思えば真っ白な庭園が現れたりして、目がちかちかするとヒースは思った。

待機していたのは、さほど長い時間ではなかった。

片膝をついた姿勢で待つヒースの耳に、ざわざわとした人の声と衣擦《きぬず》れの音が聞こえてきた。

一体、どんな人を説得するのだろう。

ソヴェリナ寺院の大神官たちのような鼻持ちならない人物だったらどうしたらいいのだろう。

今更焦《あせ》ってみても、結局シドからなんの情報も引き出せなかったのはヒースの落ち度だった。

ヒースが感じたままに話せばいい、とシドは言ったが、本当にそんなことで通用するのだろうか。

だが、ここでヒースが頑張らなければエリカもザクロも助けることができない。

(なるようになれ)

半《なか》ば自棄《やけ》気味に自分に言い聞かせて頭《こうべ》を垂れ、ヒースは光に照らされてきらきらとする床を見つめていた。と、

「……お前は勝手な真似を！　そのお嬢《じょう》さんにどう申し開きするつもりじゃ」

「申し開きもなにも、ありのままに話して助力願うつもりでいますよ」

「許さぬ、と私は言ったはずじゃ」

遠くで誰かが話す声が聞こえてくるが、どうも様子がおかしい。

「……様、お気をお鎮《しず》めください。シドには私からよく言って聞かせます。お部屋にお戻りを」

「馬鹿を言うな！　善良なお嬢さんを騙《だま》すような真似をして、恥《はじ》を知れ！」

「騙してなんかいませんよ。彼女は自分の意志で私の助けを求めたんです。あんまりかっかなさると、

また倒れますよ」

しわがれた声の相手を逆撫《さかな》でするようなのんびりとした物言いは、確かにシドのものだ。

どう聞いても言い争っている雰囲気に、思わずヒースは顔を上げてしまった。

途端、視界に入ってきたのはこちらを見つめて目をかっと見開く老人の姿。

(ふさふさ真っ白)

真っ先に浮かんだ言葉はそれだった。

肩まで伸びた頭髪も、髪と同化している豊かな口髭《くちひげ》も、目に覆い被さっているような太い眉毛も。とにかく、なにもかもが白い。

くるぶしまである真っ白な上衣の上から、目の覚めるような深く青い上着を羽織っている。背は曲がっているが、杖《つえ》を持ち歩く姿は堂々としたものだ。

そのすぐ右隣を歩いているシドも同じ格好をしており、左隣には銀灰の髪をした鋭い目つきの男性が、やはり同様の姿で老人に添うように立っている。よく見るとその左袖が肩の線からすとんと落ちており、腕がないのだとヒースは気づいた。目が合いそうになったが、先に視界に入ってきたのは老人の方だった。

「ヒース殿、と言われたか」

腰が大きく曲がっていることが信じられないほど素早い動きで、老人はこつこつと木杖を鳴らしヒースの目の前までやって来た。

「黄昏様！　そのように近づかれては危険です」

背後で左腕のない男が叫んだのが聞こえたが、老人はまるで聞いている様子がない。

眉に覆われた黄みがかった緑色の目を歪《ゆが》めて、目を丸くするヒースの前にあぐらをかいた。

「イースメリアよりはるばるお越しくださり、大変嬉しく思います。あなたのような客人を迎えるのはいつぶりのことじゃろうか。生きておるうちにこのような喜びに出会えるとは思っておりませなんだ。しかし、ヒース殿。私は、あなたのお役には立てませんのじゃ。シドめが随分《ずいぶん》な勝手をしたようで、あなたに要《い》らぬ希望を持たせてしまいましたな。黄昏の書の主人として、深くお詫《わ》び申し上げる」

老人は、そのまま床に拳をつくと、ヒースに向かって深く頭を下げた。

「黄昏様！　そのようなことを！」

背後で、片腕のない男が再び叫ぶ。

「は……？」

しかしヒースは、なにが起きているのか分からず目を瞠《みは》った。

「あなたが、〝黄昏〟様？　え、シドじゃないんですか」

老人の背後に立っているシドは、ヒースの視線を受けて、あれ、と妙に間延びした声を出した。

「言ってなかったかな」

「聞いてないです！　ど、どういうことですか。え、でも、ザクロがあなたを黄昏だって。あなたも返事してましたよね？」

「あー」

激しく動揺するヒースを前に、シドはなにか納得したように頷いた。

辺りを見回すと、眉間をおさえる夏嵐や、無表情のまま視線を床に落としている秋曙、明らかにヒースを馬鹿にした表情のジダイ。

と、おもむろに顔を上げ立ち上がった老人、もとい、〝黄昏〟が枯れ枝のような腕を伸ばすや、シドの耳を摑んで力任せに引き寄せた。

「ったいですよ！　なにするんですかいきなり」

「この大馬鹿者が！　他人様《ひと》を騙すような真似までして恥ずかしゅうないのか。情けない。いつお前が〝黄昏〟となった。儂《わし》はまだお前に書は譲《ゆず》っとらん」

雷のような大声に空気がびりびりと震える。耳を引っ張られたままのシドは、老人の手を丁寧にとって外すと自分もその場にあぐらをかいた。〝黄昏〟にも、もう一度座るよう促す。

「ですから、そろそろ書は私に譲って、のんびりしたらどうですかと前から勧めているじゃないですか。今回はその良い機会だと思ったんですよ。久遠《くおん》の書とその主人が、数百年ぶりにイースメリアの王宮から外に出たんです。未《いま》だかつて無いほど大きな機会が巡ってきている。私は、これを逃《のが》すつもりはありません」

目の前の老人が本当の黄昏の書の主人で、シドは次の主人ということだろうか。前の主人が生きている間に、書が次の主人を選ぶようなことがあるのだろうか。そんな話は、今までに聞いたことがない。

つまり、頭の固い老人の説得とは、黄昏の書の主人そのものの説得ということか。

しかも、書の主人の座をシドに譲れと？

「お前がなんと言おうと、民を危険に晒《さら》す真似はできん。ヒース殿」

それまで完全に置いてきぼりにされていたヒースに、不意に〝黄昏〟が向き直った。鋭い眼光は老いた人のものとは思えない。

無理だ。

脳内で悲鳴をあげつつ、しかしヒースは表面上、極めて神妙な顔つきをしていた。目の前で発覚した事実に頭が真っ白になり、硬直していたのだ。

「あなたが、なにを求めてここまでお出《い》でくださったのか、私はよう分かっております。しかし、先ほども申し上げた通り、あなたの願いを叶《かな》えることはできませんのじゃ。どうかこのまま、国にお戻りくだされ」

「……何故ですか」

深く下げられた頭に、ヒースはかろうじて問うた。

眉毛に埋もれてしまいそうな目が、これ以上ないほど細められる。

「ここへ来られたのは、ヒース殿の独断じゃろう?」

「……はい」

そうじゃろうとも、と〝黄昏〟は頷く。

「イースメリアが自ら黄昏の書を国に入れるとは思えん」

「どういう、意味でしょう」

老人はぱちぱちと瞬《しばた》いた。

「その意味を問うことは、国に帰ってからもやめておかれた方がよかろうよ。この長い年月、我々は久遠の書を求めて何度もイースメリアの地を踏んだが、その逆は一度もない。これがなにを示しておるのか、ヒース殿にはお分かりかの」

「……」

無言のままのヒースに、〝黄昏〟は微笑んだ。

「イースメリアが、黄昏の書を真には欲してはいないということじゃ。むしろ、黄昏の書がイースメリアの地を再び踏むことを恐れておる。このことは心に留めておきなされ。知らぬこととは言え、ヒース殿は今、大きな危険をその身に招《まね》こうとしていなさる。久遠の書のガーディアンのことは心配無用。あれは何度もこうした事態を経験しておりまする。また眠りにつくだけじゃ。少し休まれたら、国にお戻りくだされ。供に夏嵐をつけましょう。ヒース殿、どうかご理解くだされ」

再び、老人は床に額《ぬか》ずくほど頭を下げた。

「〝ご理解〟なんて、できません」

老人の白い後頭部を見つめながら、ゆっくりヒースは頭を横に振った。

ヒースの声に、老人が顔を上げる。だって、とヒースは掠《かす》れた声で続けた。

「だって、今ここで私が理解してしまったら、それはエリカが死ぬということです。なにも知らずに久遠の書の主人に選ばれた、まだ十代の女の子です」

老人の瞳が痛ましげに歪んだ。

「久遠の書のガーディアンは、私たちのガーディアンとは違います。元は人だったガーディアンです。

また眠りにつくだけ、と黄昏様は仰《おっしゃ》いましたね。本当にそうでしょうか。主人の代わりに傷を負って、それでも主人を守って、その主人が亡くなれば眠りについて。それを何度も経験することは、本当に〝それだけ〟のことなんでしょうか」

今にも倒れそうになりながら、それでもエリカを守り続けるザクロの姿が脳裏に浮かぶ。

「ヒース殿、落ち着いてくだされ」

「人を助ける方法があるのに、あなたはそれをご存知なのに、どうして理由も聞かさずに諦《あきら》めろと仰《おっしゃ》るんですか。ここで私が諦めたら人がふたり死ぬんです。納得できるまで、帰りません」

前のめりになり、気が昂《たか》ぶるあまり涙目になっているヒースを老人はじっと見つめていた。

「ガーディアンを人と呼ばれるか」

老人は豊かな顎鬚《あごひげ》を幾度《いくど》か手で梳《す》いていたが、やがて深い溜息を吐いた。

「──我々は皆、遠い昔に呪《のろ》われた者たちの末裔《まつえい》じゃ。不用意な真似は避けねばならん」

喉の奥から絞《しぼ》り出《だ》すような声に、辺りはしんと静まり返った。

呪い？

「……仰っている意味が、よく分かりません」

それほど、唐突な言葉だった。からかわれているのだろうか。

呆気《あっけ》にとられるヒースの前で、しかし老人も背後に控《ひか》えるシドも真面目《まじめ》な表情のままだ。

「呪われた者たちって、なんの話ですか。それが今の話とどう関係しているんですか」

黙ってしまえばそこで話が打ち切られてしまうような気がして、ヒースは戸惑いながらも言葉を繋げた。

「不用意な真似？　久遠の書をイースメリアに持ち帰ることが不用意な真似になるということですか？　そうすると、一体なにが起きるんですか」

「それは誰にも分かりませんのじゃ」

宥《なだ》めるような声に、かっと頭が熱くなった。やはり、からかわれているのだ。

「分からないなんて。そんなあやふやなもののためにエリカは殺されるんですか。大体、呪いとは想いと言葉から派生するものです。言葉に神々の宿った時代の話ならともかく、今の時代に、黄昏様の仰る呪いがどれほどの効力を持っていると言われるのですか。呪いをかけた人の想いが薄まれば、その力はいつか消えていくはずです。古《いにしえ》の呪いが昔と変わらぬ力を保ち続けることは不可能です」

「さて、そうじゃろうか。では久遠の書のガーディアンの力をどう説明しなさる。あれも、人と書を繋ぐ呪《じゅ》によって生まれた存在じゃ。呪いと言うこともできましょう。ヒース殿の言う通り、呪いは人の想いと言葉から生まれますからの。我らにかけられた呪いはそれ故、時を経《ふ》るほどにその力を増しておりまする」

「そんなことが……」

ありうるのだろうか。

「私から話せるのはここまでじゃ。イースメリアは大国。下手《へた》を打てば、我が国が危ううなる。此度《こたび》は、真《まこと》に申し訳ないことをしました。気をつけてお戻りくだされ。失礼する」

呆然とするヒースの前で、老人は居住まいを正すと腰を上げた。

「ま、待ってください、黄昏様！」

「呪いを解くことはできるよ」

青ざめるヒースに、思わぬ言葉が投げかけられた。〝黄昏〟の傍らでわずかに背を丸めていたシドだ。

その顔は、真っ直ぐヒースを見ている。

「余計な口を挟むでないシド」

「鍵は君だ」

構わず、シドはヒースだけに伝え続ける。

「そのためにも久遠の書を修繕しなければならない」

「シド！　やめろと言うておるのじゃ！」

再び、空気が震えるほどの大声が老人から発された。顔は赤く、こめかみに青筋が浮いて見える。

「やめませんよ。すべての物事には終わりがある。黄昏様、我々は黄昏の書の教え通り、我々の務めを果たすべきです。それに、ガーディアンも連れずにここまで来た彼女が、まともな理由もなしに引くと思いますか？　今帰国を勧めれば、自暴自棄《じぼうじき》になった彼女がなにをするか分かりませんよ」

しごく穏やかな口調で、シドの灰色の瞳がヒースになにかを促していた。

ヒースはふと左手の小指に嵌められた夜空のような指輪に目を落とした。

シドの言っていることの意味はまるで分からない。けれど、これがシドの下心だ。彼はなんらかの理由でヒースを欲している。

（その指輪を上手《じょうず》に使えば、きっと君の武器になると思うよ）

焦《あせ》るヒースの脳裏に、ヒエンの声が響く。不思議とその声はシドと重なった。シドの意図が分からない。けれど、このまま帰るわけにはいかない。ヒースは床の上で拳を握り、奥歯を噛みしめた。

「黄昏様、それでは私は国に帰り、リベイラ神徒であるシド様が、黄昏の書を持ち久遠の書の主人と暁の書の主人に接触を試みていることを報告いたします」

「……この状況で我々を脅《おど》して、ガーディアンを持たぬご自身の身の安全が保障されるとお思いか」

すっと細められた老人の瞳に向けて、ヒースは左手を掲《かか》げて見せた。

「この指輪を、シド様から受け取りました」

その瞬間、かっと落ち窪《くぼ》んだ目が見開かれると同時に、〝黄昏〟の顔から一気に血の気が引いた。そのまま卒倒するのではないかと思うほどに。

「シド……お前はなんということを」

老人はその場に凍りついたようになったが、やがてぐったりと息を吐いた。

「三日じゃ。シドがよく事情を説明もせずヒース殿をここまで連れてきた詫《わ》びに、三日だけ差し上げましょう。その間にヒース殿が自力でこの寺院に隠された黄昏の書を見つけることができたなら、その時には、我々が受け継いできた記憶についてお話ししましょう。これ以上の譲《じょう》歩《ほ》はできん。分かっておるな、シド」

老人は嘆《なげ》くように呟いた。

「しかしそれが、ヒース殿の新たな苦しみとなるやもしれん。三日のうちに、よく考えられよ」

深い目の奥で老人がなにを考えているのか。

立ち去る〝黄昏〟の一回りも小さくなったような後ろ姿を、ヒースはただ見つめることしかできなかった。

◆

至急の要請を受け、ヒエンは与えられている自室にその者を招き入れた。

王立図書院の警備兵だ。

「君、どうしたの。顔が真っ青だよ」

こちらに着いてからヒエンの部屋に案内されるまでに随分長い時間があったはずだが、男は青い顔をして、はっはっと短い呼吸を繰り返している。

ヒエンの呼びかけに我に返ったように体を大きく震わせると、上擦《うわず》った声で告げた。

「ヒエン様、私はこの度、王立図書院よりソヴェリナ寺院へと派遣《はけん》される一個小隊に選ばれ、知の聖騎士アリウム様指揮の下《もと》こちらへ急いでおりました」

「へえ、アリウムが」

同僚の名を呟き、ヒエンは先を促した。

「ルドベキア様よりお預かりした剣をヒエン様にお届けする予定でしたが、ど、道中、突然」

男は、床に片膝をついたまま、がくがくと震える自分の体をうまく支えることができないでいる。

「どうしたの。落ち着きなよ。なにがあったの」

ヒエンは立ち上がると、コップに水を汲《く》み、男に飲ませてやった。体の震えは収まらず、目は虚《うつ》ろで、どこか遠い場所を見ている。

「あれは、神でした」

「え？」

「突如《とつじょ》辺りに霧《きり》が立ちこめ、我々は一歩も前に進むことができなくなりました。その時、神が現れたんです。我々をさんざん嬲《なぶ》った後、神は我々が守っていた剣を取りました。これは返してもらう、と」

宙を見つめながら男の体が激しく痙攣《けいれん》し、男は、お許しください、お許しください、と空に向かって叫び続けている。

「つまり君たち、僕に渡さなきゃいけない宝剣、なくしちゃったんだね」

ヒエンは男を見下ろしたまま、呟いた。

「それは、困ったことになったねぇ」

◆

影に包まれた回廊の奥に〝黄昏〟の背中が消えても、ヒースの心臓は大きな音でどくりどくりと鳴り続けていた。老人の衝撃と悲嘆にまみれた表情が忘れられず、自分が一体なにをしでかしたのかと、恐ろしい気持ちでいっぱいだった。握り締めた手は、じっとりと汗をかいている。

「まずは君の勝ちだ。おめでとう、ヒース」

そう言ってシドがにこやかに差し出した手を取る気には、とてもなれなかった。

「随分浮かない顔だね」

差し出された手を見つめたまま瞬《まばた》きもしないヒースの顔を、シドはひょいと屈《かが》んで覗き込んだ。目線が合い、ヒースは恐々口を開いた。

「あなたは一体、なにをしようとしているんですか。最初から、これが目的だったんですか」

ヒエンが言った通りだ。

――彼の下心について、確認するんだよ。彼は君を逃すつもりはないんだよ。

「私は、あなたがザクロを助けてくれると言ってくれて、それがただ、本当に嬉しかったんです」

声が震えるのを抑えることはできなかった。ぐっと涙が込み上げてきて、ヒースは何度か瞬《しばた》いた。

最初から彼にはまったく別の目的があって、そこに偶々《たまたま》ヒースの目的が重なったのだ。

それならそうと、もっと始めから、下心なんて曖昧《あいまい》なことを言わずに、はっきりと言ってくれればよかった。あんな風に、ヒースの気持ちに共感したふりなんかして欲しくなかった。ヒースは、シドがヒースに対して示してくれた信頼を信じてここに来たのだ。それがどれほど甘いと言われようと。

「私は、あなたが黄昏の書の主人だと思っていたんです」

「確かに思わせぶりな言い方をしたことは認めよう。けれど私は一度だって自分がそうだと自己紹介した覚えはないよ」

だが、ヒースの勘違いを知っていて、シドは敢《あ》えてそれを訂正しなかった。恐らくはヒースをここに連れてくるために。

「説得して欲しい、とあなたは言いました。でも、今私たちがしたことは脅迫《きょうはく》です」

「それを選択したのは君だろう？　それとも、あの場面で私の手助けは必要なかったかな」

にこやかに言ってのける姿は忌々《いまいま》しいほどだが、ヒースは口を噤んだ。シドの言う通り。ここに残りたくて、咄嗟《とっさ》にその手を取ったのはヒース自身だ。

「黄昏様の前であれだけの啖呵《たんか》を切ったんだ。私たちはもう立派な共犯者だよ、ヒース」

自分が情けなくて、乱暴に目元を拭《ぬぐ》うとヒースは真っ直ぐに立ったシドを睨《ね》めつけた。

「勝手に共犯者にされても迷惑です。あなたが何を思って私に声を掛けたのかは知りませんが、私は元はただの写字生《しゃじせい》で、知の聖騎士としては落ちこぼれで有名でした。呪いを解くような知恵も知識も戦う力もありません」

警戒心も露《あら》わなヒースの硬い声に、男の灰色の目がきゅうと細くなった。

「〝ランバートル〟」

え、とヒースは呟いた。思わぬ言葉が男の口から飛び出したからだ。

しかし、シドはもう一度はっきりと同じ言葉を繰り返した。

「君が〝ランバートル〟からガーディアンを呼び出したから、声を掛けたんだ。黄昏様の話を聞いただろう？　私たちは皆呪われた一族の末裔だ。その呪縛を解く鍵は、〝ランバートル〟にある」

しごく真面目に告げた男を前に、ヒースはしばし言葉を失った。

正気だろうか。

「君と我々の国で最も有名な創作物語は三つ。ガングイル叙事詩《じょじし》、イルナーギ、それから、ランバートル」

呆気《あっけ》にとられるヒースの様子に気づいていないのか、シドは両手を広げ、まるで人が違ってしまったかのように熱く語り始めた。

「ガングイル叙事詩はかつてこの地がひとつだった頃の伝説の王が主人公だ。イルナーギは人と人ならざる者が戦い、この世界が人のものとなった様子を描いたもの。ランバートルはこのふたつに比べると比較的新しい時代に生まれた話だ。物語は歴史と無関係ではいられない。ランバートルがただの英雄譚《たん》だと思うか？　私は、必要があって生み出された物語だと思っている。でなければ、ただの物語であるランバートルの逸話《いつわ》の数々が、高価な書の形でいくつも残されていることの説明がつかない。ガングイル叙事詩もイルナーギも、書の形になっているものは長い物語のほんの一部だけだ。ランバートルだけが、正本や写本、説話集として物語の始めから終わりまできちんと書になっている。ここに金を出してきた誰かが存在するからだ」

ヒースは無意識に腰袋を押さえた。未だ頁《ページ》を繰ることもできていないランバートルの説話集がここにある。

「だからこそ、あの書からガーディアンを呼び出した君の話が聞きたかった。あの書の書き手が我々になにを伝えようとしているのか。呪いを解く鍵は必ず散りばめられているはずだ。それを知りたい」

垂れた灰色の瞳は今やぎらぎらとした輝きを放ち、ヒースはその熱に圧倒されて後退《あとずさ》る。

「だから、ここに来るまでの間、私にランバートルの話を？」

試されていたのだと思うと、ヒースはますます堪《たま》らない気持ちになった。

「もちろんジダイのためでもあったよ。君のように書と交わる人物をジダイに知って欲しかった」

「それで、なにか得られたんですか」

請《こ》われるままに延々と語り続けて、そこにシドはなにを見つけたのだろう。自分でも驚くほど冷たい声が出て広間に響いた。シドが開きかけた口を閉じ、ヒースを確かめるように見る。

「シド、あなたがどうしてそんなことを思ったのかは分かりませんが、あれはただの物語です。なにも秘められてないいし、書き手の伝えたいことはランバートルの生き様そのもので、それ以上のものはありません。ヒースラッドからもそんな話は一度も聞いていません」

いくらヒースが〝ランバートル狂〟とあだ名されるほどこの話にのめり込んでいても、物語の世界と現実を混同することはない。ジダイのような少年まで巻き込んであんな真似をさせたのかと思うと、それこそ書に対する冒瀆《ぼうとく》だと詰め寄りたくなる。

きっぱりと言えば、シドは幾分《いくぶん》冷めた表情になった。

「そんなことが、どうして君に分かるんだ？」

「え？」

「長い間古い記憶を継承し続けてきた私たちがやっと見つけた鍵を、どうして〝今〟に一度も疑問を抱いてこなかった君が簡単に否定できるんだ」

シドの声も纏う空気もとても穏やかなものだったが、男が静かな憤《いきどお》りを湛《たた》えていることは伝わってきた。

ヒースはひたひたと押し寄せてくるような力に圧《お》されて、口を閉ざした。

「君は、私たちが久遠の書を求める理由を聞いただろう」

静かな声に、言葉もなく頷く。

「知りたければ、私の言葉を疑わない方がいい。私は君に嘘はつかない。ありえないと断じれば、その瞬間、すべての可能性は消えていく」

部屋に案内しよう、とシドは明らかに熱を失った声で告げた。

「なんにせよ君が黄昏様を説得できなければ私の目的も潰《つい》えて、呪いは次世代に引き継がれる。今、こうして君がこの国に来るような事態が、ずっと引き継がれていくんだ」

「……一体、呪いってなんですか」

はたと、シドは瞬いた。ヒースを見下ろし、穏やかな笑顔を取り戻す。

「それを知りたければ、君は黄昏の書を見つけなければならない。君の望みと私の望みは、きっと繋がっているから」


体も気持ちもとても疲れていたはずなのに、その晩ヒースはなかなか寝付けなかった。

ヒースにと用意された部屋は広く綺麗だったが、鮮やかな色合いの絨毯《じゅうたん》やベッドの掛布は慣れなくて落ち着かない。暗すぎると眠れないでしょうからと、窓の大きな部屋が与えられていた。

聞いていた通り、夜が近づくにつれ寺院はどこも闇《やみ》に包まれ、灯《とも》りはほとんど灯されなかった。窓の外を眺めてもただただ暗がりが広がっているだけで、どこかで月が輝いているらしかったがヒースの部屋からは見ることができなかった。

田舎《いなか》に住んでいた頃は同じくらいの暗闇を知っていたような気がするけれど、シテの夜は、もっと深く、静かで、すべてのものが眠りについているような気がする。

不意に、世界にひとりきりになったような心細さに襲われて、ヒースはベッドに潜《もぐ》り込んだ。

夜の闇に、こんな心細さに襲われるのは子供の頃以来で、ヒースは固く目を閉じて眠ろうとした。

しかし、そうすると今度は〝黄昏〟の言葉やシドの言葉がぐるぐると巡る。ヒースは何度も寝返りを打ってそれらをやり過ごそうとしたが、無駄だった。

たった三日で、シテの人間でもないヒースが黄昏の書を見つけることなどできるだろうか。見つけられなかったらどうする？「呪い」は、やはり三書すべてに関することなのだろうか。だが、久遠の書は手にした人に永久《とわ》の繁栄をもたらすもののはずだ。ヒースの望みとシドの望みが繋がっている、とはどういう意味だろう？

毛布を頭まで被り、胸元を無意識にまさぐって、ヒエンが寄越した指輪を取り出してみる。暗闇の中では、燃えるように赤い石も闇に溶けてしまってよく見えない。

ヒエンだったら、なんて言うだろう。

『君ってば本当に学習しないよね。また考えても仕方のないことでぐだぐだ悩んでるの？』

思った途端、ヒエンの声がすぐそこにいるように脳内に響いて、ヒースは顔を顰《しか》めた。

（そんな言い方しなくたっていいじゃない）

『でもまあ、黄昏様を脅してまで残ったのは、君にしてはよくやったんじゃない？』

（あんな心臓に悪いこと二度とやりたくないわ。黄昏様、真っ青だったもの）

『でも、そのお陰でそこに居座れたんでしょ。まあ殆《ほとん》ど絶望的な条件だけどやれるだけやってみたら？君、そのためにそこに行ったんでしょ』

（言われなくたってやるわよ。そのために来たんだから）

想像でもヒエンと言い合っていると腹が立つ。しかし、そうこうしているうちにいつの間にか眠ってしまったらしい。

目が覚めても、ヒースはヒエンの指輪を固く握り締めたままだった。

✸

翌朝、小さく扉を叩く音に跳ね起きたヒースが寝惚《ねぼ》け眼《まなこ》で扉を開けると、そこにやけに思い詰めた顔をしたジダイが立っていた。

「ジダイ？　こんな早くにどうしたの。なにかあった？」

思わず背後を振り返ると、窓の外にはようやく朝の気配が立ちこめ始めたばかりだ。

寝癖《ねぐせ》を撫《な》でつけ問うヒースの前で、完璧《かんぺき》に身支度《みじたく》を整えた少年はぎっとヒースを見上げた。朝一番で真正面から受け止めるには辛《つら》い視線だ。

「あなたが、シドのことを誤解していると思ったから」

「誤解？」

少年は神妙な顔で頷いた。早朝の空気は冷たいほどで、ヒースは自分の腕を撫でさする。

「シドは、いい人だよ。それに〝ランバートル〟の話をしつこく聞いたのは僕だ。シドに頼まれたからあんな風にしたわけじゃない。僕が勝手に聞いたんだ。誤解しないで」

目つきの悪さは相変わらずだったが、ジダイがひどく緊張していることにヒースは気づいた。少年の手は自分の服の裾《すそ》を固く握り締めている。

なんと声を掛けるべきか悩んでいると、少年はどう受け取ったのか焦《じ》れたように言葉を繋いだ。

「僕もあなたを手伝うから、シドの話を聞いて。誤解したまま帰らないで」

「……ジダイは、シドのことが好き？」

ジダイはわずかに困惑した表情になった。質問の意図が分からないといった感じだ。

だが、なにか答えなければと思ったのだろう。小さな眉間《みけん》に皺《しわ》を寄せたまま、真剣な面持《おもも》ちで口を開いた。

「僕はシドの役に立ちたい。恩人なんだ」

それを好きと言うのでは？　ヒースは思ったが、懸命《けんめい》な少年の言葉を静かに受け取った。狡《ずる》いな、とシドの顔を思い出す。こんな風に子供に慕われる人を悪く思えないのは、きっとヒースから言わせれば、とんでもないお人好《ひとよ》しということになるだろう。

「時間がないの。手伝ってくれる？」

そう言って顔を覗き込むと、ジダイはほんのわずか肩の力を抜いて、了承した。

その時、ふと視線を感じた。

顔を上げると、廊下の向こうから、男が鋭い目つきでこちらを見ている。昨日、〝黄昏〟について歩いていた片腕のない男だ。

ヒースと目が合うと、男は踵《きびす》を返してどこかへ行ってしまった。

「誰？」

「冬月《ふゆつき》だよ」

視線に気づいたジダイが答えた名に、ヒースはわずかに動きを止めた。

少し前の王立図書院への襲撃の際、ヒエンが斬りつけた相手だったはずだ。あれ以来イースメリアで冬月の姿を見ることはなかったが、あの怪我のせいか。

「シドの客人であるあなたに手出しをする人はいないよ」

ジダイがそう言ってくれたが、明らかな憎悪《ぞうお》に彩《いろど》られた目つきを忘れることはできそうになかった。


手伝う、と自ら言い出したため、ジダイはヒースが内心警戒していたよりもずっと協力的だった。

「とりあえず寺院の中を案内して欲しい。一般の人が立ち入ってはいけない場所から重点的に」

「そんな場所はないよ」

朝食を終え、いざ動き出そうと意気込んで言えばいきなり肩すかしを食らった。

「え？」

「あなたが立ち入ってはいけない場所はないから、立ち入りに許可のいる場所を案内する」

ジダイは先に立つと、迷いのない足取りで歩き始めた。

そんな馬鹿なと驚くヒースに、次々に寺院内の部屋を説明していく。

「すべての部屋は、昼と夜の関係で作られているんだ。ここは夜の廊下。夜を抜けたら、昼の庭に出る。昼の庭を、あちらの夜の間から眺める」

ここに来て最初に、明と暗がはっきりし過ぎて目がちかちかすると思っていたが、そういう風に作られているらしい。

清掃《せいそう》に励《はげ》む人や、暗闇の中で祈りを捧げる人々、光の中で瞑想《めいそう》する人々がおり、彼らの纏う空気はとても柔和なものだ。彼らがリベイラ信徒なのだと思うと、ヒースはとても信じられないような気がした。

ヒースのことをなんと聞いているのか、廊下で擦《す》れ違《ちが》っても彼らはヒースらに道を譲《ゆず》って、頭を垂れるだけだ。そこに敵意のようなものは感じられず、やはり違和感を覚えてしまう。

「誰でも立ち入りができるなんて、危険じゃないの？」

「立ち入ってはいけない場所を作るからそこが危険になるんだよ。僕たちは歴史からそう学んだ」

「歴史？」

隣に並ぶと、ジダイはちらとヒースを見上げた。

「形あるものが永遠と思うなかれ。それらはある日奪われる。破壊される。消え去る。故に、留めよ。己の目に、鼻に、耳に、口に、肌に、心に」

歌うように告げられた一節がなんなのか、ヒースには分からない。

「記憶は奪われないっていうこと？」

呟くと、ヒースを見る紫色の瞳がわずかに大きくなった。

「……そこまで落ちこぼれじゃないんだね」

「素直に正解って言いなさいよ」

生意気な口を利く少年に思わず突っ込めば、後ろで護衛の夏嵐がくすくすと笑う。

その後もジダイの案内は滞《とどこお》りなく行われ、まさかと思っていた〝黄昏〟の居室にまで入室を許され、寺院の端から端までを丁寧に歩いて、探索《たんさく》は最後の一室を除いてあっさりと終わってしまった。

信じられないことに、ヒースに隠された場所は、本当にどこにもなかった。ソヴェリナ寺院では多く見かけた神官兵の存在すらなかったのだ。

「いざとなれば、リベイラ信徒はすべて守備兵となりますから」

夏嵐からさらりと落とされた言葉には内心驚いたが、この寺院には、平素ヒースがリベイラ信徒に感じていた物々しい雰囲気が欠片《かけら》も漂《ただよ》っていない。

本当に、この寺院のどこかに黄昏の書があるのだろうか。

「じゃあ、次で最後ね」

「お願いします」

気合いの入った声で答えるヒースを、ジダイが怪訝《けげん》な顔で振り返る。

「念のため聞いておくけど、まさかあそこに置いてあると思ってるの？」

「可能性がまったく無いとは言い切れないでしょ。書を隠すには書の中」

久遠の書も、暁の書も、どちらも図書室の中だ。

「そんなの、イースメリアだけだよ」

呆《あき》れたようなジダイの声の意味を、その時のヒースは理解していなかった。

案内されたケルマ寺院の蔵書室は、昼の庭に面した場所にあった。

どうぞ、と開かれた扉の前で、ヒースはえ、と呟いたまま足を止めた。

「ここ？」

「そうだよ。ここが、僕たちの蔵書室。どうしたの？」

小さすぎて、「図書室」だとは思えなかったのだ、とはとても口に出せない。

その部屋は王立図書院の四分の一ほどの広さもなかった。王侯貴族が部屋ひとつを蔵書室にしていると聞いたことがあるが、その程度の蔵書量だ。

天井は高いものの、せいぜいヒースの身長の倍程度の書棚《しょだな》が壁に添って並んでいるだけ。書棚にはなんの装飾もなく、もちろん、天井画のようなものもない。本当に一個人の部屋のような「蔵書室」だった。寺院の蔵書室のためか、置かれているのはリベイラ教の教典がほとんどだ。イースメリアでは決して見かけない書に惹《ひ》かれて、ヒースは一冊を手に取ってみる。

――すべてのものには終わりがある。終わりがあるからこそ、その在《あ》り方《かた》に意味が見出される。終《しゅう》焉《えん》あっての生である。

思わず、隣で同じように書を開いていたジダイの頭を見下ろしてしまう。

彼が先ほど言ったことは、つまりこのことなのだろう。

ぱらぱらとめくってみるが、なるほど、リベイラ教というものがどれほど「終わり」を大切にするのかその片鱗《へんりん》が見える。

彼らが夜を大切にするのは、一日の終わりだからだ。良い一日の終わりに穏やかな夜がやって来るように、良い人生の終わりには良い死がやって来る。終わり方が、それそのものの在り方を決める。だから、人生の終わりがより良いものになるように、人は日々を努力して生きていかなければならない。

そんなことが記されている。

そう言えば、昨日シドも言っていた。我々はその教え通り、務めを果たすべきだと。

彼は、呪いを終わらせることを、彼らの務めだと考えているのだろうか。

黄昏の書についてなにか記載されていないかとも思ったが、トラス教の教典にだって、暁の書そのものについて書かれた項目などない。

一通り読み込むだけで、あっという間に夜が来てしまった。

その晩もなかなか寝付けなかった。けれど、もう夜の闇を心細いとは思わなかった。


「もう少し詳しくシテの歴史について知りたいんだけど」

「街の図書館はもう少し広いし、置いてある書の種類もたくさんあるよ」

二日目は、そう言ったジダイに連れられて、街中に出ることにした。

さすがに目立つだろうからと、夏嵐がシテの衣服を用意してくれる。

街中の図書館、とジダイが言っていた通り、それは人々の生活の中心地とも呼べる場所にあった。

六角形の青い屋根を持つ不思議な形をした建物は、中に入ると、六角形の壁に合わせて書棚がぐるりと並び、その中央にも六角形になるように書棚が背中合わせで立ち並んでいた。

蔵書量はやはり、イルシオーネの聖室と比べても少ないと言えるだろう。

しかし、中央と壁側の書棚の間に机と椅子が並べられて、子供や大人が自由に出入りしている光景は、ヒースには衝撃的だった。

さすがにここの書はすべて鎖《くさり》で繋がれていたが、人々は至る所で声を出し、復唱《ふくしょう》している。王立図書院も考えをまとめるために音読する人は多かったが、ここまでの騒がしさはなかった。

「シテの人たちは、皆文字が読めるの？」

「読める人はそんなにいない。でも、内容を覚えることはできるでしょ。歴史の書はあの棚にあるよ。黄昏の書の場所なんて、書かれてないと思うけど」

一言添えずにいられないのは、ジダイの癖《くせ》なのだと思うことにした。

シテの視点から書かれた歴史は、イースメリアのものとはまるで違っていた。

遠い昔、イースメリアとひとつの国だった時期のことまで書かれており、その頃イースメリアとシテは広い国の中で隣り合う領地のひとつに過ぎなかったと記してあった。

それが、それぞれの領地を統括《とうかつ》する有力貴族が次第に力を持って国からの独立を宣言し、何度かの戦《いくさ》を経《へ》て周囲の領地を奪ったり奪われたりするうちに現在の形に落ち着いたらしい。

そのうち、ある一行にヒースの目は吸い寄せられた。

――イースメリアは幾度もシテに攻め入り、都度、大量の書を奪い去る。シテは知識と文化の記憶を多く失った。

「そうだよ。だからここには書が少ない。昔は、イースメリアに負けないくらい書があったんだ」

ジダイはなんの含みもない様子でそう言った。

書は貴重で、一冊を作るのに一年単位の時間がかかる。

シテの小さな図書館とイースメリアの王立図書院を比べてみれば、かつて「イースメリアに負けないくらい」あったという書がどれほど奪われたのか、その多さを思い苦い気持ちになった。きっとこれまでにヒースが王立図書院で手にした書の中にも、かつてこの地にあったものがあるはずだ。

ヒースの目の前で、書を読む大人の後について子供たちが楽しげに声を張り上げている。


シテの王宮からの使者に出くわしたのは、その日の夕方のことだった。

寺院のどこかに隠し部屋でもあるのではないかと、呆れ果てるジダイを連れて歩き回っていた時だ。どこも、偉そうな役人というものは同じなのだろうか。

即座にヒースを役人の視線から庇《かば》うように立った夏嵐をなめ回すような視線で見て、

「黄昏様には、国宝である黄昏の書を王宮に移すよう、夏嵐様からもお口添えください。このようなボロ家では、いつ何人《なんぴと》に貴重な書を奪われるかもしれませんから」

男は嫌みたっぷりに言うと、下卑《げび》た笑いを顔に貼りつけて立ち去った。

「三日に一度は黄昏様の所へやって来て、黄昏の書を寄越せと嫌がらせを言って帰るんだ。もう王宮の奴《ヤツ》らが何度もここに忍び込んできてる。黄昏の書は、民のものであって、王宮のものじゃないのに」

ジダイの目つきは、ヒースに向けるものより数倍悪くなっており、ヒースは思わずその頭に手を置いて、やめろと振り払われた。

しかし、王宮の手の者が何度も探索しているにも拘わらず、黄昏の書が見つかっていないという事実にヒースは密《ひそ》かに動揺した。あれほどヒースを国に帰したがっていた〝黄昏〟の出した条件だ。そう簡単なものではないと思っていたが、条件を満たすのは不可能に近いのではないだろうか。

（どうしよう）

その晩も寝付けずに、ヒースは寺院をふらふらと彷徨《さまよ》い、最初に訪れた謁見の間で、大きな水盤に欠けた月が映し出されるのを眺めていた。空にある月を、こんな風に見るのは初めてだが、吸い込まれそうになるほどに美しい。

立ち入ってはいけない場所を作るから危険なんだ、とジダイは言った。

あれは、イースメリアに攻め込まれた歴史のことを言っていたのだ。形あるものは奪われ、破壊される、と。

水面に浮かんだ月を指で弾《はじ》くと、ゆらゆらと崩れた。

こんな風に明らかで、けれど実体に触れることはできない、そんな場所があるだろうか。

この世に存在している限り、物を完全に隠しきることなど無理なはずだ。

（そりゃ、久遠の書みたいに体の中に入ってるなら別だけど）

はっとして、ヒースは水盤にもたれていた体を起こした。

そうだ。エリカと同じで、黄昏の書は、主人の体の中に収められているのかも。

「分かったの？」

ざわざわと鳥肌の立つ体を抱き締め落ち着こうとしたら、背後から声をかけられた。

シドだ。ここ数日、ヒースを勝手に連れてきたことで〝黄昏〟からみっちり絞《しぼ》られていると聞いていた。

彼が突然現れたことに驚くよりも先に確かめたくて、ヒースは興奮気味に口を開いた。

「黄昏の書は、久遠の書と同じ。書の主人の体を器としているんでしょ？」

これしかない、と思ったのに。

「残念。久遠の書と同じではないよ」

あっさりと、シドは言った。そんな、と絶望的な顔をするヒースを見て小さく笑う。

「でもまったく見当外れとも言えないな。私たちの歴史について学んだと、ジダイから聞いたよ。そのことを考えてみると、想像しやすいかもしれない。ザクロが何故私を〝黄昏〟と呼んだのか、その理由も。逆に、今の君を見て書の善き友だとは誰も解らないだろうね」

「……」

それは、ヒースが写本〝ランバートル〟を持っていないから。

つまり、ザクロと会った時、シドは黄昏の書を持っていた？

しかし、黄昏の書の持ち出しは許可されていないはずだ。

歴史を学んだと言っても、書に関しては奪われた記録ばかりが印象的で、だと言うのに、ことさら開放的な図書館や寺院の蔵書室がヒースには不思議なものに見えた。その在り方に黄昏の書の在処《ありか》が隠されているのだろうか。

ジダイが言っていたっけ。形あるものが永遠と思うなかれ。

故に、留めよ――。

「君が脅迫できる相手は黄昏様だけじゃない。私を利用したらいいんだよ、ヒース。それにあまり思い詰めていてはいい考えも浮かばない。好きな書でも読んで、気分転換してはどうかな」

いきなりなにを言い出すのかと目を丸くしたヒースにくすりと笑みを深め、シドは夜に立ち去った。

残されたのは、ヒースと欠けた月だけ。なにかをつかみかけたような気がしたのに、それはするりと逃げてしまって、ヒースは小さく唸り声を上げて水面の月をばちゃりと叩いた。

部屋に帰ってもやはり眠気は訪れず、ふと、ヒースは腰袋に入れたままの〝ランバートル〟説話集を思い出した。イルシオーネにその存在を教えられて、あれほど読みたいと思っていたのに、すっかりそれどころではなくなっていた。

今読んだところでまともに頭に入ってくるとも思えなかったが、気分転換にはなるかもしれない。

窓辺に寄り、入り込んでくる白い月明かりの下で書を開く。

◆

「ランバートルだ！」

「盗賊ランバートルが来たぞ！　娘を隠せ！　攫《さら》われる！」

物見台で警告の鐘を鳴らしながら、男は声の限りに叫びました。視線の先には、遠く黒い森から土《つち》煙《けむり》を立てて真っ直ぐこちらに向かってくる集団があります。

黒い馬に乗り先頭を駆ける男の黄金の髪は、風にたなびき、太陽の光にきらきらと輝いていました。面《おもて》は凛々《りり》しく、不敵な笑みを浮かべる様は一国の偉大な王のようです。その後方には、青い旗が一斉《いっせい》にはためいています。悪夢の始まりでした。

「女子供は連れて行け。売り物だ。手出しはするなよ！」

「高台の屋敷を目指すぞ。金目の物はすべて頂戴《ちょうだい》しろ」

「抵抗する者は殺せ！」

青い波はあっという間に押し寄せ、小さな街を呑み込みました。

子供の泣き声、女の悲鳴、男たちの怒号。

この世のものとは思えぬ光景が繰り広げられ、やがて、街に静けさが訪れました。

「ランバートル、ここも焼くのか？」

「聞くな」

高台の上からすべての様子を見守っていたランバートルの傍らに立っているのは、ガンダーというランバートルの右腕と称される男でした。

無表情のまま答えたランバートルに、ガンダーは軽く肩を竦《すく》めて控《ひか》える男たちに指示を出します。

じきに、街の方々から火の手があがりました。

「行こうぜ、ランバートル」

その様をじっと眺めているランバートルを、ガンダーは促しました。

小さな街は三日三晩燃え続けて、その跡にはなにも残りませんでした。

盗賊ランバートルが何故こんな非道な真似をするのか、誰も知りません。

ただ、人々は、彼の存在を恐れました。

×××

ごうごうと燃えさかる炎が、館を呑み込みつつありました。

館の裏手で、ひとりの青年が今にも炎の中に飛び込もうとしていました。

「父上！　母上！」

「お逃げください。せめてあなただけでも！」

もがく青年を抱き締めるようにして止めている男は、こめかみから血を流していました。

「嫌だ。父上がまだ中にいらっしゃるんだ。何故こんなことになった。父上が謀反《むほん》など起こすはずがない」

「お父上はドグライドらに陥《おとしい》れられたのです」

「いたぞ！　息子だ！　殺せ！」

「ここは私が食い止めます。あなた様が生き延びられることだけがお父上の希望です。どうぞこの書をお持ちください」

王宮の兵たちが弓をつがえ、剣を構えて迫《せま》ってくるのを、青年は信じられない思いで見ていました。

幼い頃から青年を導いてくれた男は、呆然《ぼうぜん》とする青年を無理やり馬に乗せ、手綱《たづな》を握らせると馬の尻をぴしゃりと叩きました。

「生き延びてください。そして必ず我が一族の汚名をお雪《すす》ぎください。お元気で」

いつものように、男は目尻に皺を寄せて笑いました。剣を構えると、青年に背を向けます。その背には既に何本も矢が刺さっていました。

そうして、たくさんの矢が、男に向かって放たれました。ゆっくりと倒れる男の向こうで、屋敷が炎に崩れ落ちていきます。

それからしばらくの記憶が青年にはありません。

気がついた時には、青年は盗賊たちに捕らわれていました。

ガンダーという盗賊の頭《かしら》が、上等な馬に乗ったまま気を失っている青年を見つけて拾ったのです。高価な服も、装飾品も、目覚めた時には、すべてなくなっていました。

唯一《ゆいいつ》、青い革表紙の書だけが残されていたのは、その書にガーディアンが宿っていたせいでした。

「私を、ここで使ってくれないか」

青年はガンダーに言いました。

「この書とガーディアンの力を提供しよう。その代わり、私の復讐《ふくしゅう》を手伝って欲しい」

美しく瑞々《みずみず》しい輝きを放っていた青年の瞳は、山奥にひっそりと在《あ》る湖面のように凪《な》いでいました。

「お前の名は？」

わずかに痛ましそうな目をして青年を見ていたガンダーは問いました。

「ランバートル」

青年は少し考えた後、そう答えました。

×××

ドグライドへの復讐を果たすため、ランバートルは大切な書を三つに分け、それぞれに呪を施《ほどこ》しました。

国の離れた場所に隠し、長い時間をかけて噂を流しました。

国王に謀反《むほん》を働いて滅《ほろ》ぼされた一族に伝わる、力ある書の噂を。

ガーディアンの宿る三書を集めた時、持ち主は、強大な力をその身に得る——。

ドグライドは、力を尽くしてその書を探しました。

噂が流れて、多くの人々がその書を求めます。

争いが起き、多くの血が流れました。

そうして、遂《つい》に、ドグライドは三書を手にしたのです。

「忌々しい一族であったが、こうして我が手に力を残してくれたことには感謝しよう」

この書があれば、王をも超える力を得ることができるのです。

ドグライドは書に命じました。

「目覚めよ。新たな書の主人たる我に、その力を与えよ」

並べられた三書から、光の柱が立ち上りました。目を開けていられぬほどの光です。

ドグライドは歓喜の笑みを浮かべ、両手を広げその瞬間を待ちました。

「さあ、我に力を！」

銀色の髪をしたガーディアンが恭《うやうや》しくドグライドの前に現れました。青い瞳でドグライドを見つめると、静かに目を細めました。

「与えよう」

光が、真っ直ぐドグライドを貫きました。

後には、影も残りません。

ドグライドが纏っていた衣服だけが、主人を失い地面にどさりと落ちました。

風が吹き、並べられた書の頁《ページ》がぱらぱらとめくれています。

どのくらい時間が過ぎたでしょう。ひとつの影がその場に現れました。

ランバートルです。

ランバートルは、並んだ書をひとつひとつ丁寧に拾い上げると、落ちた衣服を見つめて目を瞑《つぶ》りました。

「すまない。穢《けが》してしまった」

書に額を押しつけたランバートルの瞳から、涙が一筋流れます。

こうして、ランバートルの長い復讐は終わりを告げたのでした。

その後、ランバートルの行方を知る者は誰もいません。

三日目の朝。

いつものように部屋まで迎えに来たジダイは、ヒースの顔を見るなり絶句した。しばらく見てはいけないものを見たようにぎこちなく視線を逸《そ》らしていたが、やがて決心したようにこう言った。

「まだ一日あるよ。諦めるの？」

まさか夜中に軽い気持ちでめくった〝ランバートル〟説話集の内容に号泣して、朝まで何度も読み耽《ふけ》っていたのだとはヒースもとても言えない。

すっかり興奮してしまい、眠気は遂に訪れなかった。

イルシオーネが言った通り。これまでにヒースが知らなかったランバートルがそこにいた。盗賊ランバートルが中でも一番印象深かったが、そこから義賊ランバートルの話が生まれ、義賊ランバートルがある日光の書を見つけて勇者となり、その話がヒースの知る写本〝ランバートル〟へと繋がっていることがよく知れた。しかし、やはり最も心に残ったのは復讐心を抱いた残虐《ざんぎゃく》な盗賊ランバートルの話だった。

あまりに心奪われて、何度も何度も挿絵まで詳細《しょうさい》に見つめているうちに、燃えさかるランバートルの館に、妙に親近感を覚えた。この絵をよく知っているような気がしたのだ。

写本〝ランバートル〟や正本の〝ランバートル〟に同じ挿絵はなかったはずなのに。

一体、あの既視感はなんだろう。

そんなことを思いながらも、生真面目《きまじめ》にヒースを気遣うジダイを前にすると、申し訳ない気持ちになり、ヒースは余計な思考を慌てて追い払った。

そうして昼過ぎ。

ヒースはすっかり疲れ果てた顔で、街中の図書館前の通りに座り込んでいた。

「シテの歴史と黄昏の書がどう関係してるって言うの」

シドの忠告に従い、もう一度シテの歴史書を紐解いてみたヒースであるが、そのふたつをどう結びつけたらいいのかまるで分からなかった。歴史書に、黄昏の書に関する記録はないに等しかった。

ジダイは頭を抱えるヒースの傍で姿勢正しく座っている。

「そもそも、三日に一度の割合で何年も寺院に通ってる王宮の人に分からないものが、ここに来て三日の私に分かると思う？　むしろ分かられたら困るんじゃない？」

「それでも、あなたはその条件を受けたんだ。あなたの目的のために」

ジダイの言う通りだが、時間だけが無情に流れていき、焦る気持ちばかりが膨《ふく》れあがる。

「ねえ、ジダイが書を隠すならどこに隠す？」

ヒースは生真面目に返す少年に問うてみた。なんでもいいから糸口が欲しかった。

「頭の中」

間髪入れずに、ジダイは答えた。

「頭の中？」

「頭の中に入れておけば誰にも奪われない。あんな風に」

少年の腕がすっと前方を指し示す。

そこには、ジダイとそう変わらない年の子供たちが集まって、口々になにかを言い合っている姿があった。

よくよく耳を澄ませて聞いてみると、詩の一節のようだ。

まだ舌っ足らずな子が口にするには早すぎる、吟遊詩人が好んで歌う恋の詩。

しかし、どの子供たちもすらすらと口にして、誰が正しいとか、間違っているとか互いに言い合い、笑い合っている。

「ねえ」

気づけば、ヒースは子供たちに近づいて話しかけていた。

「私にも教えて」

「ちょっとヒース、なにしてるの。やめなよ」

ぎょっとしたようにジダイがついてくるが、子供たちはわっとヒースの周りに集まった。

見知らぬ大人が、自分たちのような子供に教えを請《こ》うのが嬉しいのだ。

子供たちは皆先を争うようにして、自分が口ずさんでいた詩をヒースに聞かせてくれた。

「みんなたくさん勉強してるんだね。すごいね」

ヒースが感心したように言えば、子供たちは誇《ほこ》らしげに胸を反らした。

「だって、形のあるものはいつか消えてなくなるけど、こうして覚えておけばなくならないでしょ？」

年嵩《としかさ》の少女が、ジダイと同じことを言う。

「うちのおじいちゃんは凄いんだよ。五十冊くらいここに入ってるの」

ヒースの手を引いた小さな男の子が、自分の頭を指差しながら教えてくれる。

「俺の母ちゃんは四十冊って言ってた！」

すぐさま、元気の良い少年が両手を挙げながら自慢する。皆が一通り家族の自慢をし終わると、ヒースに視線が集中した。

「お姉ちゃんは？」

「一冊……、二冊かな」

すくなーい！　と歓声が上がるが、すぐに一体なんの話だと問い質《ただ》された。

〝ランバートル〟だよ、と答えると、半数の子供たちが知ってる！　と叫び、もう半数の子供たちは聞かせて、と声を揃えた。

わくわくと瞳を輝かせる子供たちに囲まれて、ヒースはひどく懐かしい気分になった。週に一度、王立図書院の丘の下にある広場で〝ランバートル〟を語っていた。

「そんなことしてる場合じゃないでしょ」

ジダイが咎《とが》めるように言ったが、ヒースは立ち上がると堪らず語り始めた。

「ジダイ、あなたも聞いてよ。私の大好きな物語」

ランバートルが光の書を授かる場面。親友ガンダーと出会った話。ガーディアン・ディートリヒと窮地《きゅうち》を切り抜けた話。

語り始めればすぐに喜びの気持ちと共に物語が胸に溢《あふ》れた。

手に書はなくとも、確かにヒースは〝ランバートル〟を抱いている。

子供たちがごく自然に口にする、形あるものはいつか消えてなくなる、という言葉。それはきっと、リベイラ教の教えだけでなく、書を奪われてきた歴史を持つシテの人々の教訓だ。だから彼らは記憶するのか。

ザクロが何故シドのことを〝黄昏〟と呼んだのか。彼の中に、黄昏の書を見出したから？

それは、つまり――？

ぐるぐると思考は巡り、すぐそこまで答えが出て来ているような気がするのに掴《つか》むことができない。

ランバートルがガンダーと見事窮地を切り抜けた話で締めると、子供たちからは拍手と歓声があがった。焦る気持ちとは別に、久しぶりに満たされた想いになり振り返ると、ジダイがどこか途方に暮れたような、不思議な目でヒースを見つめていた。

「……シドが言っていたよ。あなたがランバートルからガーディアンを呼び出したのなら、希望が持てるって」

どういう意味だろう。首を傾《かし》げたヒースに、ジダイは眉を顰《ひそ》めた。

「そんなこと僕にも分からないよ。でも、シドはあなたが語るランバートルを聞いてすごく嬉しそうだった」

唇を噛みしめ、悔しそうな表情を少年はした。

「僕はあなたみたいに書を読むことができないから。理解ができないんだ、物語に感情が揺さぶられることが。だから、何百冊の書を記憶していようと僕じゃシドの力になれない。あなたしかシドの力になれないんだ」

だから、と少年はもうほとんど泣きそうな顔になっていた。

「諦めないでよ。シドはきっと、あなたの力になってくれるよ」

諦めるつもりはヒースにもないのだ。ただ、これ以上手がないような気がして絶望的な気持ちになっているだけで。

それに、どうしてもヒースには〝ランバートル〟が現実の呪いを解く鍵になるという荒唐《こうとう》無稽《むけい》な話が信じられないのだ。

物語が歴史と切り離して考えられないということは分かる。けれど、この話が現実とどう繋がると言うのか。シドは、その繋がりを見つけているのだろうか。

振り仰いだ図書館の正面に、盾の形をした紋章が見える。盾の内側には書と月が描かれ、それは、物事には終わりがあるというリベイラの教えと教訓、知識は自らを守る盾となることを示しているそうだ。

その時、ヒースは唐突に、昨夜読んだ盗賊ランバートルに感じた既視感の正体に思い当たった。

燃えさかるランバートルの館。そこに描かれた紋章。

それは、一羽の鳥だった。

右横を向く鳥の顔は凛々しいものだが、大きく広げられた羽は綺麗な円を描き、その中央に光のような花を抱いている。

既視感を抱くはずだ。その紋章を、ヒースは見たことがあった。

――王立図書院で。

全身が総毛立つ。

飽《あ》きもせず、何度も何度も見上げた図書室の天井画。そこに描かれた軍神が持つ盾《たて》に、同じ模様が描かれていた。鳥の羽がすべてのものから守護する様を示しているようで、初めてそれに気がついた時から、ヒースはその紋章がとても好きだった。

だから、見間違えるはずがない。

ランバートルの館の正面に描かれた紋章と、王立図書院の天井画に描かれた紋章は同じものだ。

偶然？　意匠がたまたま似ただけという可能性は？

落ち着けと自分に言い聞かせるが、鳥肌が立ちっぱなしで、寒気がする。

震える手で、ヒースは腰袋から書を取り出すと、該当《がいとう》の頁を開いた。

間違いない。同じものだ。

「どうしたの？　顔が真っ青だけど」

身震いするヒースを、ジダイが怪訝な表情で窺う。

「寺院に帰ろう、ジダイ」

本当に、書と現実が繋がっていたとしたら。それが意図するものはなに？

震える足を叱咤《しった》しつつ、ヒースは寺院へと帰り着いた。シドに面会を求めれば、今は〝黄昏〟と話し合いの最中で取り次ぎできないと言われる。

部屋で待っているので、なるべく早めに取り次いで欲しいと頼むと、鼓動が早くなる一方の心臓を押さえて与えられた居室へと戻った。

「しばらく、ひとりにしてくれる？」

ジダイに告げれば、なにかを察したのか少年は頷き離れていった。

夏嵐はしばらく表に残ったが、冬月に呼ばれたのでほんの少し外しますと、声を掛け去った。

なにも考えられず寝台に書をばらまき、他にも繋がりがないかすべての挿絵を確認していく。扉が叩かれた時、ヒースはシドが来たものと思い、寝台から転がり落ちる勢いで駆け寄った。

「シド！」

「黄昏の書を出せ」

しかし、扉を開けると同時に部屋に入り込んできたのは、リベイラ信徒の装束《しょうぞく》を身に纏った見知らぬ男だった。ヒースの喉元に正確に刃物を突きつけ、男は低い声で告げた。

「知りません」

俄になにが起きたのか理解ができず、しかしヒースはしっかりと答えた。男の目は、寝台の上に散らばる書を見つめている。

「お前が書の在処《ありか》を知っていることはさる筋から確認済みだ。言わせてやろう」

ふと、男の体がヒースから離れたかと思うと、寝台へ向かった。

そのまま、刃物を書へと振り下ろそうとする。

「やめて！」

咄嗟《とっさ》にヒースは書を庇《かば》うように寝台へと飛び込んだ。

ばちりと左手から光と衝撃。

青い光が迸《ほとばし》ったかと思うと、男の体が弾き飛ばされた。背中から壁に激突し、崩れ落ちる。

「ヒース！」

「無事ですか！」

同時に、部屋の扉がけたたましく開かれ、シドや夏嵐が駆け込んできた。

「王宮の者のようです。何故この部屋に……？」

夏嵐は、秋曙を呼ぶとすぐにふたりで侵入者を運んでいった。

ヒースは肩で大きく息をしながら、小指に嵌められた指輪を見つめていた。

見知らぬ人物に襲われたことよりも、はるかに強い衝撃に心奪われている。

たった一瞬のことだったが、黄昏の書の力に包まれた。だから、感じてしまった。その力の在処を。

「シド」

信じられない思いで、ヒースは目の前に立つ男を見つめた。

どうしてザクロが彼を〝黄昏〟と呼んだのか。今ならば分かる。

黄昏の書は、確かに久遠の書のように主人の体を書棚としているわけではない。

「あなた自身が、黄昏の書なのね」

それがどういう意味なのか正確には分からないまま、しかしそうとしか表現できない。

ヒースの震えた声に、男は垂れ目にくしゃりと皺を寄せて、まだ半分だけね、と頷いた。

「シテは多くの書を奪われたことで、書を記憶して伝えていく道を選んだ。同時に、イースメリアでは伝えられるべき過去が次第に消えていくのを感じていた。だから、私たちは記憶を正確に繋いでいくため、書を肉体と同化させることにしたんだ」

「それほどまでにして守り続けてきた記憶というのは、なんですか」

ヒースは、その時静かに部屋に入ってきた〝黄昏〟を見つめた。

「『分かたれた書が再び集《つど》い、すべてが正しく理解された時、真の終わりがやって来る』」

我々が引き継いできた言葉です。

老人は厳《おごそ》かな声で、そう告げた。

✸

「これは一体なんなの」

イルシオーネは、手にした書簡を見つめたまま、震える声で呟いた。

王宮よりつい先ほど届けられた緊急書簡には、たった二行が綴《つづ》られている。

黄昏の書を、決して持ち込んではならない。

三書が揃う時、この国は滅びる。

Guardian's Guardian

三書の秘密と失われた一族

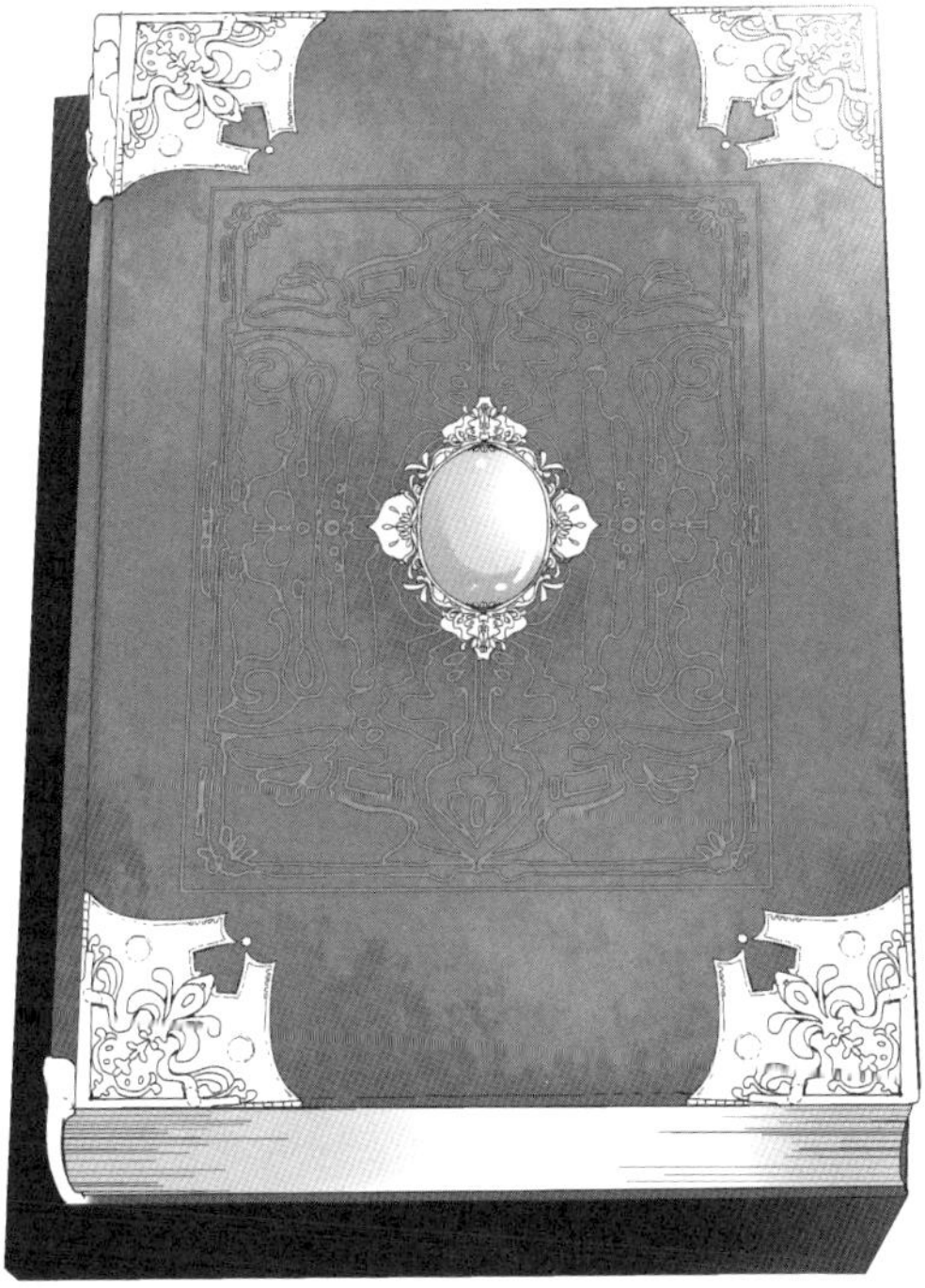

王都ザヤから届いた書簡に目を通し、ヒエンはくすりとした。

「どうしたの？」

彼のガーディアン、ヒエンディラがヒエンの肩口に顔を寄せて手元を覗き込んでくる。

「ヒースのこと、怒られた。すぐに連れ戻せって」

「当然でしょ」

「よかれと思ってのことなんだけどな。僕はヒースの可能性を買ってるのに」

残念、と眉《まゆ》を下げてみせれば、ヒエンディラはヒエンの正面に回り込み、猫のように目を細めて男の頬に細い指を滑《すべ》らせた。

「あなたが楽しみたいだけでしょ」

「ひどい誤解だ、ヒエンディラ。僕は彼女の力になりたいだけだよ」

ヒエンの極めて真面目《まじめ》な声に、美しいガーディアンはくすくすと笑った。

「あの子はあなたの退屈凌《しの》ぎの玩具《おもちゃ》じゃないのよ。かわいそうに」

言いながら主人の顔を覗き込むと、ふと真顔になる。

かわいそうに。

ヒエンディラはもう一度呟くように言って、男の頬を両手で包んだ。

「あなたはずっと、退屈なままなのね」

無言のまま、ヒエンはゆったりと微笑《ほほえ》んだ。


黄昏《たそがれ》の書を、決して持ち込んではならない。

三書が揃《そろ》う時、この国は滅びる。


最初にその不穏な文章が目に飛び込んで来た時、イルシオーネは戸惑い、思わず封書に施《ほどこ》された封《ふう》蠟《ろう》の印を確かめた。

上質の紙とインク、王家の紋章を模した印は間違いなく、この書簡が王宮より出されたものであることを示している。

だが、書面中央に斜《なな》めに走る筆跡は大いに乱れ、通常であれば、本文に至る前に聖女イルシオーネへ宛てた長い前置きや美辞麗句を連《つら》ねた挨拶《あいさつ》の類《たぐい》は一切省《はぶ》かれて、乱暴なまでに簡潔な、用件のみを伝える二文がそこに殴り書きされていた。

インクの掠《かす》れの跡も生々しい乱雑な筆致からは書き手の焦《あせ》りが伝わってくるようで、ここに書かれている文言《もんごん》の意味はまるで分からないのに、不吉な言葉に背筋が震えて、思わず背後を振り返る。

暁《あかつき》の聖女以外の開封を禁ずる緊急書簡だと手渡されたため、イルシオーネは自分以外入ることを禁じられている聖室内に設《しつら》えられた祈禱室《きとうしつ》でそれを開いていた。だからもちろん、狭《せま》い祈禱室にはイルシオーネの他には誰も居ない。目の前の古びた祈禱台に、鎖に繫《つな》がれた暁の書が鎮座《ちんざ》しているだけ。

頭上の小さな窓から差し込んでくる、夕暮れの淡い光に照らされた赤い表紙の書はイルシオーネには慣れ親しんだもののはずだったが、不意にそれが見知らぬものに感じられた。

瞬間襲った寒気を振り払うように、イルシオーネは小さく頭を振った。

ソヴェリナ寺院の最奥《さいおう》にある暁の聖女の館まで、聖神兵らの手を経《へ》て届けられた書簡の差出人が間違っていることなどありえない。

美麗な文字を綴《つづ》る書記官を多数置く王宮からの書簡とは思えない文面だが、本文の後に記された署名は覚えのある国王のものだ。

落ち着いて見れば、本文の筆跡は、王の署名と同じものに見えた。

つまりこれは、国王の直筆《じきひつ》書簡か。

(どうして突然こんなものを)

イルシオーネははっと顔を上げた。

「ランツァ!」

祈禱室の扉を開け放ち、大声で近侍《きんじ》の名を呼ぶ。壁一面が書架で覆《おお》われた広い部屋にイルシオーネの鋭い声がわんと響いた。

(ヒースのシテ行きが漏れたのか)

久遠《くおん》の書のガーディアン、ザクロを助けるために必要だと言われた黄昏の書を得るために、隣国シテへ単身ヒースを向かわせたのはイルシオーネらの独断だった。

決行したのは五日前。

王の使いとしてソヴェリナ寺院にやって来た知の聖騎士長ルドベキアから、久遠の書を巡《めぐ》って長年敵対しているシテに助けを請《こ》うてはならないと言い渡された直後のことだ。

久遠の書を守るために、書の主人であるエリカを害すると言われたことがイルシオーネにはどうしても納得できなかった。折《おり》しも、黄昏の書の主人だという男——シドがザクロの異変を察知し、手を貸そうとヒースに接触を図っていたのだから尚更だ。人の命よりも国の体面を取るのかと、憤《いきどお》りで体が震えたのは初めてだった。

イルシオーネの叫びに震えた空気の余韻《よいん》が終わらぬうちに聖室の扉が開き、真っ白い隊服の裾《すそ》を翻《ひるがえ》してランツァが足早に歩み寄ってくる。

「いかがされましたか」

「ヒエンを呼んでくれ。ヒースの件が王宮に漏れたかもしれない。事実を確認して、王立図書院よりも先にヒースを保護する」

王立図書院の知の聖騎士であるヒースが、王宮の命に真《ま》っ向《こう》から背《そむ》いているのである。

イルシオーネの脳裏に浮かぶヒースという女性は、「知の聖騎士」という肩書きが冗談に聞こえるほど、ごく「普通の人」だった。小柄《こがら》で童顔で、年相応に見られないことを悩む、書の大好きな元写字生《しゃじせい》。

ごく一般的な常識と良識を持ったイースメリアの善良な一市民、と彼女のことを評したのはランツァだ。

「知ってるだろうけど、私は他の知の聖騎士の皆みたいに、それに相応《ふさわ》しい血筋や、希有《けう》な才能を持っていたわけじゃない。偶然写本〝ランバートル〟を渡されて、偶然ガーディアンが飛び出してきただけ。ガーディアンを呼び出した以上、知の聖騎士にならなければならないっていう国の決まりがあったから、他にどうしようもなくてその肩書きがついたの。周りの人も私の扱《あつか》いには困っていたもの」

苦笑気味にそう語ったヒースが、その事態に誰よりも困っていたのだろうということは容易に想像できた。「重いから」と、彼女は知の聖騎士の象徴とも言える緋のローブさえ纏《まと》っていなかったのだから。

「ただし」

ランツァはヒースについて語った時、こう続けた。

「ヒース様は、書と心を通じガーディアンを呼び出された方です。その事実は、人として、この世のどんな肩書きよりも信頼に値《あたい》します」

それこそが、彼女を表すすべてと言ってもよかった。

人は人を欺《あざむ》くことができるが、書のガーディアンを欺くことはできない。

血筋や才能ではなく、書と心を通わせるという本来の方法でガーディアンを呼び出したヒース。

書に込められた想いを読み取り、書にその情熱を認められるほどの感情を抱《いだ》く人。

「知の聖騎士」として話を振られるとどこか自信なく、居心地悪そうにするヒースが、書の話を、特に彼女がガーディアンを呼び出した〝ランバートル〟の話をする時の表情は見物《みもの》だ。

努めて冷静に話そうとしながら、ぐんぐん輝きを増していく瞳と弾《はず》む声音の高さがヒースの努力を簡単に裏切って、その熱と勢いに、聞いている側はあっという間に彼女の内に在《あ》る心躍《おど》る世界に連れ去られてしまう。

書に愛されるその心は、自身と似たような立場で久遠の書の主人となったエリカの境遇に深く同情し、それまで一度も会ったことのなかったイルシオーネの願いを正確に汲《く》み取《と》った。

暁の書の主人として、三重の外壁に囲まれた館の内でごく限られた人々に世話をされ、「イルシオーネ」という個人の存在は誰にも知られないまま、ただ「聖女」として国と民に祈りを捧《ささ》げるだけの人生だと思っていた。

エリカとヒースは、そんなイルシオーネにできた初めての友人なのだ。

初めて聖女の肩書なく自分の名を呼ばれ、ここに入って以来初めて寺院の外に出て、初めて街を歩き回り、初めて好きな書について存分に語り合った。

それらがイルシオーネの世界にどれほどの彩《いろど》りをもたらしたことか。

ふたりを守るためなら、イルシオーネは、暁の書の主人という地位も聖女という名声も最大限に利用する覚悟だった。

事は秘密裏に進められ、ヒースのシテ行きを知っているのは、彼女の同僚であるヒエン、シテ行きを依頼した当事者であるエリカにザクロ、そしてイルシオーネとランツァの六名だけ。

誰もこのことを外部に漏らすはずがない。

そう思うのに、脳裏を過《よ》ぎったのは、人目を引く華《はな》やかな容姿の男だった。

ヒースがいつも、なにを考えているのかちっとも分からないと、困ったり怒ったりしながら相手をしていた彼女の同僚である。

剣の腕に秀《ひい》でているため、書の修繕《しゅうぜん》にあたりエリカを害し、主人の体を器とする久遠の書を世に顕現《けんげん》させるという大役を与えられ、神官兵や王立図書院から派遣される守備兵らの総指揮《そうしき》を任されたと聞いていた。

けれど、

『人生に多少の刺激は欲しいけど、ザクロを相手にするような刺激は遠慮《えんりょ》したいよね。疲れそうだし』と、黄昏の書の主人からの条件でたったひとりシテへ向かうことになったヒースを特に心配するでもなく、行ってらっしゃい頑張って、と笑顔で送り出した。

いくら国の名だたる剣豪のひとりだとは言え、今回の任務がヒエンにとっても命懸《が》けであるのは確かだ。ヒースが黄昏の書を持ち帰り久遠の書が修繕されれば、エリカを害す必要がなくなる。同時にヒエンの任務もなくなることになるのだから、ヒエンがヒースを支援する理由は大いにあるだろう。

それなのに咄嗟《とっさ》にヒエンに対して疑いの気持ちがわくのは、当事者のひとりであるはずの彼がまるで他人事《ひとごと》のように飄々《ひょうひょう》として、どこかこの事態を楽しんでいる風にも見えるせいだ。

ヒースがヒエンのことをなんとなく苦手にしているから、というのも大きい。

しかしヒエンが本当に信頼に値しない人物であれば、ランツァがイルシオーネの傍《そば》に決して近づけはしないことも事実。

「ヒエンは、少し手が空いたのでヒース様の手助けをすると、先ほどここを発《た》ちました。イルシオーネ様が祈禱室に入られていましたので、ご挨拶は失礼すると。王宮から届く予定になっていた品が手違いで届かず、王命の執行《しっこう》が正式に延期となったそうです。その間に黄昏の書を持ち帰ってくるとのことでした」

ランツァの慇懃《いんぎん》な答えに、イルシオーネは目を丸くした。

「先ほど？　どうしてそんな急に……。それに延期の件は既に聞いたぞ」

王立図書院から、久遠の書の修繕のためにと派遣された守備兵の先発隊がソヴェリナ寺院へと到着したのは三日前のことだ。

彼らを出迎えるため、珍しくランツァも一日ほどイルシオーネの傍を離れていた。

『必要な道具が足りなくて、修繕はちょっと延期になりそうだよ。よかったね』

ヒエンがイルシオーネの元を訪れてそう報告したから、よく覚えている。

「それは、守備兵らの話を聞いた上でのヒエンの個人的な判断でしょう。正式には今日通達を受け取った、ということです。王宮からヒエンに宛てた書簡が届いていました」

「内容を見たか」

思わず気色ばんだイルシオーネに驚くでもなく、ランツァははい、と静かに頷いた。

「緊急事態により一時書の修繕を延期する。追って連絡するまで久遠の書の守護に万全の備えを敷き全力を尽くすこと、とありました」

「それだけか」

イルシオーネの手に握られていた書簡がくしゃりと潰《つぶ》れる。

ヒースのことについて、なにか書かれているのではないかと思ったのだ。その指示に従い、突然ヒエンがここを発ったのかと。

「それだけですが、なにか」

ランツァの青い目を食い入るように見つめたが、この目が感情に揺らぐところをイルシオーネは幼い頃から一度も見たことがない。どんな時でも、イルシオーネを穏やかに見つめ返すだけだ。

それに、ランツァはイルシオーネのガーディアンで彼女に嘘はつかない。ランツァがそうと言えば、それが事実なのだ。

「いや……、緊急事態とはなんだ」

「詳細《しょうさい》は聞いておりませんが、この度《たび》の書の修繕にあたり、なくてはならぬ道具を紛失《ふんしつ》したとか」

ランツァはわずかに声をひそめた。

この大事態に、道具の紛失とは随分《ずいぶん》間の抜けた話である。

「一体、どんな道具が足りなくなったんだ？　修繕の延期はありがたいが、すぐに手に入る道具ではないということか」

しかし、王立図書院には常に書の修繕師が待機し、知の聖騎士たちの書に全《まった》きを期しているはずだ。予算も潤沢《じゅんたく》に与えられており、書の修繕に必要な道具が足りない事態などまず考えられない。

「久遠の書の修繕です。通常の書の修繕とは異なることも多いのでしょう」

そんなものなのだろうか。納得できる説明ではなかったが、イルシオーネは頭を切り替えた。

「ヒエンは、ヒースを助けるためにここを出たんだな」

もう一度問うたイルシオーネに、ランツァは丁寧に首肯《しゅこう》した。背の半《なか》ばまである銀髪がさらと揺れる。

「ヒース様がシテへ赴《おもむ》かれたことは王立図書院には未《いま》だ知られておりません。ヒエンは気まぐれな男ですが、この度の件でイルシオーネ様に憂《うれ》いを与えることはありません。どうぞご安心ください」

そう言ってランツァが口元に小さく笑みを浮かべると、日頃は冷たい印象を与える瞳が一気にやさしく緩《ゆる》み、イルシオーネは本当に安心してしまうのだった。

「お前はあまりヒエンとは合わないと思っていたのだが、本当は信頼しているんだな」

誰に対しても常に平静な態度のランツァが、ヒエンに対しては、珍しくも分かりやすく苦々しい表情を向けていたのだ。

何気ない感想のつもりだったが、途端、ランツァの顔が凍り付いた。

「お戯《たわむ》れを。――来客のようです。失礼いたします」

外壁の門が開かれる音が遠くから鈍く響いていた。

無表情のまま出て行ったランツァがやはり珍しく、しばしその背を見送ったイルシオーネだったが、聖室の扉を閉めて、握り締めたままの書簡を再び開いた。

ヒースがシテに行くことを知られ、黄昏の書を持ち帰ることを阻止《そし》しようと出されたものかと咄嗟に考えたが、改めて読めば、その内容は随分《ずいぶん》突飛で現実味がなく、イルシオーネに衝撃を与えるには十分だったが、拙《つたな》い脅《おど》しである。

書を揃えただけで国が滅びるなどとは、まるで物語のようではないか。

しかしこれを寄越してきたのが国王であることを思えば、馬鹿馬鹿しいと捨て置くこともできない。

妙に切迫感のある字面《じづら》や文言は、一笑《いっしょう》に付すことを許さない空気を漂《ただよ》わせている。

参ったなと書面を畳《たた》んだところで、裏面にも文字が書かれていることに気づいた。


――すべては、総大神官に聞け。


書を取り出した時には気づかなかった一文は、本文と同様に走り書きされたものだ。

総大神官は、ソヴェリナ寺院のみならず、イースメリアの民の大半が信仰するトラス教信者と神官たちの頂点に立つ人物である。ソヴェリナ寺院の権威《けんい》を高めようと尽力し、久遠の書の所在を巡って王宮とは反目《はんもく》し合っているが、歴代総大神官の知を受け継ぎ、暁の書とその主人に関わる教育の一切を取り仕切ってきた。

その総大神官に、もう聖女イルシオーネに自ら教えることはなにもないと一年ほど前に言われたはずだ。

過日、山のような献上品を馬車に積み込んで王都を目指したのは、久遠の書のガーディアンをソヴェリナ寺院管轄内《かんかつない》で傷つけたという失態を王に弁解するためだと思っていたが、用件はそれだけではなかったのだろうか。

再び、イルシオーネの心臓がなにかの予感に震えるのと、聖室の扉が叩かれたのは同時だった。

肩がびくりと揺れる。

「イルシオーネ、私だ。素晴らしい客人を王都からお招きしたから、お前を迎えに来た。本来であればこちらにお通しすべきなのだが、お前に話をしてからの方が良いだろうと思ってね」

「……総大神官様？」

今まさに思い描いていたその人の声に、目を丸くする。

ここ数年、男の言うことを聞かないイルシオーネを生意気な娘だと悪《あ》し様《ざま》な態度を取ることも多かったと言うのに、今日のこの鳥肌の立つような機嫌の良い声はなんだ。

いつもならこちらが返事をする前に扉を開けて聖室に入ってくるのだが、今日は扉が開く様子もない。どうしたのだろうと取っ手に手をかけた途端、外側から強い力で止められた。

「待て。扉を開ける必要はない。久遠の書のガーディアンが奥で臥《ふ》しているのだろう。騒がせるつもりはない。私は館の入口で待っているから、身なりを整えてすぐに降りてきなさい」

そう言って扉から人の気配が離れるのが分かり、イルシオーネは部屋の外に飛び出した。

「総大神官様！」

「大きな声を出すな。久遠の書のガーディアンが目覚めたらどうする」

イルシオーネより頭ひとつ背が高くでっぷりとした体格の総大神官は、四角い顔の中央にある小さな目をしばたかせて、不気味そうに聖室の扉を見つめた。王都へ行っていたのはわずかな期間だというのに、また腹回りが大きくなっているような気がする。

「彼はぐっすり眠っています。ご安心ください」

毒が体に回り、日の大半をまどろみのうちに過ごすザクロを、彼は心底恐れているようだった。

その様子に冷め、若干の落ち着きを取り戻して、イルシオーネは手にしていた書簡を総大神官に差し出した。

「先ほど、緊急で受け取ったものです。ご一読ください」

「大切な客人を待たせていると言っただろう。後ではならんのか」

客人が来たからと総大神官自らイルシオーネを迎えに来るようなことはこれまでになかった。王宮からの使いなのかもしれない。

ならば、尚更この書簡は先に見せるべきだろう。

総大神官は差し出した手を引く様子のないイルシオーネに苛立《いらだ》った顔を見せながら、書簡を奪うと乱暴な手つきで開いた。

一体この男がどんな表情を見せるのかと、イルシオーネは酒焼けした赤い面《おもて》を見上げていたが、男の視線がざっと紙面を舐《な》めたかと思うと、厚い唇が大きく弧を描いたことに驚いた。

（笑った？）

見間違いかとも思ったが、総大神官は込み上げる笑いを堪《こら》えきれぬように口角を震わせている。書簡を手早く封書に納めると、そのまま自分の胸元にしまった。笑顔のままイルシオーネに向き合う。

「イルシオーネ、なにも心配は要《い》らない。突然こんなものが送られてきてさぞ不安だっただろう。だが我々はもうなにも恐れることはない。さあ、これ以上客人をお待たせするわけにはいかない。あの御方《おかた》がお前の不安も疑問もすべて解消してくださる。このまま行くとしよう」

「どなたでしょう？　急ぎヴェールを取って参ります」

人前に出る際には、それがたとえ国王に対してであっても、聖女としての神秘性を高めるため決して顔を晒《さら》してはならない。

幼いイルシオーネにきつく躾《しつ》けたのは、目の前の男である。

踵《きびす》を返そうとしたが、制された。

「そのようなものは要らん。特別な御方だ」

生暖かく分厚い手がイルシオーネの手首を摑《つか》み、総大神官は強引に歩き始めた。

摑まれた手の感触にぞっとして思わず背後のランツァを振り返ると、ついていくようにと視線で促される。

客人は、総大神官の私室で待っているらしかった。

イルシオーネの一歩先を進む総大神官の足取りは弾むようだ。興奮の余り足早になり、イルシオーネにも何度も「あの方をお待たせしてはいけないから」と告げた。

そのくせ、イルシオーネが「どういった御方なのでしょう」と問うても「会ってからだ」としか答えない。

まさか国王だとは思わないが、総大神官がこんなにも敬意を示す相手など想像もつかない。

総大神官の浮かれっぷりに、次第にイルシオーネは不安が高まり、背後をついてくるランツァに「本当に大丈夫なのか」と何度も視線で確かめた。

しかしそのランツァも、ご安心を、と言わんばかりにわずかに目元を和《なご》ませるばかりで、気づけばイルシオーネは総大神官の私室前に立っていた。

総大神官は、そこで初めてイルシオーネを振り返った。

「決して粗相のないように。お前にとっても、我々にとっても、素晴らしい未来をもたらしてくださる御方なのだから」

（私にとって？）

歯茎を剝《む》き出《だ》しにして笑う男は、高揚《こうよう》した気分のままに、両手で扉を開いた。

「サールヴァール様、大変お待たせいたしました。暁の書の主人を連れて参りました」

いつもであれば「聖女イルシオーネ」と呼ぶはずだが、総大神官は敢《あ》えて「暁の書の主人」と呼んだようだった。

西日が所狭しと置かれた金銀の彫像や壺《つぼ》を鈍《にぶ》く照らし、ぼんやりと赤く染まる部屋の中央で、すっと人が立ち上がった。ああ、とこちらを見て思わず漏れ出た溜息には、感嘆とも驚きともとれる響きが感じられる。

「聖女イルシオーネ様」

ひどく耳触りの良い声で呼んだのは、痩身《そうしん》の男だった。

背はそう高くなく、綺麗に後ろに撫《な》でつけられた銀灰の髪と高く尖《とが》った鼻が印象的な、知的な面立《おもだ》ちの初老の人物だ。イルシオーネを認めて和《やわ》らいだ表情は人好きのするもので、聖女を前に恐縮する様子も、へりくだる風もない。

かと言って、知の聖騎士長ルドベキアや一部大神官らのように、聖女と言えど、所詮《しょせん》書に繋がれた憐《あわ》れな者と見下す雰囲気でもなかった。

「お会いでき、光栄に存じます。サールヴァールと申します」

真《ま》っ直《す》ぐにイルシオーネの瞳を見つめ腰を折る姿には、確かな好意が感じられた。

イルシオーネも軽く会釈《えしゃく》する。

王宮からの使者かと思っていたが、男の服装は、街で見かけた商人のように、膝丈《ひざたけ》のチュニックの下に幅広《はばひろ》のズボンを履《は》き、裾長《すそなが》の上衣《うわぎ》をゆったりと羽織ったものだ。生成《きな》りや茶といった、全体的に落ち着いた印象を与える服装だが、統一感があり洗練されている。特に目立った飾り刺繍《ししゅう》などもない上衣は、しかしいかにも柔らかく手触りが良さそうで、非常に上質なものであることが窺《うかが》えた。

細い指にはそれなりに大きく、人目を引く石が幾《いく》つか嵌《はま》っているがこれ見よがしな雰囲気はなく、この人物がある程度の地位と財産を持っていることを教えている。

しかし男は、名の他にはなにも、己《おのれ》が何者であるかを口にしなかった。

「サールヴァール様、こちらを」

あなたは誰なのだとひとり困惑するイルシオーネを置き去りにして、総大神官は自身の胸元から、先ほどイルシオーネが渡した書簡を取り出した。

それはあまりにも唐突で、イルシオーネが止める間もなかった。

あ、と青ざめたイルシオーネに大人しくしているようにと目配せし、総大神官は自ら、封書から書面を取り出してふたつ折りのそれを開いた状態で、サールヴァールに恭《うやうや》しく手渡した。

聖女以外の開封を禁ずるとされた、国王からの書簡を。

一体なにを考えているのかと息を呑《の》むイルシオーネとは対照的に、対面に座るサールヴァールは自宅で寛《くつろ》いでいるかのようだ。深く椅子に腰掛け、軽く足を組み、友からの手紙を受け取ったような微笑を浮かべて書簡に視線を走らせている。

それは先ほど総大神官が浮かべていたものに比べるとずっと洗練された微笑みだったが、彼らが書簡の内容に微塵《みじん》も驚きを示さない点では一致《いっち》していた。

呆然《ぼうぜん》と自分を見つめるイルシオーネに気づくと、サールヴァールは改めて目を細めた。

「差し支えなければ、私からイルシオーネ様にご説明差し上げましょう。このように謎《なぞ》めいた書を受け取られてはさぞご不安だったことでしょう。私はこの件で参ったようなものですから、どうかご安心ください」

やはり、この男は王宮からの使いなのだ。イルシオーネは確信する。

よろしいか、と隣に掛ける総大神官にサールヴァールは断りを入れたが、それは既に、自らが話を始めるという宣言に過ぎなかった。

「少し、昔の話を致しましょう」

膝の上で、男は両手を組んだ。

イルシオーネの顔を見つめて、ゆるりと微笑む。目尻には小さな皺《しわ》。

やさしい笑顔だと思うのに、何故《なぜ》かイルシオーネの背筋はぞくりと粟立《あわだ》った。

✦

この国が、遠い昔、大国の一領地に過ぎなかった頃のことはご存知でいらっしゃいますか？

ご存知でない？　ああ、いえ。当然のことです。当時のことを記した書は尽《ことごと》く焼かれて、今の時代

に伝わっているのは、そういった時代があったらしいという極めて不明瞭な伝聞のみです。

こちらの聖室には王立図書院に匹敵する書架があると聞いておりまして、長い間、聖女様以外の方の立ち入りがほぼ禁じられた空間であれば、或《ある》いは消失を免《まぬが》れた書もいくつかあるのではないかと。

勝手なことを申しました。

話を続けましょう。

その昔、イースメリアはとある大国の有力貴族が支配する一領地でした。他の領地に比べれば比較的大きな所領でしたが、今と比べれば可愛《かわい》らしいものです。シテとは当時からずっと隣り合った関係でした。他に、カラク、トールバラン、ミルバといった小さな領地がイースメリアやシテと隣り合っておりました。

それぞれに領地を支配する国の有力貴族がおりましたが、中でもトールバランへの王家からの信頼は他を圧倒しておりました。

彼《か》の一族は、書と心を通じガーディアンを呼び出す者がとても多かったのです。

元々書を愛する一族で、書の作成や保護、修繕を熱心に行い、旅の吟遊《ぎんゆう》詩人などを多く館に招き、まだ知らぬ話を聞いては、それを書きとめ書にすることに尽力していました。書に対する愛情や理解が、人一倍強い者が生まれる環境だったのだと思います。

今の時代のように、特異な才能を持った一部の者たちが、元々人を好むガーディアンを呼び出したり、遠い昔に交わした呪《じゅ》により、定められた血筋の者に呼び出されたガーディアンとなるのとは違います。

暁の書の主人であらせられるイルシオーネ様はよくご存知でしょう。

真に書と心を通わせ、書にその心を愛された、書の善《よ》き友と呼ばれた人々のことです。

今の時代よりも、神の力がずっと強く書に宿っていた時代です。トールバランの人々が呼び出したガーディアンはそれぞれに強力な力を持ち、書とその主人をよく守護しました。

もちろん、トールバラン一族以外にも書からガーディアンを呼び出す者はおり、しかし、周囲にガーディアンに詳《くわ》しい者がいなければ、彼らはトールバランの領地を目指し、ガーディアンについての教えを請《こ》いました。

トールバランは書に愛されたこれらの人々を歓迎し、よく世話をしたので、結局、彼らはトールバランの領地に留まることが多かったといいます。

王家は当然この一族を珍重《ちんちょう》し、王族の守護者はトールバランから選ぶと定めていたほどでした。

この事態をよく思わなかったのが、周辺領地の貴族たちです。

トールバラン一族だけが王家に重用されることは、それまでほぼ拮抗《きっこう》していた貴族間の力の均衡《きんこう》を崩すことになりかねず、それは彼らの望むところではありませんでした。

しかし、ガーディアンという特異な力を持つトールバランの人々に、人の身で対抗することはできません。

彼らは知恵を絞《しぼ》り、トールバランを陥《おとしい》れるための噂《うわさ》を流しました。

トールバランは、書に呪を用い、ガーディアンを無理やり世に顕現《けんげん》させている。既にその力は王家の兵力を圧倒するものになっている。トールバランが王家に翻意《ほんい》を持てば、たちまち現王家は瓦解《がかい》するであろうと。

その噂は、何故か最初、民の間で流れました。トールバラン一族は皆、己のガーディアンを有していると言われるほど、かの一族が顕現させるガーディアンの多いことは市井《しせい》でもよく知られたことでしたので、信憑性《しんぴょうせい》があったのでしょう。

民から商人へ、商人から下級貴族へ、下級貴族から上級貴族へといった風に、気づけば、トールバラン一族は周囲から畏れを持って見られるようになっていました。

しかしトールバランの人々はこの噂を一笑に付していました。

ガーディアンを呪で呼び出すことなどできるはずがなく、そもそも、ガーディアンは書を守るためにその力を発揮《はっき》するだけで、人と人との争いに手を貸すものではないのだからと。事実、ガーディアンを伴《ともな》ったトールバランの人々は、他者を攻撃するためにその力を使ったことはありません。

長年、ガーディアンの力を間近に見てきた王家の人々が、このような噂に惑《まど》わされるはずがないと考えたのです。

次に流された噂はこんな風でした。

トールバラン一族の長《おさ》が、永久《とわ》の繁栄《はんえい》をもたらすという神書を手に入れたらしい。王家に納めず、自らの一族のために書を隠している。

彼の一族は、王家に成り代わろうとしているのだ。

トールバラン一族が、代々各地に古くから伝わる話や書を収集、修繕し、王家を遥《はる》かに凌《しの》ぐ蔵書を持っていることは国中で知られました。大抵の書は、トールバランを訪ねれば見つかると言われていたほどです。

その時既に、王家はトールバラン一族の持つガーディアンの力を畏れるようになっていました。トールバラン一族を陥れようとする貴族らの度重なる密告に、すっかり疑心暗鬼になっていたからです。

時の王は、トールバラン一族の長に、永久の繁栄をもたらすという神書を差し出すよう告げました。

しかし長は、そのような書は存在しないと首を振るばかり。

王はそれを嘘だととらえました。皆の密告通り、トールバランは神書とガーディアンの力を使い、王家に成り代わるつもりなのだと。

恐ろしさに震え、王は遂《つい》に、トールバラン一族の殲滅《せんめつ》を周辺領地の貴族たちに命じました。

それは大変悲惨《ひさん》で、陰惨《いんさん》な、一方的な戦いでありました。

トールバランを陥れんとした人々は、彼らが最も恐れることをよく知っていました。書を焼くことです。

彼らに抵抗しガーディアンを呼び出したら、即座に館ごと書を焼き払うと脅せば、多くのトールバランの人々は己の書を手放し、ガーディアンとの繋《つな》がりを絶ちました。彼らの館にはガーディアンを持たぬ書が山のようにあったのです。

けれど、人も書も、トールバランに関わるものはすべてが焼かれました。赤子であっても容赦《ようしゃ》はされません。一族に仕《つか》える者たちは侍女や小間使いの子供に至るまですべて殺されました。

最後に残ったのはトールバラン一族の長の館でした。

貴族たちが乗り込んでいった時、長は、自身の部屋で卑劣《ひれつ》で愚《おろ》かな侵入者たちを待っていました。

部屋の中央にある机の上には深い青の表紙の書が一冊と紙の束《たば》がふたつ並んでいました。長は書架に背を預けて、ちょうど自分の足元に火を放ったところでした。

雪崩《なだ》れ込《こ》んできた元同僚たちに、長は笑いかけます。

「その書は私が書いたものだが、くれてやろう。お前たちが望んだ通りの書だ。扱いにはくれぐれも気をつけるが良い。この書のガーディアンは人に手をかけることを躊躇《ためら》わぬ」

黙れ、と誰かが矢を放ち、それは炎の向こうに揺れる長の胸に吸い込まれました。しかし彼は倒れません。

「代わりと言ってはなんだが、書には呪いをかけておいた。分かたれた書が再び集《つど》い、すべてが正しく理解された時、お前たちに真の終わりが訪れるだろう。我が一族を滅ぼした罪は、未来永劫《えいごう》購《あがな》って貰《もら》う」

長の言葉に反応するように、三つ並んでいた書のうちのひとつが突如《とつじょ》光に包まれ空に浮いたかと思うと、忽然《こつぜん》と姿を消しました。

「あの書を手に入れた者は永久の繁栄を得るぞ。呪いから逃れられるかもしれんな」

宙を指差し告げた後、長は薄く微笑み、ゆっくりとその場に倒れました。

呪いを解かせろ、あの男を死なせるな、と誰かが叫びます。

しかし、すべては終わり、また、始まっていました。

火は消し止められましたが、トールバランの長の命は失われ、呪いはその時を持って発動したのです。

他でもない、書に精通し、書に愛された一族の長の呪詛《じゅそ》を受けた男たちは、二つ残った紙の束が元は一冊であったことを確かめた後、それぞれの領地に持ち帰り、決して同じ場に持ち寄らぬことを誓《ちか》いました。

やがて時が移り、呪いの書を持ち帰った一族は、力を蓄《たくわ》え国からの独立を宣言し、戦《いくさ》により領地を拡大し、それぞれに国の体裁を保つようになっていました。

それが、今のイースメリアとシテです。

呪いの書はそれぞれ、暁の書、黄昏の書と呼ばれ今の世に受け継がれており、その記憶を受け継ぐ者たちは今も尚、三書が再び集い、正しき知識を得る者によって呪いが発動せぬよう努めているのです。

◆

「お疲れになりましたか」

声をかけられ、イルシオーネは夢から覚めたように目をしばたかせた。

長い長い話はまるで現実味がなく、頭がぼうっとしてくる。

だからイルシオーネは、まとまらない思考のまま、心に浮かんだことを口にした。

「盗賊ランバートルの話を、読まれたのですか」

最初は一体何が始まるのかと困惑していたが、次第に、自分はこれによく似た話を知っていると思った。ヒースに手渡した〝ランバートル〟の元になったと思われる説話のひとつに、そんな話があった。

だからこれは、作り話なのでしょうと。イルシオーネは小さく苦笑さえ浮かべて問うたのに。

目の前に座る男は、穏やかに細めていた瞳を芝居がかった調子で丸くして見せた。

「おや。あれをご存知でいらっしゃるのですか？　もう狩り尽くされたものと思っておりましたが、聖女様の元で災禍《さいか》を免《まぬが》れましたか。あれは、今の話を元に創作されたものなのです」

この書簡の意味が、これでお分かりになられたでしょう。

そう言って、男は国王からの封書を机上に滑らせた。

思わず体を引いたイルシオーネを見て、総大神官が小馬鹿にしたように鼻を鳴らす。

「何故寺院の外に出てはならぬのかと幼いお前が問うた、これが本当の理由だ。納得できただろう」

それはあまりに尊大で横柄《おうへい》な言い草だったが、しかしその言葉によって、イルシオーネは自分でも不思議なほどに理解した。

サールヴァールの話は事実なのだと。

生涯を国と民への祈りに捧げる暁の書の聖女。

恐ろしく高い三重の壁に囲まれた、聖女の館。

聖女を守護する壁というより、牢獄《ろうごく》のようだと嗤《わら》ったのはいつの日だったか。あれは、正しく牢獄だったのだ。

イルシオーネら歴代の書の主人を、決して表に出ぬよう、暁の書と共に幽閉するための牢獄。

(暁の書が、呪いの書？)

それでは、イルシオーネら聖女は呪いの書に捧げられた贄《にえ》か。

一度でいいから外に出たいと泣き叫んだ幼いイルシオーネの、歴代聖女の悲痛な叫びの理由のすべてが、ここにある。

机上に置かれた封書の、赤い封蠟に施された国王の印がやけに目について、イルシオーネは何故か笑い出したいような気持ちになった。

◆

話が始まった時にはまだ青かった空が、いつの間にか、すっかり赤く染まっている。

シテはイースメリアより温暖で、秋の夕刻とはいえ頰を撫で髪をすくっていく風は心地よいもののはずなのに、ヒースは止まらない手の震えを抑えようと膝の上で強く拳《こぶし》を握り締めていた。

偶然とは言え、黄昏の書の在処《ありか》を知った直後のこと。

「秘め事を話すのに相応しい場所へ行かねばなりませんな」

顎鬚《あごひげ》を撫《な》でながら言った〝黄昏〟に連れられて、ヒースらは寺院の庭園中央に建てられた高楼《こうろう》の上に在《あ》った。周囲の建物の中で一番高く、どの建物からも適度に距離があり、最上階からは寺院の屋根の向こうに青い屋根の続く街並みまでが見渡せる。

四方に視界を遮《さえぎ》る壁はなく、高い柱の上に雨除けの屋根があるきりだ。さして広くない空間には、六人掛けの円卓と椅子が置かれている。

「ここから見る夜空はまた格別じゃが、またの機会に案内させましょう」

高楼下には秋曙《あきあけ》と、これまでヒースが面会していなかった春闇《はるやみ》、金花《きんか》、銀砂《ぎんさ》という神徒が四方に見張りに立ち、最上階へと至る階段下には冬月《ふゆつき》と夏嵐《なつあらし》が待機した。ヒースの知る限り、シテのすべてのリベイラ神徒がこの高楼の守備についたのである。

それに気づいた時、これから語られる〝秘め事〟の大きさを予感しヒースは身震いしたが、それでも、こんな話は想像もしていなかった。

ひどい悪夢を見て目覚めた時のように体中に嫌な汗をかき、手足の先がひんやり冷たくなっている。長い話を終えた〝黄昏〟はさすがに疲れを隠さず、大きく息を吐いて肩の力を抜くと、用意してあった水に何度も口を付けた。

その隣に掛けるシドは〝黄昏〟が話している間一度も口を開かなかった。腕組みをして微動だにせず、軽く伏せた瞳は円卓に置かれた古びた一冊を見つめている。

〝盗賊ランバートル〟。

ヒースがイルシオーネから手渡された、今の世に流布《るふ》している〝ランバートル〟や、ヒースがガーディアンを呼び出した写本〝ランバートル〟の前身と言える書である。

そしてその内容は、今〝黄昏〟が初めて語ってくれたはずのそれに、あまりにも酷似《こくじ》していた。

シドの前に開かれているのは、主人公ランバートルの生家が燃え盛《さか》る炎に包まれる挿絵《さしえ》が描かれた頁《ページ》だ。

館の正面には、鳥の羽が大きく円を描き花を抱く紋章。

なにひとつ知らなければ、〝黄昏〟の話をとんだ作り話だと笑い飛ばせていたかもしれない。もしくは、からかわないでくれと憤慨《ふんがい》できたはずだ。

だが今のヒースは、書に書かれた内容と現実が繋がっている可能性を無闇に否定することができない。

「ご感想は？」

蒼白になったままのヒースに、シドが視線を向けた。こちらは、話についていくのに精一杯で、感想など抱《いだ》けるはずもない。

「王立図書院の天井画《てんじょうが》に、これと同じ紋章が描かれていました。軍神の盾《たて》のところに」

だからヒースは震える指先で挿絵の紋章を指差し、この話が嘘だとは思っていないことを伝えた。

シドの眉がぴくりと動く。視線だけが鋭く、本当かと問うようにヒースを捉えた。

「トールバランの紋章だ。今は存在しないはずの」

シドの声に、心臓がまたひとつ大きく跳ねた。

各々《おのおの》の「家」を示す紋章は他者が使用することはない。ましてや天井画に描き込まれることなどありえない。

つまり、あの美しい場所は。

四方を無骨な建物の壁に囲まれた、ヒースの大好きなあの白亜の館は。

「王立図書院は、トールバラン一族の館の跡……」

呆然《ほうぜん》と漏れた声は、自分のものではないようだった。

「だからこそ、久遠の書はあの場で眠りあの場で目覚める」

あの荘厳《そうごん》で美しい場所で、今聞いた陰惨なできごとが行われたと言うのか。本当に？

動揺するヒースの前で、シドがそっと書に触れた。

「しかし、よく現物が残っていたな。どこでこれを？」

まるで壊れ物を扱うような怖々とした手つきに、目を奪われる。

「イルシオー……、暁の聖女様が譲《ゆず》ってくださって」

ヒースの答えに、なるほどねと男は納得したように深く頷く。あそこならあり得る、と。

「この話が世に出たのは、イースメリアが一領地から独立し戦によって領土を拡大し、ほぼ今に近い形になった頃でね。その頃には、トールバランの名はすっかり世から忘れ去られていた。しかしある日突然この書が世に出て、どうやらイースメリア王宮に届けられたらしい。誰が、どこで、どうやって作ったのか、まるで分からない。だがその目的は明らかだ」

〝ランバートル〟は必要があって生み出された書だ、と以前シドは言っていた。

分かるだろう？　と目で語りかけられて、ヒースは重い気持ちで口を開く。

「トールバラン一族が生きていることを知らせるためですね」

物語の主人公の名はランバートル。

この話を聞いた後では、故意か偶然かと考えることさえ馬鹿らしい。文字を組み替えれば、そこに現れるのはトールバランの名だ。

「ほぼ確実に滅《ほろ》ぼしたと思っていた一族が生きていること、呪いを思い出させる書の内容に時の王は怯《おび》え、その出所を求めて国中を捜索《そうさく》し、書とトールバランと疑わしき人々を焼き、最終的にシテを攻めた。シテからの吟遊詩人がこの話を語ったからとも、シテからイースメリアへ宛てた贈答品にこの書が紛《まぎ》れていたからとも言われているが定かじゃない。ただイースメリアの突然のシテ侵攻については、シテがイースメリアを侮辱《ぶじょく》し怒らせたため、という非常に曖昧《あいまい》な理由が伝えられている。これが原因だとすれば筋は通る」

シドは、まるで自分がすべてを見てきたように話す。先ほど昔語りをした〝黄昏〟もそうだった。記憶を継ぐというのは、どういうことなのだろう。淡々と話し続けるシドの顔を、ヒースは不思議な気持ちで見つめる。彼らは今確かにここにいるのに、心だけ別の場所にいるようだ。

「イースメリアはシテに攻め込み、大量の書を狩り、焼いた。トールバランをわずかにでも匂《にお》わせるものはこの時に消された。シテの民にイースメリアへの憎悪を植え付け、イースメリアの民にはシテへの嫌悪と侮蔑を植え付け、二国が決して交《まじ》わることのないよう、徹底して両国の敵愾心《てきがいしん》を煽《あお》った。まあ、彼の目論見《もくろみ》は成功したと言えるだろうね」

言いながら浮かべた皮肉げな笑みはシドには珍しいものだった。

驚くほど蔵書の少なかったシテの街中にある図書館がヒースの脳裏に浮かぶ。イースメリアが、過去に大量に書を奪っていったのだとジダイは言った。

イースメリアの隅々にまで行き渡った、シテに対する粗野で野蛮な印象。リベイラ教に対する不理解。ごく最近のものしか存在しない、シテに関する歴史書。

すべてが、過去から繋がっていると言うのか。

「でも、暁の書も黄昏の書も、久遠の書も神書です。もし黄昏様のお話が本当なら、どうしてそんな恐ろしい書が神書なんかに」

イースメリアのトラス教は暁の書を教典とし、シテのリベイラ教は黄昏の書を教典とする。その教えを幼い頃から受けてきたヒースに、神聖な書を「呪いの書」と口にすることは、たとえ冗談であってもできない。

〝黄昏〟はゆっくりと首を振った。

「虚言《きょげん》を弄《ろう》し、書に愛された一族郎党を根絶やしにする暴挙を犯した彼らは、書の呪いをなによりも恐れた。呪者の怒りを少しでも鎮《しず》めようと書を神格化することを思いつき、手元に残った黄昏の書、暁の書、各々を神書として祀《まつ》り、国中で信仰の対象とした。これが、リベイラ教とトラス教の始まりじゃ。どちらの王も呪いの書を傍近くに置くことを厭《いと》い、それぞれの書を祀る寺院は王宮から遠く離れた場所に建てたのじゃ。暁の書を擁《よう》するソヴェリナ寺院も、黄昏の書を頂《いただ》く我がケルマ寺院も、それぞれの王都からは恐ろしく離れておるじゃろう」

遂《つい》に、ヒースは言葉を失った。

不意に足元が崩れていくような感覚に襲われて思わず円卓の端に手をつく。座っているのに、倒れそうだ。目の前がぐるぐるとしてこめかみが痛み、吐き気がする。

「それなら、どうしてシテの王宮は黄昏の書を求めているんですか」

三日と空《あ》けず黄昏の書を王宮へ戻すようにと王宮からの使者がやって来ていることは、その使者に実際に遭遇《そうぐう》したことからも知っていた。

おまけにヒースはつい先ほど、その王宮側の人間だと思われる人物に黄昏の書の在処を言えと襲われかけたのだ。

彼らが黄昏の書を厭《いと》っているとはとても思えない。

「記憶というものは薄れていくものだろう、ヒース。たとえ記憶を繋ぐことができたとしても個人の感情まで繋ぐことはできない。トールバランという存在が両国から消されて数百年。呪いの書はそれぞれ素晴らしき神書へと成り代わり、久遠の書は永久の繁栄をもたらしてくれる書として広く民の心に浸透している。三書を揃えなければ呪いは発動しない。王家は、もはや黄昏の書を〝呪いの書〟と見てはいない。権威の象徴としての書を、王宮に飾っておきたいんだ」

もう、奴《ヤツ》らが考える〝書〟はないいんだけどねぇ、とシドはくつくつと肩を揺らして〝黄昏〟に同意を求めたが、〝黄昏〟は呆《あき》れた視線を返しただけだった。

「これで、〝ランバートル〟が鍵《かぎ》だということは信じて貰えたかな？」

灰色の垂れ目を更に下げて、シドは顔を強張《こわば》らせたままのヒースを窺う。

「……でも、結局〝ランバートル〟は今に伝わっています。内容は随分変わっていますが。〝ランバートル〟がトールバランの存在を示す書だと言うなら、王家にとって恐ろしい存在なら、どうして私たちのよく知る〝ランバートル〟の存在は許されているんですか。私は王立図書院で〝ランバートル〟を読んだんです」

ヒースがガーディアンを呼び出した写本〝ランバートル〟も、王立図書院に持ち込まれて、ヒースに手渡された。

すべてが事実だとは認めたくなくて必死で言葉を繋ぐヒースを、シドは駄々をこねる子供を見守るような面持《おもも》ちで受け止めている。

「今、世に流布している〝ランバートル〟が存在を許されたのは、それがトールバランをまるで連想させない人畜無害《じんちく》な話だからだ。〝盗賊ランバートル〟が出て国中の書が改められた後、百年はなにもなかった。だがその後〝義賊《ぎぞく》ランバートル〟の書が同じようにイースメリア王宮とシテ王宮へ届けられ、やはり消されている。両者に共通しているのは、ランバートルの生家が無実の罪に問われ滅ぼされているという点だ」

　事実を想起させるから消されたのだということは、ヒースにも分かった。

「その後また百年ほどの時を跨《また》いで、次に語られたのが君の〝ランバートル〟の原型のような話だ。神から光の書を授かり、冒険に出る勇者ランバートルの話。これは吟遊詩人たちの口を借りてまず民の間で広がったらしい。時の王の元へ、市井《しせい》で語られる俗な物語がいつ伝わったのかは定かじゃない。けれど、時間が経《た》ち人が入れ替わるということは、黄昏の書を取り戻したいと躍起《やっき》になっている今のシテ王宮のように、危機感もまた薄れていくということだ。イースメリア王宮は、トールバランを想起させる要素のない〝ランバートル〟の名に反応を示さなかった。逆に、既に民の間で広まりつつあったただの創作物語に過剰《かじょう》な反応を示せば、かえって民衆に興味を抱かれてしまうと考えたんだろう。だから、君の大好きな物語は生き残り、更に改編されて今に伝わっている」

　嫌だ、と反射的に込み上げてきた感情に、ヒースは無理やり蓋《ふた》をした。そうしなければ、今すぐ大声で泣き叫んでしまいそうな気がしたからだ。

〝ランバートル〟は、そんな話ではない、と。

奥歯を噛みしめ、穏やかにこちらを見つめるシドの目を挑むように見つめ続ける。

「あなたは、〝ランバートル〟を読んだ時にトールバランとの接点に気づいたんですか」

ヒースの瞳が不自然に揺れていることに気づいただろうに、シドは知らない振りをしてくれた。

いいや、と彼は緩慢《かんまん》に首を横に振る。

「トールバランの名を知っていたからと言って、私だって最初に出会った〝ランバートル〟は今の世に流れている話だ。あの勇者の話をいきなりトールバランに結びつけることなんてできないだろう？」

シドが〝ランバートル〟と歴史との秘められた接点に気づいたのは、〝義賊ランバートル〟の話を偶然聞く機会があったからだと言う。

「イースメリアに大量に書を狩られた後、シテでは書を記憶していくことが奨励《しょうれい》された話はしただろう？　数年前、私は人の死に際に立ち会ってね。その人物から、彼の家に代々伝わる不吉な話を聞かされた」

自分にはこれを伝える相手がいない。家の者以外に話してはならない。家の者以外に話すと恐ろしいことが起きると言われてきたが、もう死んでしまう自分には関係のないこと。

それよりも、代々伝わってきた話が自分の代で途絶えてしまうことの方が辛《つら》い。忘れてしまって構わないから、一度だけこの話を聞いて欲しいと懇願《こんがん》されたと言う。

「彼は目の前にある書を読むように、〝義賊ランバートル〟の話を私に聞かせてくれた。その最中で、彼は一度だけ、ランバートルの名をトールバランと呼んだんだ」

しかし男は言い間違えたという様子もなく、最後まで話を語り終えた。

『君は一度だけランバートルのことを〝トールバラン〟と呼んだけど、間違いじゃないのかい？』

ああ、と男は頷いた。

『書に書かれてあったままだから、そこは決して変えて覚えてはならないと、これは古い俺の祖先の教えらしい』

「その時の私がどれほど驚いたか、君に想像ができるかい？　並べられて初めて、トールバランとランバートルの言葉遊びに気がついた」

当時のシドが受け継いでいたのは、トールバラン一族の滅亡と、そこで為《な》された呪いについての記憶だけ。

「けれど、〝義賊ランバートル〟の存在を知ったお陰でトールバラン一族の生き残りが存在したことを知った。彼らが自らの存在を王宮や世に知らしめようとしていたことも」

その後シドは地道に〝ランバートル〟の変遷《へんせん》を追い、やはりシテの民に口伝《くでん》の形で残されていた〝盗賊ランバートル〟に辿り着いた。ふたつの話が世に出た時期や出回った場所を調べるうちに、それらがイースメリアからのシテ侵攻時期などとも密接に関わっていることに気づいたという。

「一度世から消された話が時を置いて、形を変えて、何度も復活する。人々の間に広がっていく。意図的にそれを操作した人間が居ると言うことだ」

今もきっとね、とシドはもう一度卓上に並べられた書の表紙を撫でた。

「でもどうやって……」

彼らは生き延びたと言うのか。

〝黄昏〟の話では、トールバラン一族は親族郎党、小間使いの子供まで殺害されたというのに。残党狩りは過酷《かこく》なまでに続けられたということだった。

とんとん、とどこかおかしそうな表情でシドの細い指が〝盗賊ランバートル〟を叩いた。

「君ともあろう人が、ここに書かれてあることを忘れたのかい？　彼がどうやって追っ手から逃げおおせたのか」

「……ガーディアン」

そうだろう、とシドは瞳に力を込めた。

「トールバランは、書に愛された一族だ。ガーディアンを持たない書までも守りたいと、自らのガーディアンを手放したり、書を守護するガーディアンに人を攻撃させることができずに命を落とした人がいたのも事実。だが、ガーディアンに守られて逃げおおせた人々もきっと居たはずだ」

そして、〝盗賊ランバートル〟に描かれていたように、彼らも心に復讐《ふくしゅう》を誓ったのだろうか。

つい先ほどまで存在すら知らなかった人々は、作中の〝ランバートル〟の姿となってヒースにその感情を生々しく伝えてくる。

「我々〝黄昏の書〟を継いで来た者たちもまた、時代を経るうちに、その役割への意識や思考に変化が生じましたのじゃ。黄昏の書の主人となり古い記憶を継いでも、それまでの我々は〝黄昏の書〟を神書として学ぶ時を過ごしておるのです。それが〝呪いの書〟だという記憶はあくまでも記憶。〝黄昏の書〟を教典とするリベイラ教への信仰が薄くなることはない。ヒース殿もそうじゃろう？」

それまで黙って話を聞いていた〝黄昏〟がゆっくりと口を開いた。ヒースを見つめる眼差《まなざ》しは田舎《いなか》の祖父母のそれを思い出させて、ヒースの中の痛みを訴《うった》える部分を包み込むように撫でていく。

「ヒース殿、我々は物事に終わりあることを知る民じゃ。死がどれほど恐ろしくとも人の生に訪れることから目を逸《そ》らさぬように、真実に向き合い受け止めることを良しとする教えを、他でもない黄昏の書から受けた民ですじゃ。故《ゆえ》に、我々は遠い昔に為された呪いの真実と終わりを求めて、久遠の書を欲してきました。それこそが、黄昏の書を継いだ我々の使命だと思うておりましてな」

じゃが、と困り果てたように〝黄昏〟は、何《いず》れ黄昏の書を継ぐ男に視線を投げた。

「私は、まずは久遠の書になにが書かれているのか、その中身を見てから判断すべきと思うておるのじゃが、これは〝ランバートル〟を知ってから少々暴走しておりましてな。いきなり三書を集めると言う。呪いの正確な正体も分からぬうちに、根拠《こんきょ》のない勘などで国を滅ぼすような真似をされては敵《かな》わんと何度も叱《しか》っておるのじゃが、老体は早《はよ》う隠居せよと生意気ばかりを言いよりまして」

皺の刻まれた眉間《みけん》に更に深い皺を刻む〝黄昏〟の傍で、シドはまるで素知らぬ顔をしている。

「〝根拠のない勘〟?」

ヒースが首を傾《かし》げると、だってさ、と同意を求めるように身を乗り出してきた。

「私は、まだ半分とは言え黄昏の書をこの身に継いで、その本質を否応《いやおう》なく感じている。おまけに君が写本〝ランバートル〟からガーディアンを呼び出したんだ。呪いで国は滅びない。黄昏様も君に会って、薄々気づいてはいらっしゃるはずです。そうでしょう？　そろそろ素直にお認めになってはいかがですか」

不敵な笑みを口の端に浮かべて〝黄昏〟を向いたシドは、理由などこれで十分と言った口調だったが、もちろんヒースには不十分だった。

何故自分がガーディアンを呼び出したことが、呪いで国が滅びない理由に繋がるのだ。

「まあ、こんな風にして我々は久遠の書を長年求め続けていたわけだ。イースメリアは同じ年月、久遠の書とその主人を王宮に囲い込み、トールバランの痕跡《こんせき》と歴史を人々の記憶から徹底的に消すことを推進してきた。それが何故か、今回に限って、久遠の書の主人が王立図書院を飛び出した。あの子は一体、何者だい？　いつもイースメリアが用意する選定式で選ばれた人物ではないのだろう？」

年に一度、希有な才能やガーディアンを呼び出した先祖を持つ血筋で選ばれた人々が、王立図書院の選定式に招集される。そこでガーディアンを呼び出した者は知の聖騎士に任命されるが、ごく稀《まれ》に、その中から久遠の書の主人となる者が現れてきた。

彼らは選定式に呼ばれた時点で事の主旨を理解しており、久遠の書の主人となった時には、素直にその身を王立図書院と王宮に預けてきたのだ。

「あの子はザクロの他に、もうひとりガーディアンを連れていたね。書が完全な状態ではないようだったけれど。すっかり怯えて君にしがみついて、自分の身になにが起きたのかよく分かっていないようだった。そうそう、夏嵐が、久遠の書の主人が随分汚れた身なりをしていたと困惑していたんだけど、あれはなにか理由があったのかい？」

シドが、王立図書院から飛び出したエリカに声をかけた日が、遠い昔のことのように思える。

ヒースはあの嵐が訪れたような夜を思い出した。

「エリカは、その、孤児で、私たちの国で〝持たざる者〟という身分にあたります。彼女がザクロの他に連れていた顔のないガーディアンはリリーメイと言って、エリカが幼い頃に偶然呼び出したガーディアンだそうです。彼女はリリーメイの顔を直そうとして、書の欠けた箇所を埋めようと、王立図書院の蔵書室へ侵入したんです」

差し込む月明かりに照らされて、床に座り込んで書を広げていたエリカ。

すべてはあの日から始まったのだ。あれから、なんて遠いところまで来たのだろう。

もう、同じ場所に帰ることはできない。

その事実に密《ひそ》かに息を詰めるヒースの前で、ふと、シドの表情が変わった。

「……誰が彼女に、書の修繕について教えたんだい？　それに彼女に誰が文字を教えたんだい？」

「え？」

「彼女は孤児なんだろう？　どうして書からガーディアンを呼び出すような事態になったのかは知らないが、ただの孤児が、不完全な状態のガーディアンを直すためには書の修繕が必要だとどこで知識を身につけるんだ。書の欠けた箇所が分かるということは文字が読めるということだ。君の国で、孤児が文字を読めるのは一般的なことかい？」

次第に鋭さの増す眼光に圧《お》されながら、ヒースは慌てて首を振った。

「文字は、〝おじじ〟が教えてくれたと言っていました。孤児たちに時折寝床や食料を与えていた慈善家のようでした」

初めて会った日に、そう言っていたような気がする。何故書の修繕方法について知っていたのかまでは、聞いていないから分からない。しかし、〝おじじ〟の元へリリーメイの現れた書を持って行ったと言うのだから、彼がエリカに教えたと考えるのが妥当《だとう》だろう。

「その男は何者だ」

「どうしたんですか、いきなり」

ぐいと迫《せま》るように身を乗り出してきたシドにおののいて、ヒースは椅子の背にぴったりと背中を張りつけた。

落ち着け、と〝黄昏〟がシドの襟首《えりくび》を摑んで後ろに引く。

「悪かった。だが、覚えている限りでいい。その男のことを詳しく教えて欲しい」

「そんなこといきなり言われても、私もそれしか知らないんです」

エリカの話にほんのわずか出てきただけの人物だ。

くそ、と珍しく余裕のない罵《のの》りの言葉を口にして、シドはおさまりの悪そうな髪をぐしゃりとかきまわした。

「君の国の〝持たざる者〟という身分がいつできたものか知っているかい？　トールバラン一族が滅ぼされた直後だ。トールバランの屋敷で直接働いていた者たちは殺されたが、その家族は連帯責任という名の下に〝持たざる者〟の身分に落とされた。トールバランに関わる者をわずかにでも匿《かくま》った者たちも同様。かろうじて逃げ出していた者たちも、見つかれば即座に殺されるか、運が良くて〝持たざる者〟とされたらしい。疑わしきはすべて〝持たざる者〟として、財産も身分もなにもかもを社会的に奪い、徹底《てってい》してトールバランの痕跡を消そうとした。この意味が分かるかい？」

前のめりに問いながらヒースの回答を待つ余裕すら、今のシドにはないようだった。

「現代の〝持たざる者〟たちの中にトールバランに関係する人々の末裔《まつえい》がいたとしてもおかしくはないということだ。ましてやそのエリカは、まだ幼い頃に書と心を通じてガーディアンを呼び出したんだろう？　孤児に文字を教えるのは普通のことかい？　その孤児がなんらかの方法で書の修繕方法を知り、危険を冒《おか》して王立図書院に侵入し、久遠の書の主人となることは、本当にすべてが奇跡のような偶然の重なった結果だと思うかい？」

矢継ぎ早に喋るシドは、ヒースへと言うよりも自分の脳内を巡る思考を整理しているように見える。かと思えば険《けわ》しい表情で黙り込み、次に顔を上げると、ちょっとイースメリアに人をやってくると席を立った。

「やれやれ落ち着きのない。ヒース殿には大変失礼を。うちの者が、本当に申し訳ない」

嵐のようなシドの行動に呆気《あっけ》にとられるヒースに、〝黄昏〟が頭を下げる。

やめてくださいと焦って告げても、何故か〝黄昏〟は深く頭を下げ続けた。

「黄昏様？」

「私は今、ヒース殿にすべてをお話ししました。その上で、やはりシドに書を引き継ぐことはまだできぬと申し上げる」

顔を上げた〝黄昏〟は穏やかでありながら、決して引かぬという決意を瞳に湛《たた》えていた。

「シドは呪いで国は滅びぬと申しましたが、呪を解くためにはそれ相応の代償《だいしょう》が必要であることを、ヒース殿はよく知っておられましょう。シドは、呪を解く代償に自身を用いる覚悟でおりまする」

埋もれた眉の奥からヒースを強く見据えた〝黄昏〟の背後に、焼け爛《ただ》れたように真っ赤な空が広がっていた。

それはまるで、トールバラン一族を焼き滅ぼした炎が今もまだそこで燃え盛り、遂に自分たちを呑みこもうとしているようにヒースには見えた。

「おじじ！」

緊張で強張《こわば》っていたエリカの顔は、男の姿を認めるやこれ以上ないほど大きく瞳が開かれ、一転、驚きと喜びに溢《あふ》れた。それは、ここ最近見たことがないほど明るい表情だった。

イルシオーネははっと、隣に立つ男を見上げた。

（知り合いだったのか？）

「どうして？　どうしておじじがここにいるの？」

エリカはなんの警戒もない様子でサールヴァールに駆け寄ると、信じられないという表情で男とイルシオーネの顔を交互に見比べている。

戸惑うイルシオーネに気づいたらしい。

「王都で、あたしに文字を教えてくれた人だよ。ご飯や、寒い時には寝る場所なんかも世話してくれたの」

いかにも嬉しそうに教えてくれるエリカの声には、男に対する信頼が溢れている。

「久しぶりだね、エリカ。すっかり見違えたよ。肌もつやつやして、とても綺麗になった。その服もよく似合っている。リリーメイも相変わらず美人だ」

サールヴァールは腰を屈《かが》めて、エリカの顔を覗き込んだ。

「これはヒースとヒエンが、あの、知の聖騎士の人たちが用意してくれた服で。あたしが、久遠《くおん》の書の主人になったから、それで」

身なりを褒《ほ》められて、エリカの頬がさっと赤くなる。

「お、おじじはどうしてここにいるの？」

気恥ずかしい話を逸《そ》らすように問うたエリカに、サールヴァールは包み込むような声音で答えた。

「お前が困っているだろうと思ってね。お前と、久遠の書のガーディアンを助けに来たんだ」

「本当に？」

途端、瞳を揺らすエリカに、もちろんだ、と男は目尻の皺《しわ》を深くして頷く。

「私が文字を教えたお前が久遠の書の主人となるなんて、これほど私にとって誇《ほこ》らしいことはないんだよ、エリカ。お前は言わば私の教え子。もう心配はいらないよ。ああ、なにを泣くことがある。心配することはないと言っているのに。さあ、泣き止《や》んでこれまでのことを私に聞かせておくれ」

エリカの両肩を抱いて、サールヴァールはやさしい声で宥《なだ》め続《つづ》けている。

リリーメイはいつものようにエリカの首元に抱きつきながら、空《あ》いた手で主人の頭を撫《な》で、サールヴァールの存在を受け入れているようだ。

そして、エリカのもうひとりのガーディアンが眠る聖室の奥部屋の方からは物音一つしない。

（信用していいのか）

聖室に赴《おもむ》き、久遠の書の主人に目通り願いたいと強く希望したのはサールヴァールだった。

あの忌々《いまいま》しい話を聞かされた直後のこと。

自身がこの国に捧《ささ》げられた贄《にえ》であったのだという自覚はイルシオーネに強い憤《いきどお》りを与え、同時に、彼女をひどく冷静にもさせた。

気持ちは冴え冴えとし、この国が隠し続けてきた恐ろしい過去に怯《おび》える気持ちよりも、だからこれからどうするのだという好戦的な気持ちの方が強い。

何故《なぜ》自分たちが、過去の誰かがしでかした愚《おろ》かしい行いの罪《つみ》を償《つぐな》わなければならないのだ。

そんなイルシオーネの内心を読み取ったわけではないだろうが、サールヴァールはくどくどと聖女の内面を気遣《きづか》うような真似はしなかった。

「久遠の書の修繕にあたり必要とされている道具が、こちらに届けられる道中で紛失《ふんしつ》したという話はお聞き及びでしょうか」

それは、つい先ほどランツァから聞いたばかりだった。

イルシオーネが頷くと、サールヴァールはわずかに声をひそめた。

「実のところ、ただの紛失ではなく何者かに奪われたというのが事の真相なのです。襲撃者はリベイラ神徒ではなかったと、隊を率《ひき》いていた知の聖騎士が断言したそうです。王はこの報告を受け、事情を知る第三者が介入してきたとイルシオーネ様にご注意を促《うなが》すため、とるものもとりあえずこの書簡をお送りになられたのでしょう。私はその報を受け、こちらに急ぎ駆けつけた次第です」

事情を知る第三者、という曖昧《あいまい》な表現が不気味に響く。

「……一体なにが奪われたのです？　その道具を紛失したため、書の修繕は一時延期となったと聞きました」

サールヴァールはもったいぶらず、あっさりと答えた。

「宝剣です。書のガーディアンの力を断ち切り、その威力を軽減すると言われている、剣身に呪《じゅ》の施《ほどこ》された王家の宝剣です」

イルシオーネは目を瞠《みは》った。

「書の修繕に必要な道具」が、久遠の書のガーディアンを抑えるための道具なのだと気づいたからだ。書を主人の体から取り出すためにエリカを害す時、ザクロは全力でエリカを守ろうとするだろう。それを阻止《そし》するための道具。

「ひどい」

残酷《ざんこく》さにぞっと青ざめたイルシオーネの意識を、サールヴァールの声がその場に引き戻した。

「しかしその宝剣が何者かに奪われたのです。聖女イルシオーネ様、私はこの事態に、久遠の書の主人とそのガーディアンを助けるためにこちらに参りました」

「……真《まこと》でしょうか」

久遠の書の主人とガーディアン。その両者を助けると、男は口にした。

「嘘偽《いつわ》りなく、真です」

男の言葉にイルシオーネは姿勢を正し、正面からサールヴァールを見据《みす》えた。男はイルシオーネの射るような視線を泰然と受け止めている。

「それは、王のお考えに反するのではありませんか」

静かな、しかし曖昧《あいまい》な答えを許さぬ強い響きを伴《ともな》ったイルシオーネの問いを称賛するように、サールヴァールの瞳がわずかに和《なご》んだ。

「王都には様々な考えの者がおります。一概《いちがい》に王のお考えに賛同する者ばかりではありません。百余年の年月を経《へ》て目覚めた久遠の書とその主人を、私は失いたくはないのです。既に、私の部下がシテ王宮にも接触を図っています」

「本当ですか」

思わずイルシオーネは腰を浮かしかけた。

「サールヴァール様のお言葉を疑うなど、失礼が過ぎるぞイルシオーネ」

総大神官の言葉に苛立《いらだ》つが、構ってなどいられない。

つまりこの男は、久遠の書に関する一連の王宮の決定に関して、国王と意見を異にしているということだ。総大神官がサールヴァールに肩入れするのはそのためか。

元々、目覚めた久遠の書とその主人をソヴェリナ寺院へ置き、寺院の権威を世間的にもっと高めたいと考えていたのだ。うまくエリカが自らソヴェリナ寺院へ転がり込んで来たというのに、殺されてしまっては意味がない。

サールヴァールの手を取ることでその悩みが解消され、敵対する王宮にも一泡《ひとあわ》吹かせてやれるという心積もりなのだろう。

道理で機嫌が良いはずだ。

しかし、もし事がうまく運べたとして、サールヴァールの王宮内での立場は悪くなるのではないだろうか。

「……」

何故そんなにまでして、とイルシオーネが問いかける前に、サールヴァールは椅子に深く腰掛けていた身を起こした。

「このような話を突如《とつじょ》聞かされて混乱もおありでしょう。私をお疑いになる気持ちも当然のことと存じます。しかし、どうか私の心に偽りのないことを示すために、久遠の書の主人に会わせて頂《いただ》けないでしょうか。私に害意があれば、久遠の書のガーディアンは私が久遠の書の主人に近づくことさえ許しますまい」

「……久遠の書のガーディアンは、サールヴァール様がご承知の通り負傷しており、非常に不安定な状態です。見知らぬ者が主人に近づくことに敏感になっており、サールヴァール様の身のご安全を考えますと、承知いたしかねます。また、私の館に入るためには総大神官様の許可が必要となります」

答えながら、それも良いかも知れないとイルシオーネは思った。

久遠の書に害意を抱《いだ》いていれば、必ずガーディアンであるザクロが反応する。

この男の言葉に偽りがなく、本当にエリカとザクロ双方を助けることができるなら、その申し出を無下《むげ》にするのはあまりに惜しい。

なにより、サールヴァールは総大神官自らが伴ってきたのだ。その身元は確かであろうし、サールヴァール主導の下で行われるすべての責任は総大神官が負うことになる。

「イルシオーネ様のおやさしいお心遣いには心より感謝申し上げます。しかし、どうか私の願いをお聞き届けくださいさい。決して、イルシオーネ様がご心配されるような事態は起きぬことをお約束いたします。既に総大神官様には聖室への入室許可を頂いております」

サールヴァールを使うことの価値について目まぐるしく算段するイルシオーネに、男は頭を下げた。

聖女の館どころか、聖室にまで？

内心ぎょっとしてイルシオーネがちらと視線をやれば、総大神官は早く了承しろと言わんばかりの視線を返してくる。どれほどサールヴァールに入れ込んでいるというのか。

しかし先ほどイルシオーネの館まで訪れた総大神官が、ザクロに怯えて聖室に入ろうとしなかったことを思えば、サールヴァールの申し出には好感が持てる。

「そこまでの覚悟がおありなのでしたら」

イルシオーネは軽く目を伏せ、了承したのだった。

あの男の自信は、エリカと面識があればこそだったのだろうか。

エリカの安心した様子を見ればサールヴァールという男を信頼しきっていることは間違いがなく、エリカの話を笑みを浮かべながら聞いているサールヴァールは、孫の話を聞いている祖父のようでもある。

サールヴァールが告げた通り、聖室の奥で眠るザクロは、サールヴァールの存在に微塵《みじん》も反応する様子がない。

「どうかされましたか」

小さく息を吐いたつもりだったが、ランツァは目敏《めざと》く気づいたようだった。イルシオーネの背後に音もなく立つ。

サールヴァールを信用しても大丈夫だと判断したのは、ランツァの態度にもある。

暁《あかつき》の書と自身を繋いでガーディアンとなった男は、久遠の書のガーディアンほどではないにせよ、やはり主人の身の安全を守るために全力を尽くす。

ランツァはサールヴァールと面した後イルシオーネからわずかに距離をとり、サールヴァールがイルシオーネと並ぶことを許した。

聖室に入室する時でさえ、イルシオーネとサールヴァールの後に続く形をとったのだ。

「総大神官様が連れてきたあの男を、信用して良いものかと思ってな。まあ、エリカの様子を見れば杞憂《きゆう》だったのだろうが」

孤児であったというエリカに食料を与え、雨風や寒さを凌《しの》ぐ場所を提供していたという事実もまた、突如《とつじょ》現れ、荒唐無稽《こうとうむけい》な昔話をしごく真面目《まじめ》な面持《おもも》ちで始めたサールヴァールという男への印象を大いに改めさせた。

何故、国王の命《めい》に反してまで久遠の書の主人を救いたいのかと思ったが、あの男は本当に、自らが慈《いつく》しんできた少女が害される事態を憂慮《ゆうりょ》し、ここまでやって来たのだろう。

エリカに味方ができることは、喜ばしいことだ。

「どうぞご安心ください、イルシオーネ様」

知らず強張っていた肩の力を抜いたイルシオーネの耳元で、ランツァの声が響いた。自身の思考に入りかけていたイルシオーネはびくりと肩を震わせた。首だけ振り返ると、近侍《きんじ》の美しい横顔がそこにある。

「あの御方《おかた》は、暁の書、久遠の書への深いお気持ちを持たれています。エリカ様やイルシオーネ様を傷つけるような真似は決して致しません」

「お前が言うなら、そうなのだろうな」

ありがとう、と頷けばランツァは目元を細めた。総大神官ではないが、こちらも、今日は妙に機嫌が良さそうに見える。

「イルシオーネ様」

なにかあったのかと問おうとしたが、サールヴァールの声に呼び止められた。

男はエリカを伴い、イルシオーネの元まで歩いてくる。

「王宮では失われた宝剣を探すために人手を割《さ》いており、我々が自由に動くことのできる時間は限られております。早急に準備し、明日、シテの国境に向け出発するつもりです。久遠の書の修繕には、三書とその主人が必要となります。どうか、イルシオーネ様にもご協力頂きたく」

サールヴァールの隣で、エリカが祈るように手を組みイルシオーネを見つめている。

もちろん、イルシオーネはエリカの命を救うためならどんなことでもする覚悟だった。

だが。

「私も、暁の書も、ここを出ることは許されていない」

咄嗟《とっさ》に口をついて出た声はひどく強張り、自分のものではないような気がした。

あまりにも簡単にサールヴァールがイルシオーネの同行を求めた事実が信じられず、動揺したのだ。

顔が強張り、素《す》の話し方が出ていることにも気づいていないイルシオーネを前に、サールヴァールは怪訝《けげん》な顔ひとつせずその場に片膝をついた。

下からこちらを見上げる視線に、イルシオーネは何故か反射的に後退《あとずさ》ろうとしたが手を取られた。

背後に控《ひか》えるランツァは動かない。

「イルシオーネ様、暁の書の主人であるあなた様が、この牢獄《ろうごく》のような場に生涯閉じ込められる時代は終わります。我々の書を守護し祈りを捧げてくださったことに心より感謝し、今後はもっと広く民と触れ合い、その職責を全《まっと》うして頂きたく思っております」

黒々とした男の瞳が、イルシオーネを射貫く。

その時イルシオーネを襲った心許《こころもと》ない気持ちを、どう表せばよいのだろう。

物心ついた頃からこの場で育ち、ここ以外の世界を知らず、どれほど外に出たいと願っても決して許されずにきた。

エリカが訪れ、子供のように胸を躍らせて街に下りたのは、これが生涯一度の機会と思ったからだ。

「そのようなことが許されるはずが」

先ほどまで、他人の都合で贄とされた我が身の境遇に強い怒りを抱いていたというのに。

国のため、民のため、暁の書の主人として、誰に己《おのれ》を知られることもなく、生涯をこの場で過ごすのだという意識がイルシオーネの心の奥底にまで染みついている。

「いいえ。これからは変わるのです。私は、聖女イルシオーネ様の不遇をお救いするためにも、こちらへ参ったのですから。どうぞ変化を恐れず、エリカと共に街へ出られた勇気を今こそお持ちください。自由は、あなたの望みではありませんでしたか」

握られた手を振りほどくことができなかったのは、男の言葉に惹かれたためではなかった。

「出発は、明朝となります」

その場に立ち尽くすイルシオーネに、サールヴァールは決定事項として、そう告げた。

エリカやランツァと明日の打ち合わせを始める男の姿を見ながら、イルシオーネは冷たくなった両手を固く握り合わせる。

(自由？)

自分の人生において、最も遠い場所にあるはずのもの。

幼い頃、確かにそれを切望していた記憶があるのに、今イルシオーネは目の前に差し出されたそれに怯える自分を感じていた。

なにかが、大きく変わろうとしている。

「大丈夫ですか。顔色が悪い」

寒気を感じ自分の体を掻《か》き抱《いだ》いたイルシオーネに、ランツァがすぐに歩み寄ってきた。

気づけば、サールヴァールの姿は部屋から消えている。

「大丈夫だ。少し驚いただけで。暁の書の持ち出しなど、これまでにないことだろう？　だが、これでエリカもザクロも救うことができるんだな」

無理やり微笑《ほほえ》んでみせると、ランツァは静かにイルシオーネの顔を見つめた。

「ええ。私も、やっとイルシオーネ様とのお約束を果たすことができそうです」

約束？

ぽかんとしたイルシオーネは、しかし次の瞬間目を丸くした。

ランツァが笑ったのだ。

幼い頃のように、瞳をこれ以上ないほど和ませて、それは幸せそうに、晴れやかに。

あまりに珍しいその表情に、イルシオーネは束《つか》の間不安を忘れて見惚《みと》れていた。

◆

見覚えのある景色だと思った。

ヒースは、多くの人に囲まれている。

場所は、王立図書院の北館にある大会議室だ。

本来であれば正面に対し長机が整然と縦に並んでいるはずのそこは、しかし何故か今、大きなすり鉢状《ばちじょう》の形をして、階段式に机が並んでいる。それでもその場所が、王立図書院にある大会議室だとヒースは確信している。

すり鉢の底に小さな椅子が置かれて、ヒースはそこに、緋色《ひいろ》のローブを纏《まと》い座らされていた。

見上げる視界いっぱいに、黒い影のようにたくさんの人が座り、ヒースに向かって口々になにかを叫んでいる。

――お前にガーディアンを呼び出すような才能があるはずがない。なにをしたのだ。

――怪しき呪術など用いておらぬだろうな。

――一体どの書からあのような娘がガーディアンを呼び出したというのだ。

――〝ランバートル〟？　なんだそれは。子供向けの創作物語ではないか。

――お前の呼び出したガーディアンにはどのような力があるのだ。書と心を通じて呼び出したのだ、さぞや強大な力を持ったガーディアンなのだろう。

――守護の力？　どういう意味です？　ガーディアンとは、書を守護するために攻撃するもののことでしょう。つまり、あの娘の呼び出したガーディアンは役に立たないということですか？

――それでも王は規定通り、あの娘を知の聖騎士に任命するそうじゃ。

――あの青ざめた顔を見ろ。事の重大さをなにひとつ理解していないようだぞ。なんと嘆《なげ》かわしい。偉大なる知の聖騎士に、あのような娘が名を連ねるというのか。

――書と心を通じる、などと言うからどれほどの人物かと思ってみれば。一体どうしてガーディアンが現れたのか、理解に苦しむね。

――あの娘、本当にガーディアンと心を通じているのかね？

周囲のざわめきは蜂《はち》の羽音のように耳元に纏わり付き、ヒースがどれほど耳を塞《ふさ》ごうとしても執拗《しつよう》に流れ込んでくる。

『いつ、どこで、どのような状況の元にガーディアンを呼び出したのか、詳細《しょうさい》に答えなさい』

固く目を閉じたヒースの正面で、一際《ひときわ》大きな声がした。

顔を上げると、王立図書院長が真正面に座っている。

『ガーディアンはなにを発言した？　どのような発言も、細大《しだい》漏らさず答えよ』

その隣で、知の聖騎士長ルドベキアが鋭く問うてくる。

『ヒース、君は知の聖騎士になりたかったのかね？』

写字室《しゃじしつ》の室長。

『お前は何故この書を選んだ？　この書からなにを読み取った？　この書のガーディアンは、お前になにを伝えたのだ？』

国王。

逃げ場はどこにもなく、四方八方から射るような視線を浴び、ヒースは必死で弁解している。

「知りません。分かりません。ガーディアンを呼び出そうと思ってその書を読んでいたわけではないんです。ただ、好きで。その物語が好きで読んでいただけです。選ばれた勇者が、仲間と冒険をする。ただそれだけのお話なんです。それ以外にどんな理由もありません。知の聖騎士になりたいと思ったこともありません。ただの写字生の私には無理です。どうしてガーディアンが出てきたかなんて、私には分かりません。ガーディアンは私になにも伝えてはいません」

叫んだ瞬間、ふわりとヒースラッドが頭上に現れた。

ヒースを見下ろす顔はいつもと同じ無表情だと思いたいのに、隠れていない右目の思わぬ冷たさに言葉を失う。

ヒースラッドはヒースを睥睨《へいげい》し、ゆっくりと口を開いた。

「私が現れたのは、未来永劫《えいごう》続く呪いの存在をお前たちに示すため。滅ぼされしトールバランの悲願を、世に知らしめるため」

「ヒースラッド、やめて！」

立ち上がり叫んだヒースを、もはやヒースラッドは見ていない。

赤茶の革表紙の書がヒースラッドの前に開き、頁《ページ》が繰られてゆく。

いつの間にか、ヒースラッドの周りに、暁の書を手にしたイルシオーネ、身ひとつのシド、それから久遠の書を抱き締め、背後にザクロを従えたエリカたちが集《つど》っていた。

彼らは円形の会議室の四方に向かって立ち、前方に向かってそれぞれ手を伸ばす。

「お前たちに、真の終わりを与えよう」

ヒースラッドの声と共に、書から青白い光が一斉《いっせい》に飛び出し、辺り一面を炎で焼き尽くす。

◆

どっと激しく打ち付けた自分の心臓の音で目が覚めた。

寝台の上でばちりと目を開いたヒースは、横たわったままだというのに肩で息をしていた。心臓が恐ろしい速さで打ち、首筋を汗が伝っている。髪が張りついて気持ちが悪い。

ヒースに新しく与えられた部屋は、天井近くに、人が通ることのできない小さな窓がついている。そこから入ってくるのはうっすらとした朝の気配だが、室内はまだ暗闇に包まれている。

のろのろと起き上がると、ヒースは重い体を引きずり、盥《たらい》に張っておいた水で洗顔した。汗を拭《ふ》き取《と》るとさっぱりしたが、少しも寝た気がしない。

まるで、写本〝ランバートル〟からヒースラッドを呼び出した時のようだ。

再び寝台に倒れ込みながらヒースは力無く笑う。

自分の意思や想いとは無関係に周りが動き、わけの分からぬうちに、思ってもみなかった場所に立たされている。

あの時も、気持ちだけが焦《あせ》って、しかし実際のところなにが自分の身に起きているのかよく分からず、これからどうしたらいいのか不安で、毎晩うなされてよく眠ることができなかった。

ヒースラッドを呼び出した後、うんざりするほど何度も開かれた審問はヒースが選定式を経《へ》ずにガーディアンを呼び出したためと聞かされていたが、本当は、ガーディアンを呼び出した書が写本〝ランバートル〟だったからなのかもしれない。

特別な才能があるわけでもないのに知の聖騎士の称号を授けられたのも、ヒースを監視するためだったのだろうか。

しかし、街中で〝ランバートル〟を語ることは許されていた。

もし王宮や王立図書院がヒースの存在を、と言うより、〝ランバートル〟という書を危険視していたのなら、あんな真似が許されるはずがない。

胸元から赤い石の嵌《はま》ったヒエンの指輪を取り出すと、ヒースは固く握り締めた。

いつも、元気がない時にアンドレアナがくれた石を握り締める癖《くせ》がついていたせいか、ここのところはずっと、ヒエンの指輪が代わりになっている。

『余計なことは一切考えずに、君が今一番したいことを思い浮かべてみなよ』

脳内のヒエンは、こちらがどんな状態だろうと、いつだって軽快に喋《しゃべ》りかけてくる。

（……早く、帰りたい）

頭の上まで掛布を被《かぶ》り、ヒースは膝を抱えて丸くなった。

途端、へえ、と口の端を上げてヒエンが笑ったような気がした。

『帰る？　でも君、そっちに行ってからまだなにもしてないよね？　黄昏の書だって、結局君が見つけたわけじゃないしさ。丸焼きの鹿が玄関先に落ちてきたようなものでしょ』

（分かってるわよ、そんなこと）

ヒエンは、いつだって容赦《ようしゃ》がない。

胃の辺りがぎゅっと痛んだ気がして、ヒースは更に小さくなる。

『別に帰りたければ帰ってくればいいけど、じゃあ、エリカのことはもういいってことだね』

（よくないわよ。帰りたいって言っただけで、帰るって言ったわけじゃないの。こっちにだって、色々事情があるのよ）

次々に与えられる情報や勝手に落ちてくる手がかりを受け止め、拾い集めることに必死で、自分で決めた道を歩いていると思いたいのに、気づけば与えられたもので両手はいっぱいになり、それを処理しなければ次に進むこともできず、結果道が大きく逸《そ》れてゆくような気がする。

『へえ、どんな事情？　また君が難しく考えすぎてるだけじゃないの？』

それならば、どれほどいいだろう。

ヒースがシテへ来たのは、黄昏の書を持ち帰るためだったはずだ。

そのために、黄昏の書の持ち出しに難色を示す人物の説得をすること。

すべきことはひとつ。ごく単純で、分かりやすかった。

そのはずが、〝黄昏〟の説得に黄昏の書の在処《ありか》探しが条件に加わり、さらにシドからの「三書の呪いを解く」、という謎《なぞ》の条件が追加され、結果、三書にまつわる衝撃的な過去が投下された。

その整理が全くつかない内に、〝黄昏〟から、シドが呪いの代償に自身の命を差し出そうとする限り、黄昏の書は決して譲《ゆず》らないという話をされたのである。

前向きに捉えるならば、シドが命を代償にしなくて済む方法が見つかれば、〝黄昏〟は書をシドに託してもいいと考えていると言っていいだろう。

そのためには、シドが命を代償にしなくて済む方法を探さなければならない。

それはつまり、三書にかけられた呪いを完全に解かなければならない、ということだ。

「〝ランバートル〟はトールバランに連《つら》なる者たちが書いた作品だ。呪を解くための鍵が、必ず記されているはずなんだ。ヒース、その鍵を見つけられるのは、写本〝ランバートル〟からガーディアンを呼び出した君しかいない」

シドの声が脳裏に響いて、ヒースは固く目を瞑《つぶ》った。

どうしてシドは、ヒースが呪いを解く鍵を見つけられるとあんなにも迷いなく言えるのだろう。ヒースは、なにも知らないのに。

（……ヒエンは、トールバラン一族の話を知ってる？）

問いかけても、もう脳内のヒエンは答えない。この話をしたらヒエンは一体なんと言うだろう。

ヒースは胸元の指輪から手を離した。

ごろごろと寝台の上を転がり、枕元に置いた腰袋から油紙に包まれた手紙を取り出す。

部屋の暗がりに目が慣れてはきたが、はっきりと文字を読めるほどではない。それでも、ヒースはそこになにが書いてあるのか、一言一句覚えている。

忙しくて、最近は引っ張り出すことのなかった祖母からの手紙。

――周りの言葉に惑《まど》わされず、お前がこれまで信じてきたものをしっかりと胸に抱《いだ》いていきなさい。

（おばあちゃん）

天井に腕を伸ばして読んでいた手紙で顔を隠し、ヒースは呟いた。

「私の大好きな話は、誰かが、過去の苦しみを伝えるための書だったみたい」

呪いは今も続いていると、一族の恨《うら》みを決して忘れてはいないと、誰かに伝えるための書。

自分が信じてきたものを胸に抱いていきなさい、と祖母は言うけれど、今のヒースにはそれがとても恐ろしい。

大好きで、大好きで堪《たま》らない書は、本当は、苦しみの記憶を継ぐ誰かが、憎悪《ぞうお》を募《つの》らせて綴《つづ》ったものだった。

（ヒースラッドを置いてきてよかった）

出会ってから初めて、ヒースは写本〝ランバートル〟が手元にないことに心の底から安堵《あんど》していた。

✸

〝ランバートル〟から呪の鍵を見つける作業は、極めて事務的に進められた。

ヒースとシド。幼いが抜群《ばつぐん》の記憶力と読解力を持つジダイ。

ヒースがイルシオーネから譲《ゆず》り受《う》けた説話集。そして、ヒースが記憶している写本〝ランバートル〟と〝ランバートル〟。

わずかにでも呪の関わっている箇所を抜き出し、それがどういう性質のものか、結果がどうなったのかをまとめていくのだ。

誰もが真剣な表情で書に向かい、部屋に響くのは紙を繰る音と、ペンを滑《すべ》らせる音だけ。

一日目はあっという間に終わり、二日目、ヒースの部屋の扉を叩いたのはジダイだけだった。

「シドは、王宮の人が訪ねて来てるから少し遅れるって」

「そう。また、黄昏の書を寄越せって言いに来てるの？」

そんなところ、と頷くジダイは、慣れた様子で長卓の一角に腰掛けた。床につかない足がぷらぷらとする様子が、まだ彼が幼いことを伝えて微笑ましい。

「そう言えば、私を襲った王宮の人を手引きした内部の人って、誰だか分かったの？」

あの時、ヒースが部屋にひとりになったのは、護衛である夏嵐が、冬月に呼ばれて場を離れたわずかな間のことだった。

怪しいと思われる人物はこれまでにいなかったかと問われて、ヒースは、冬月が何度か鋭い視線を向けてきたことを話すべきか迷ったが、結局言わなかった。彼がイースメリアの知の聖騎士をよく思わない理由には、心当たりがいくつもあったからだ。

ヒースが何気なく発した問いに、ジダイが動きを止めて、じっと見つめてきた。

「なに？」

おかしな質問だっただろうか。特別知りたいと思ったわけではなく、ふと思い出した程度のことだ。だが、ジダイはこちらが気まずくなるほどに強く、ヒースから視線を逸らさない。

紫色の瞳がぐっと濃くなったような気がしたと思ったら、少年はちらと視線を扉の方へ向け、それがきちんと閉まっていることを確かめて口を開いた。扉の外には、見張りの夏嵐が立っているはずだ。

「僕だよ」

「なんのこと？」

「王宮の役人に、ヒースのことを教えたのは僕だよって言ったんだ。ああ、大きな声は出さないでね」

今まさに何事かを叫びそうになっていたヒースに、ジダイは冷静な口調で告げた。そこに、悪びれた様子はひとつもない。

「どういうことか、説明してくれる？」

さすがにあれは、子供の悪戯《いたずら》では済まされない。

眉間に皺を寄せたヒースを見上げ、ジダイもまた、極めて真剣な表情をしていた。

「あのままじゃ、あなたはどうやっても黄昏の書を見つけ出すことができなかった。あなたにはここに残って、どうしても呪いを解く鍵を見つけて貰わないといけない。だからあの人に教えた。結果、あなたは黄昏の書の在処を知って、今ここに残っている。あなた自身も、それを望んでいたはずだ」

淡々と語る様はとても子供には見えない。

自分のしたことは間違っていない、と目で告げる少年になにを言えばいいのか分からず、ヒースはしばらく眉を顰《ひそ》めてジダイを見つめていたが、一度大きく息を吐くと、少年のすぐ隣に掛けた。

まさかそんな風に距離を詰めてくるとは思わなかったのか、ジダイは驚いたように体を反《そ》らした。

まるで、ヒエンに近寄られた時のヒースみたいに。構わず、ヒースはぐっとジダイに顔を近づけた。

ジダイの小さな瞳の中に映《うつ》るヒースは、自分で思うより険《けわ》しい顔をしている。

「それって全部シドのためよね？　あなたがそんなにシドのことを考えるのは、前に言っていた〝恩〟があるから？　それとも、あなたがシドの次の黄昏の書の主人だから？」

「……っ」

初めて、ジダイの瞳は驚きに見開かれた。そのことに密《ひそ》かに溜飲《りゅういん》を下げる。

シドがヒースを守護するためにと渡した指輪は黄昏の書の力を集めたもので、黄昏の書の在処を求める何者かにヒースが襲われた際、遺憾《いかん》なく力を発揮《はっき》した。

お陰で、ヒースは指輪の力の出所を正確に把握《はあく》することができたのだ。それはまったく、驚きに満ちた場所であったけれど。

その際、ごくわずかだが、確かに同じ力を秘めた人物の存在をヒースは感じていた。

「最初は、その腕輪に嵌《は》められた石の力かなと思ったんだけど、なんて言えばいいのか、黄昏様やシドから感じたものと同じ〝匂い〟だったから」

ごくわずか、移り香《が》のように薄い気配だが、目の前の少年の体内にも黄昏の書は存在していた。

〝黄昏〟が居るのに、既に半分書を移されたという次の黄昏の書の主人が存在するのである。その また次、が存在してもちっともおかしくないのかもしれないと思えばあとは早かった。

神徒でもない少年のジダイがリベイラ神徒らに敬称付きで呼ばれて、護衛がついていること。黄昏の書の力が込められている石の嵌った腕輪を身につけていること。シドとは非常に近しい関係であること。

どうしてこんな子供が、と奇妙に思ったすべては、彼が未来の〝黄昏〟様だと思えば解決する。

「シドにどれほどの恩があるのかは知らないけど、こんなやり方、彼は喜ばないと思う」

幼いが故《ゆえ》に、ジダイのとる行動は一途で、迷いも容赦《ようしゃ》もない。けれど、シドは決してジダイにこんなことは望んでいないと思うのだ。

書を、事実と照合するための情報として読み込むジダイに、ヒースのような接し方を教えてやって欲しいと願った彼は。

少しでも伝わればと力の入るヒースを前に、シドは顔色ひとつ変えない。

「別に、シドに喜んで欲しいからしてるわけじゃない。生きていて欲しいだけ。でもシドはこれ以上僕たちのような存在を生み出さないために、急いで呪いを解こうとしている。それはあなたのせいだ」

「ちょっと待って。私のせいって、どういう意味。それに、あなたたちのような存在ってどういうこと？」

黄昏の書の主人、という意味だろうか。

ジダイは多少怒った顔をするヒースを見上げて、溜息をついた。

いい？　と、ヒースの方へ体を向けると、教師が生徒に示すように話し始める。

「この国では、黄昏の書の主人が認めた子供を寺院が買い取る習慣がある。僕は物心ついた頃から多くの書を、僕を生んだらしい女とその夫に頭に詰め込まれて育った。決められた量の文章を、決められた時間内に覚えなければその日の食事は無し。間違いは一言一句許されず、ひとつ間違いが見つかれば一度頬をぶたれた。なんのためにそんなことをしていたのかと言えば、僕を少しでも高値で寺院に売りつけるためだった。書に精通している子供が、黄昏の書の主人に認められやすいと噂《うわさ》されていたから。そして寺院では確かに、多くの子供を必要としていたんだ。次の黄昏の書の主人を探すために」

ジダイは、まるで他人事《ひとごと》のように淡々と話す。

軽い気持ちで聞いていたヒースが思わずその表情を窺うほどに。紫色の瞳には、苦しみや悲しみといった感情はなにひとつ浮かんでいない。

「結局、僕を生んだ女が僕を売る前に、僕は寺院へ行くことになった。僕が住んでいた家の前をシドが偶然通りがかって、女にひどくぶたれている僕を助けてくれたんだ。たぶんお金も払って、僕をあの女たちから買い取ってくれたんだと思う。シドは最初、僕を寺院へ連れて行くことをとても嫌がった。逆に僕は、シドのいない場所へ行くのが嫌だった。僕を助けてくれたのはシドだったからね。シドは何度か僕を騙《だま》してどこかの家に置き去りにしようとしたんだけど、僕はその度《たび》に抜け出してシドの後を追った。どうしてそんなに僕を嫌がるんだと、赤ん坊のように泣いたこともある。今となっては恥ずかしい記憶だけどね。シドが僕を寺院に連れて行くのを嫌がった理由は後になって分かった」

「……どうしてだったの？」

「シドはその時、もう黄昏の書を半分継いでいた。だから、僕に黄昏の書を継ぐ適性があることに気づいていた」

「それは、よくないこと？」

黄昏の書の主人となることは、書に選ばれるということだ。

書に縛《しば》られた人生になると思えば、手放しで喜ぶことはできないだろうが、それまでのジダイの人生を思えばとても悪い話とも思えない。

悩むヒースに、まあね、とジダイは軽く頷いて見せた。

「書と肉体を一体化するには、一にも二にも、適性なんだ。本来は異なる物質を無理やりひとつにするんだからね。後は、本人の体力かな」

「体力？」

「同化が終わるまで体力が持たなければ、死ぬ。その前に、書と肉体が適合しなくても死ぬ。多少の適性があるくらいじゃ、黄昏の書と一体化できない。けれどそれは、実際に試してみるまで分からない。だからこのケルマ寺院では、黄昏の書の主人が黄昏の書と一体化した時代から、身寄りのない子供や赤ん坊を引き取り続けている。意味、分かるよね？　シドは、もうこんなことが続かないよう呪いを解いて、すべてを終わらせてしまいたいんだ」

抑揚《よくよう》も感情もないジダイの話し方は、その内容のおぞましさを多少軽減させたが、なにも感じないわけではない。

頭の後ろがひやりとする感覚に襲われながら、ヒースは恐る恐る聞いた。

「ジダイは大丈夫だったの」

「だからここにいるんだ。適性があると言われて僕と同じように連れて来られた三十二人の子供のうち、生き残ったのは僕だけ。シドの時に試された子供は、四十六人だった。なんて顔してるの。あなたの国の聖女だって、これまでどんな選ばれ方をしてきたのか知らないでしょ。それに、彼女は生涯を寺院の奥に閉じ込められて過ごすんだ。生きていても、死んでいるのと変わらない。あなたたちはそれを、そういうものだと享受《きょうじゅ》してきたんでしょ。僕たちのやり方を非難する資格はないはずだよ」

なんというひどいことを、という気持ちはそのまま表情に表れていたらしい。

ヒースの内にわいた嫌悪感を、ジダイは一刀両断にした。

「シドは自分がどうなっても、次に書を引き継ぐ僕がいるから無茶をしても大丈夫だと考えてる。それから、能天気なあなたが〝ランバートル〟からガーディアンを呼び出したせい。あなたと心を通わせた書なら、きっとその本質は能天気なんだろうからね。シドはすっかり呪いに対して警戒心《けいかいしん》を緩めてしまった。だからあなたは、シドにそう思わせた責任をとってさっさと呪いを解く鍵を見つけて」

「そんな言いがかりがある？」

思わず叫んだヒースをジダイはしらっと一瞥《いちべつ》すると、自身は机に向かい書を広げて、呪に関連する記述を探す作業に入った。その横顔は、もう無駄話は終わりだと告げていて、ヒースを自分の世界から締め出している。

ぐったりとした気持ちで自席につきながら、ヒースはシドの言葉を思い出していた。

——我々が捕らわれている古《いにしえ》の呪縛《じゅばく》から、すべてを解放したい。

今ならば、あの時のシドの言葉の意味が分かる。

大昔の呪いに捕らわれて、イースメリアもシテも、書を繋いでいくために多くの人の犠牲を払っている。

ちらと横目で窺えば、ジダイが真剣な表情で書と向き合っている。集中すると唇がわずかに尖《とが》るらしい。

——シドに喜んで欲しいわけではなく、ただ生きていて欲しいだけ。

シドの犠牲は未来の多くの人々を救うかもしれないが、その時確実に、この少年の気持ちを切り捨てることになる。

（皆を呪縛から解放するなら、あなた自身も解放されなきゃ意味がないんじゃないの？）

垂れ目の男に心の内で毒づきながら、ならばやはり、ヒースは呪いを解く鍵を見つけるしかないのだと思い至る。

唇を噛み昨日の続きから作業を始めて、どれくらい時間が経った頃だろう。

ふと視線を感じて顔を上げれば、ジダイが、また鋭い目つきでヒースを見ている。

「なに？」

戸惑いながら問えば、ジダイはいかにも不愉快そうに鼻の頭にぎゅっと皺を寄せた。

「あなたの顔が変だから見てた」

「は？」

「あなたの顔が変だから見てた」

同じことを、正確に二度ジダイは繰り返した。あまりのことにヒースの唇がわななく。

決して美人と呼ばれる顔立ちでないことは自覚しているが、敢《あ》えて指摘されるほど変な顔でもないはずだ。ヒースが口を開く前に、ジダイの追い打ちがきた。

「昨日から変だった。あなたは〝ランバートル〟を読んでいるのに、一度も表情を変えなかった」

「え？」

「僕は書を読んで感情を高ぶらせるなんて無駄なことだと思っているけど、あなたは違うはずだ。いつも〝ランバートル〟の話をするだけで馬鹿みたいに感情を高ぶらせて表情を変えるのに、昨日も今日も、あなたは一度も顔に感情を出さない。あなたが読んでいるのは、〝ランバートル〟じゃないの？　能天気なあなただからこそガーディアンを呼び出したなら、能天気なあなたにしか見つけられない鍵があるはずだ。いつも通りに書を読んで、自分の役割をきちんと果たして」

思わぬ指摘に、ヒースは真顔になった。

笑おうとしたが失敗したらしい。ジダイの表情が益々《ますます》冷たいものになる。ヒースは笑顔を作ることを諦《あきら》めた。

「いつも通りになんて、読めないよ。私はこんな風に書と向き合ったこともないし」

少年は意味が分からない、という顔をする。

子供相手になにを口走っているのだと思いつつ、ジダイだからこそ、ヒースは胸の内を少しだけ零《こぼ》すことができた。言葉にすると、その感情はずしりと重みを増す。

「私にとって〝ランバートル〟は特別な物語だったから。それが自分が思っていたものとは全然違う意味を持つものだったと聞かされて、そうしたら物語の意味がこれまでとは全部変わってくるような気がして、怖くて読めないの」

心を無にして、なにも感じないようにひたすら物語の中の「事実」を追うのでなければ、苦しくてまともに向き合える気がしない。

「どうして。そこに書かれている文章は前も今も同じものでしょ」

「全然違うよ、ジダイ」

ヒースは力なく笑った。この少年になんと言えば伝わるのだろう。

「物語は、読む人の気持ちで顔が変わるんだよ。私の気持ちが前とは変わってしまったから、ここにある〝ランバートル〟たちはもうこれまでとは知らない顔をしていて、私はその顔を知ることが怖いんだ」

「あなたの言っていることはまったく意味が分からないよ。つまりあなたは、呪いを解く鍵を見つける気がないということ？」

眉間にきゅっと皺を寄せて、ジダイの小さな瞳には焦りと怒りが点滅している。それは、ヒースの言っていることの意味が分からない彼の苛立ちのようだ。

違うのだと首を振りかけた、その時だった。

「ヒース様、すぐに荷をおまとめください。王宮の兵が寺院に向かってきています」

叫び声と同時に、夏嵐が部屋に飛び込んで来た。

3

ソヴェリナ寺院を早朝に出発した馬車は、ランツァを隊長とする聖神兵と若干《じゃっかん》の神官兵らに守られて、無事シテとの国境に用意されていた古びた館に到着した。

すっかり寂《さび》れてしまったように見える外観に反して、館の内部は隅々まで手入れが行き届き、部屋や廊下には、エリカには「高そう」としか感想を抱《いだ》くことのできない調度品の数々が並んだ、非常に住み心地のよさそうな空間が広がっていた。

エリカとイルシオーネには二階の奥、館の中で最も広い部屋が与えられ、その隣の小部屋にザクロの寝台が置かれた。内扉を開ければ、ふたりの部屋はザクロの部屋と繋《つな》がるようになっている。

短い旅の道中も、サールヴァールはエリカやイルシオーネのことはもちろん、ザクロの容体《ようだい》にまで細々と気を遣《つか》ってくれた。高価な薬を惜しげもなく使い、ザクロの体調が少しでも良くなることを我がことのように喜んだ。

この移動にあたり最大の懸念《けねん》は、ザクロをどう説得するかだったのだが、一体どんな魔法を使ったのだろう。サールヴァールは恐れることなくザクロの居室に足を踏み入れるとその傍《かたわ》らに跪《ひざまず》き、必ず御身《おんみ》をお助けいたします、と深く頭《こうべ》を垂《た》れた。

エリカは今にもザクロの腕が一閃《いっせん》するのではないかと彼の腕に軽く自分の手で触れていたが、ザクロは薄目を開けてサールヴァールの存在を確認したかと思うと、そのまま再び瞳を閉じたのだった。

サールヴァールがエリカを傷つけることのない人物だと認めたのだろう。

さすがはおじじだ、とエリカは眠るザクロの手を軽く握りながら思った。

王都に居た頃も、サールヴァールはエリカのような孤児に非常に親切にしてくれた。リリーメイが現れた書を持ち、ここに何が書いてあるのか教えて欲しいと訪ねていった時には、偉《えら》いぞと褒《ほ》めてくれた。

孤児であるエリカが書を持っていることを、他人に絶対に知られないようにすること。リリーメイの存在についても秘密にしておくこと。

エリカがリリーメイと共に過ごすために必要な知識を、サールヴァールは惜しみなく与えてくれた。

彼が突然ソヴェリナ寺院に現れた時には随分《ずいぶん》驚いたけれど、懐かしい顔に嬉しい気持ちがわっと込み上げて、どこかで安堵《あんど》した。

おじじが助けに来てくれた。きっともう、大丈夫だと。

エリカは知らなかったが、サールヴァールは王宮の偉い人物だったらしい。一般的な書のガーディアンだけではなく、三書のガーディアンに関しても詳《くわ》しい知識を持っている。

ソヴェリナ寺院の敷地から出てはいけないはずのイルシオーネの外出も、サールヴァールの提案で簡単に許可された。

（おじじなら）

ザクロの呼吸が穏やかであることを確かめ、慣れない馬車の旅に疲れ切ったイルシオーネが深い眠りについていることを確認する。

道中、カーテンの閉められた窓の外を時折こっそり覗いていたイルシオーネは、始終緊張した様子だった。エリカを脅《おど》して聖女の館を抜け出し、ヤークの街へ遊びに出た時の方がずっと大変だったはずなのに、正式に許可を得てソヴェリナ寺院の外へ出た今の方がずっとずっと緊張しているのがエリカには不思議だった。まるでなにかを恐れているようにも見える。

けれどサールヴァールが言ったように、イルシオーネがあんな寺院の奥に一生閉じ込められているなんておかしい。これからは、そんなことも変わっていくのだ。

エリカは物音を立てぬようひっそりと部屋から抜け出した。

扉を出たところで見張りのランツァに見つかったが、サールヴァールに話があるのだと告げると、

「女性が夜分に男性の部屋を訪ねるものではありませんよ」

と言いながらも見逃《みのが》してくれた。

何度見ても、彼の姿はランバートルのガーディアン、ディートリヒにそっくりで、エリカはどきどきしてしまう。

ヒースがいたらきっと、同じようにどきどきしたと言い合ってくれるに違いないのに。

首に抱きつくリリーメイに赤くなった頬をからかわれながら階段を一段飛ばしで駆け下りる。

早くヒースに会いたい、とエリカは思う。

エリカのためにシテまで足を伸ばしてくれているヒースに、サールヴァールが来てくれたことやザクロを助けるために手を貸して貰っていること、うまくいきそうなことを伝えて安心してもらいたい。

ヒエンが迎えに行ったから直《すぐ》に戻ってくるだろうとイルシオーネは言っていた。

それを聞いて、エリカは心底ほっとした。なにせヒースは命《めい》に背《そむ》くからと自分の書を置いていってしまったのだから。

ヒースラッドがいなくて、寂しくないだろうか。恐ろしくはないだろうか。

けれど、そんな自分の気持ちが二の次になるくらい、ヒースはあの書とヒースラッドが大切なのだ。

その気持ちが、エリカにはとても深く理解できる。

長い階段を下りきると、教えられていたサールヴァールの部屋の前に立つ。一階で一番広い部屋だ。

問いかけることを頭の中で整理し、リリーメイと顔を見合わせ頷き合うと、扉を叩いた。

「おや、エリカ。こんな時間に一体どうしたんだい？」

「おじじに大切な相談があって。ザクロのこと」

扉を開けたサールヴァールは、エリカの存在に驚いた顔をしたがすぐに部屋に招き入れてくれる。

「なんだい？」

寝間着のままだったエリカの肩に自身が羽織っていた上衣《うわぎ》を掛け、長椅子に座るよう促《うなが》した。

裾《すそ》の長い上衣を引きずりながら長椅子に腰掛けたエリカは、サールヴァールが対面の椅子に掛けるのをじりじりと見守っていた。

そして男が椅子に掛けたと見るや、落ち着く暇《いとま》も与えず口を開いた。

「おじじ、あたしザクロを久遠の書から解放したいの。その方法を知ってる？」

「……どうしてそんなことを？」

わずかに虚を突かれたような顔をしたサールヴァールは、ゆっくりと背もたれに掛ける間に表情を整えた。

「おかしいから」

間髪《かんはつ》入れず、エリカは答える。

「おかしい?」

思いも掛けぬ言葉を聞いた、という風に繰り返したサールヴァールに、エリカは大きく頷いた。

「ガーディアンだからって主人の傷を肩代わりしたり、自分がどれほど傷ついても主人を守り続けなきゃいけないなんて、おじじはおかしいと思わない? あたしはもう、ザクロが傷つくのは見たくない。だからザクロが元気になったら、書から解放してあげたいの」

迷いは一切なかった。

ヒースがヒースラッドを置いていったように、書の主人としてガーディアンのためにできることがきっとあるはずだ。

ふたりの間に落ちた沈黙はわずかの間だった。

長い溜息がサールヴァールから吐き出され、憐《あわ》れむような瞳がエリカに向けられた。

「エリカ、彼が人であることは知っているだろう」

一気に緊張した空気に、エリカは背筋を伸ばしてぎこちなく頷く。

「お前はやさしい子だ。そのリリーメイにも顔を戻してやりたい、と昔私の元へ訪ねてきたね。お前に、あの時と同じように希望に満ちた答えをしてやりたいと思うよ」

言葉を切り、男は短くやるせない溜息をついた。

まんじりともせず自分を見つめ続けるエリカに、視線を戻す。

「だが、彼は書に繋がれることで人には到底叶わない年月を生きてきた。ザクロを書から解放するということは彼を呪《じゅ》から解放し、人の生の理《ことわり》に則《のっと》って、この世から消滅させることに他ならない」

お前は、彼を失《な》くしたいのかい？

サールヴァールの努めて出されたやわらかい声に、エリカは呆然《ぼうぜん》と目を見開いた。

✦

シドがぐしゃぐしゃと髪を掻《か》き回《まわ》しながら、苛立《いらだ》ちを隠しもせずヒースの部屋に入ってきたのは、もう完全に日が落ちてからのことだった。

「やられたよ」

疲れ切った顔をしたシドは、部屋に入るなりわずかに動きを止めた。

それはそうだろう。

指示があるまで部屋から出るなとヒースらが言われたのは昼過ぎで、結局半日以上、なにが起きているのか分からないまま、寺院が殺伐《さつばつ》とした緊張感に包まれていく様子を感じながら部屋で過ごしていたのだ。

だが、荷はまとめたものの、ヒースにもジダイにも特にすべきことがない。

ジダイはこの状況に無闇に怯《おび》えるような子供ではなかったし、ヒースも落ちこぼれとは言え知の聖騎士である。見知らぬ土地での事態に不安がないとは言わないが、自分で思う以上に、気持ちは落ち着いていた。

結局、ヒースとジダイは互いの記憶にある〝ランバートル〟から呪いの記述を書き出す作業をひたすら進めていたのだ。驚くべきことに、イースメリアからシテへ至るまでの馬車の中でヒースがたった一度ずつ語った写本と正本の〝ランバートル〟を、ジダイはほぼ正確に暗記していた。

「なにがあったの」

ペンを止め、ジダイがシドを見上げた。

恐らく、この空間に漂《ただよ》う日常感に一瞬戸惑ったのだろう。シドの肩から力が抜けて、口元に小さく笑みが戻った。

ジダイの隣に掛け、ヒースとジダイが半日かけて書き出した〝ランバートル〟に記載されている呪いの記述について視線を走らせる。

「なにがあったんですか」

再びシドの眉《まゆ》に力が入りかけたのを見て、今度はヒースが正面から声を掛けた。

とんとん、とシドは何度か机の上を指で叩き、自分の内を整理しているように見える。

やがてその指が止まり軽く拳《こぶし》の形に握られたかと思うと、シドの顔が真っ直ぐヒースに向けられた。

「今、寺院は王宮の兵士たちに囲まれている。要求は黄昏《たそがれ》の書だ。今回は寺院への攻撃も辞さないと」

「……急にどうしてそんなことを」

黄昏の書を王宮へ、と表では三日に一度役人を寄越し、裏では人を雇《やと》って書を盗み出そうとしていたとは言え、ケルマ寺院は神聖な地。その考えがあるからこそ、王宮はあからさまな武力に訴《うった》えることなくこれまでやってきたはずだ。

第一、ここはガーディアンを伴《ともな》う神徒が守護する場所。どれほど屈強な兵士であろうと、ガーディアンの力に敵《かな》うはずがない。そんなことは誰しも分かっているはず。驚きよりも、困惑の気持ちが大きい。

シドの隣で、ジダイも怪訝《けげん》な表情をしている。

「シテ王宮に、使者が来たそうだ」

シドはヒースを見据《みす》えたまま、口元だけを皮肉げに歪《ゆが》めた。

「使者？」

「遠い昔、祖先が持ち帰った黄昏の書を返還《へんかん》するようにと。使者は、黄昏の書とその主人を返還すればこの国と民を安堵すると約束したそうだ」

思わず、ヒースは手元に視線を落とした。

そこに並ぶのは、〝ランバートル〟に書かれた呪いの記述。

「……トールバラン、ですか？」

ヒースの強張《こわば》った声に、ああ、とシドは頷き返した。

「こちらの動きが遅かった。トールバランの末裔《まつえい》を名乗る使者が訪ねてきたことで、我が国王は黄昏の書にかけられた呪いの存在を一気に思い出したらしい。呪いから逃れるため、書と黄昏様を使者に渡すようこちらに迫っている」

「それじゃあ、書を渡しても結局僕たちは呪いからは逃れられない。呪いを盾《たて》に、これからもいいように言うことを聞かされるだけじゃないの」

それまで黙って話を聞いていたジダイが、心底不快そうに口を開いた。

「その通り。相手の目的はまだ見えないが、その可能性は十分にある。三書が揃《そろ》わなければ呪いが発動しないのであれば、私たちはどうあっても黄昏の書を相手に渡してはならないんだ。だが王宮側は呪いに怯えて、冷静に話し合うことができない。書を渡してしまえば安全だと思い込んでいる」

「大体、その使者って本当にトールバランの末裔なの？　証拠はあるの？」

ジダイの頭を宥《なだ》めるように撫《な》でて、シドは懐から封書を取り出した。

「中身は黄昏様のところだが、証拠はこれで十分だろう」

言いながら裏返された封書の封蠟《ふうろう》に押されていたのは、今は失われたはずのトールバランの紋章だった。羽を広げ花を守護する鳥。

さすがにジダイも口を噤《つぐ》み、じっと封蠟を睨《にら》みつけるように見ている。

「黄昏様は、なんと仰《おっしゃ》っているんですか」

「王宮へ向かい、トールバランの使者と直接話がしたいと言っている。まったく、困ったご老人だ」

溜息混じりにシドが言うのを聞いていたように、扉が開いた。

「誰のことを話しておる。いい年をして死にかけの老人の陰口を言うなど、恥ずかしいと思わんのかお前は。ジダイに呆《あき》れられるぞ」

「今回はシドが正しいと思うよ」

やれやれと大袈裟《おおげさ》な身振りで部屋に入ってきた〝黄昏〟に、ジダイがぽつりと呟いた。

張り詰めていた空気が一気に緩《ゆる》み、その真ん中で〝黄昏〟がそうかそうか、とからから笑う。いかにも楽しそうなその様子に嘘はなく、シドは仕方がない人だと苦笑し、いつも仏頂面《ぶっちょうづら》のジダイですら、口元に小さく笑みを浮かべている。ただそこに居てくれるだけで、周りに安心感を与える人なのだとヒースは感じる。

〝黄昏〟はそうして空気が和《なご》んだ頃、ヒースの目の前まで歩いてくると背筋を正し、深く頭を下げた。

「ヒース殿、今日はろくに事情を説明もせぬまま甚《はなは》だしいご心配をお掛けしましたこと、心よりお詫《わ》び申し上げる。先日の襲撃といい、我らの度重《たびかさ》なる非礼をどうかお許し願いたい」

「いえ、あの、事情は今シドから伺《うかが》いましたし、先日の件も、シドの指輪が守ってくれたので無事でしたし……その、大丈夫です」

こちらも慌てて立ち上がり、頭を上げて貰《もら》うよう頼み込む。〝黄昏〟はゆっくりと顔を上げ、ヒースを見つめて穏やかに目を細めた。

「ヒース殿のお心遣いに感謝いたしまする。今少し時間があれば我が国をゆるりと案内したかったのじゃが、どうやら時間切れのようじゃ。明朝、夏嵐《なつあらし》と共にここを出てくだされ。私も王都まで出る用事ができましたのでな、少し早いですが、ここで別れのご挨拶《あいさつ》を」

「明日？　え、でも、私まだ、なにも」

「そうだよ。まだヒースは呪いを解く鍵を見つけていないのに」

がたりと音を立ててジダイが立ち上がったが、〝黄昏〟は視線ひとつでそれを制した。ジダイが信じられないという顔をしたまま椅子に掛ける。

老人はぼやぼやとした眉の奥にある小さな目を悪戯《いたずら》っぽくきらめかせて、ヒースを覗き込んだ。

「連中がなにを企《たくら》んでおるのかは分からぬが、悪いことばかりとも言えん。ヒース殿、久遠の書の主人とそのガーディアンは、連中の手で助かるじゃろう。呪いを盾にするのであれば、三書を揃えることは必須じゃからな。久遠の書は主人がおらねば目覚めぬ。イースメリア王宮も、連中への対応を迫られることじゃろう。何事も、物は考えようじゃヒース殿。まずは無事に国に帰られよ」

「黄昏様……」

こんな時だというのに、ヒースの立場を真っ先に考えてくれた〝黄昏〟に言葉が詰まる。

〝黄昏〟の視線は一度机上に散らばった紙面に向けられて、再びヒースを捉えた。

「ヒース殿、どうか忘れずにいて頂きたい。あなたが書から得た感情はすべて本物じゃということを。己が感じたものから目を逸《そ》らさず、己が受け取ったものを信じる。たとえその書にどのような謂《い》われがあろうとも、ヒース殿が受け取ったものこそがすべてじゃ」

枯れ木のような手が、ヒースの肩口を軽く二度叩いた。

元気づけるように、勇気づけるように。

「儂《わし》も、シドの勘を信用するとしようかの」

え、と瞬《またた》いたヒースの耳元に、〝黄昏〟が顔を寄せた。

「〝鍵〟を、よろしくお願い申し上げる」

こちらをしっかりと見つめた〝黄昏〟の満足そうな笑みを、ヒースはそれからもずっと忘れられないでいる。

〝黄昏〟は予告通り、王宮の兵士らに囲まれて、明朝ケルマ寺院を発《た》った。

冬月《ふゆつき》、金花《きんか》、銀砂《ぎんさ》ら三人の神徒を連れて行くことが許され、シドもやっと納得したらしい。見送りができないかと夏嵐に頼み込むと、夏嵐はシドやジダイが居るからと、高楼《こうろう》にヒースを案内してくれた。

寺院から街の中央を真っ直ぐ伸びる大通りを、兵士の黒い隊列が長く続いていた。その先頭はもう見えなかったが、〝黄昏〟が乗っているらしい馬車は小さく見える。

いつもであれば人通りも賑《にぎ》やかな大通りが今日ばかりは静まり返り、しかし、この兵士らの行列は何事かと沿道には多くの民が詰めかけている。

シドもジダイも夏嵐も、誰も口を開かず、それぞれに険しい表情でどんどん小さくなって行く馬車を見つめていた。

「兵士たちがすべて発ったら、我々も出発します。この調子では昼前になるでしょうね」

寺院周辺にはまだまだ兵士たちがとぐろを巻いて待機している。

昨日は、ずっと部屋に閉じ籠もっていてどれほどの兵士が寺院を囲っているのかいまいち分かっていなかったが、今こうして寺院を一望できる場所に立つと、王宮がどれほど本気で兵を送り込んできたのかが肌に痛いほど感じられた。

〝黄昏〟は、同じシテの民同士で無用な争いはしたくないと、王宮の使者を説得したそうだ。

黄昏の書を出せと居丈高《いたけだか》に迫る使者に言葉を尽くし、まずは黄昏の書の主人として、トールバランの使者と話がしたいと。

「兵士らの挑発に乗らぬ事、ガーディアンの力を用いぬ事を黄昏様は重々我々に仰り、発たれました」

「王都のお土産《みやげ》、買ってくるって」

ジダイがぽつりと言うと、その頭にシドの手が無言で載せられ、がしがしと撫でまわした。ジダイはされるがまま、じっと行列を眺《なが》めている。

〝黄昏〟を乗せた馬車が、長く続く大通りの向こうに消えても誰もその場から動かなかった。

寺院の内と外に整然と隊列を組んでいた兵士らの数がひとり、またひとりと行列に加わり、遂《つい》に最後のひとりが寺院の大門を出て行く。

どさりと、ヒースの視界の隅で大きな影が倒れたのはその瞬間だった。

「シド！」

「シド様？」

ジダイと夏嵐の叫び声に、階下から秋曙《あきあけ》が駆け上ってくる。

「ぐっ……」

つい今までそこに立ち、〝黄昏〟を見送っていたはずのシドが顔を歪めて床に倒れ込んでいた。

自分の体を抱き締め、全身が震えている。

それが、いつぞや見たザクロの姿に重なって、ヒースは硬直した。一体、なにが起きている？

「書が流れ込んでる」

傍らに膝をついたジダイが青い顔で呟いた。シドの体に手を触れ、〝黄昏〟の去った大通りを振り返り、怯えたようにこちらを見る。

「黄昏様に、なにかあったんだ」

「秋曙、シド様をお願い。春闇《はるやみ》！」

ジダイの言葉を聞いて、弾《はじ》けるように夏嵐が高楼から飛び降りた。

淡い光と共にガーディアンの影が夏嵐を包む。階下から凄《すさ》まじい突風が巻き起こった。

「兵が……戻ってくる」

と、秋曙の低い唸《うな》るような声が響く。

つられて視線の先を見れば、今し方王都へ向けて発ったはずの兵士らが、大通りを折り返してくる様が見える。

「総員配置につけ！　すべての門を閉じ、敵襲に備えよ！　兵士らが戻ってくるぞ！」

シドの体を背に負おうとしていた秋曙は、一度その体を離すと、高楼の縁《ふち》から体を乗り出すようにして大気が割れんばかりの声で叫んだ。すぐに階下が騒然とした雰囲気に包まれる。

「参りましょう。ジダイ様、決して私からはぐれぬようお願いします」

「分かってる」

強張った顔で、ジダイはシドの様子ばかりを窺《うかが》っている。ヒースは思わず少年の手を取った。

「危ないから」

ジダイはヒースの手を振りほどかず、反射的にか、ぎゅっと握り返してきた。

もつれそうになる足を叱咤《しった》しながら狭《せま》い階段を降り、蜂《はち》の巣をつついたような騒ぎになっている中庭を、秋曙の後をついて懸命に駆ける。

「秋曙、兵士たちは黄昏の書を寄越せって言いながら戻って来ている」

すぐに夏嵐が合流し、駆けながら状況を伝える。

「どういうことだ。春闇は正面か？」

「ええ。シド様のご様子は？」

「体が火のように熱い。どこかで休ませなければ」

「夏嵐様！　秋曙様！　総員配置につきましたが兵士らの数はあまりにも多く、我らのみでは押し切られるのは時間の問題。ご助力お願いいたします」

さっと、険しい視線を交わしたふたりを見て、ヒースは叫んでいた。

「行ってください。シドは、私とジダイが見ています。私たちにはこの石があるから、最悪の事態は避けられます」

「しかし」

躊躇《ちゅうちょ》する秋曙の背後で、赤い閃光《せんこう》と共に爆発音。

春闇だ。

「行って」

夏嵐の叫びに、秋曙がシドを地面に降ろして走り去った。

シドのこめかみや首筋には驚くほど汗が伝っており、秋曙が言っていた通り、手をかざすだけでも熱が伝わってきそうなほどに体が熱い。

苦しげな胸元を緩め、手で風を送ってやる。

「どうなってるの、ジダイ」

「黄昏の書が、急激にシドに流れ込もうとしているんだよ。本当なら、手順を踏んで書を継承する儀式を行うのに」

「それってつまり、どういうこと?」

腰袋から取り出した手拭《てぬぐ》いだけでは足りず、ヒースは自分の胸元のスカーフを引きちぎるようにして、シドの汗を拭っていくがとても間に合わない。

「書の主人の体力や生命力が書を保持するのに不十分になった時、黄昏の書は次の器に移ろうとするんだ」

ジダイの声は震えていた。

「でも、黄昏様は、黄昏の書の力に守られているはずなのに。冬月も、金花も銀砂もいるはずなのに、どうして……!」

腕輪を押さえながら問うてくるジダイに、ヒースはなにも答えることができない。

正面の方角から、更に激しい爆発音と共に、人の叫び声が聞こえてくる。

「これにシド様を乗せましょう」

と、夏嵐が凄まじい勢いで引いてきたのは荷台だった。大量に藁《わら》が積んであり、夏嵐は幾《いく》つかの束《たば》を地面に放り投げた。ヒースを促しシドを荷台に乗せると、その上から容赦《ようしゃ》なく藁を被《かぶ》せて表からはすっかり見えなくする。

「ヒース様、引けますか」

「行けます」

「裏門にはまだ兵がまわっていません。今のうちに出ます」

「はい」

がらがらと荷台を引く音が響くが、それ以上の怒号と喧噪《けんそう》が寺院を覆《おお》っている。

今起きていることが現実とは信じられないような気持ちで、しかしヒースは必死に荷台を引いて駆けた。

遂に裏門が見えたと思った時、わっと背後で異様などよめきが起きた。悲鳴のようにも、歓声のようにも聞こえる。

どよめきは波のように寺院内を駆け巡り、その声がヒースらの元へも届いた。

「春闇様がやられた！」

「秋曙様の力が効かないそうだ」

（え）

「振り返らないでください！」

思わず止めそうになった足を、夏嵐の声が制した。

裏門は目の前。

夏嵐の姿を見て、信徒たちが門を開こうとしている。

「しばらく、頼みます」

叫び声と共に、ぐんと荷台が重くなった。夏嵐が青い光に包まれ、ガーディアンを伴い門の前に構えている。

「開門！」

鋭い声と同時に、夏嵐のガーディアンが片手をかざした。

大風が唸《うな》りを上げて門を突き抜けていく。

暴力的な風は、ほとんどいなかったらしい兵士らを一掃《いっそう》し、ヒースらの前に綺麗な道を作った。

「振り返らず真っ直ぐ街まで進んでください。すぐに後を追いますから」

夏嵐が出会った時から変わらない、爽《さわ》やかな笑顔で言うのをヒースは止められなかった。

「シド様とジダイ様を、お願いします」

「必ず、来てくださいね」

大きな体躯《たいく》の夏嵐のガーディアンが、通り過ぎてきた裏門から一度も視線を外さないことにヒースは気がついていた。

ええ、と綺麗な笑みで頷いた夏嵐を置き去りにして、ヒースは芝生に覆われた緩い坂道を転がるように駆け下りていく。

背後から不自然な突風が吹き荒れた。背を押され、足がもつれる。堪《こら》えきれず、荷台ごとその場に倒れ込んだ。ジダイの声と、シドの呻《うめ》き声《ごえ》が響く。

慌てて起き上がったヒースは、夏嵐の言いつけを破って振り返ってしまった。

黒々とした寺院の裏門で、銀色の甲冑《かっちゅう》を身につけた男が右手に長剣を構え、今まさに夏嵐に迫《せま》ろうとしていた。

ガーディアンが手をかざす。

そこから恐ろしい風が吹き荒れ、あんな甲冑ひとつ身につけただけの男など背後の壁に叩きつけてしまうはずだった。

「うそ」

ヒースは呆然と呟いた。

ガーディアンの放った力は、甲冑の男が剣を一閃《いっせん》させると四散してしまったのだ。

もう一度。

もう、一度。

夏嵐はじりじりと後退《あとずさ》りながら、ガーディアンに力を放たせているはずなのに。甲冑の男はその度に長剣を一閃させ、夏嵐への距離を縮めていく。

どうして。

ガーディアンの力が効かない。

呼吸さえ忘れたヒースの前で、遂に甲冑の男は夏嵐を捕らえた。

ガーディアンが夏嵐の体を守るように男の前に立ちはだかる。

「やめて！」

その瞬間を、ヒースは見ることができなかった。反射的に閉じた目をそっと開けると、視界に映るのは甲冑の男だけ。

「ヒース！」

膝から崩れ落ちそうになったヒースの腰に、飛びつくように抱きついてきたのはジダイだった。

「逃げなきゃ。逃げなきゃ、ヒース」

小さな瞳はすっかり怯えの色に染まって、それでもジダイは今為《な》すべきことを理解していた。

甲冑の男は、ヒースたちの存在に気づいている。

「ヒース、荷台が」

草地に放り投げられたシドを抱き起こそうとしていると、ジダイが絶望的な声で横倒しになった荷台を指差した。車輪が、外れている。

背後を振り返り、前方を見る。街はまだずっと先にある。

だが、易々《やすやす》と捕まるわけにもいかない。

「ジダイ、行くよ」

ヒースはうつぶせになっているシドの正面から腋《わき》を抱えて膝立ちのようにさせ、右腕をとりその腋の下に自身の首を差し入れると、男を肩の上に担ぎ上げた。視界の端で、ジダイがぎょっとするのが分かる。

けれど、さすがにシドを担いで走ることはできない。

よたよたと進むヒースを嘲笑《あざわら》うように、甲冑の男が歩を詰めてくる。

「ヒース、大丈夫だよ。ヒースの指輪も、僕の腕輪もある。シドはこんな状態だけど、黄昏の書がきっと護《まも》ってくれる」

「うん」

声を発することも満足にできないヒースに、ジダイが必死に声を掛けてくる。

(大丈夫だよジダイ)

「だって、私、黄昏の書を持って帰るために、ここに来たんだもの」

シドは黄昏の書そのもの。ヒースは、ただ自分の目的を達しようとしているだけ。

「その男、こちらで貰い受ける」

「ヒース!」

風を切る音がした。

ジダイが叫ぶ前に、ヒースは地面に自ら転がっていた。

すぐに身を起こし、シドとジダイを両手に抱き込む。

光を背に、甲冑を纏った男がこちらを見下ろしている。手には長剣。

「おとなしく渡せば、お前たちは見逃してやる」

「そんなの、無理よ」

ジダイはシドの首元に抱きついている。

ならば仕方がない、と男は剣を振りかざした。剣身に模様のような文字が書かれているのが見える。

ヒースは左手を男に向かって突き出した。

「なんだそれは。お前も書の力でも持っているというのか?　この剣の前に、書の力など無意味」

甲冑の下でくぐもった声は、嗤《わら》っている。

その時ヒースは、寺院の方から影がひとつ下りてくるのを見つけた。左腕のないあの影は――。

(冬月)

〝黄昏〟の護衛についていったはずだが、戻って来たのだろうか。

目の前の男は気づいていない。ならば、冬月が辿り着くまで時間を稼《かせ》がなければならない。

「この石に込められた力は、他の書とは比べものにならない。その剣がどれほどの力を持っていたとしても、この石の力を斬ることなんかできない」

「ならば試してみるがいい」

剣先が、ヒースの鼻先に突きつけられた。

同時に、左手の小指に熱が溜まる。

「はぁっ！」

男の気合いに反応するように指輪から閃光が放たれると同時に、恐ろしいほどの衝撃が跳ね返ってきた。指がちぎれそうな痛み。

ばちばちとなにかが弾け飛ぶ音がして、目の前には甲冑の男が剣を一閃させた格好のまま、立ちはだかっていた。

指輪の石が、砕《くだ》けている。

「貴様の負けだ」

そこを退《ど》け、と無造作に突き出された剣を避けようと仰《の》け反《ぞ》ったヒースの目の前に、人影が滑り込んだ。

（え）

突如《とつじょ》現れた背中から剣先が突き出ているのを、なにかの冗談のようにヒースは見つめた。

顔を上げようとしたジダイの頭を、咄嗟に押さえつける。

ゆらり、背中から剣を生やしたまま、男は――冬月は立ち上がった。

「き、貴様、何者だ。放せ、その剣は私のもの……！」

初めて動揺した様子を見せた男を、冬月の剣が貫いた。一瞬のできごと。

「ど、どうして」

長剣を胸に刺したまま、冬月がこちらを振り返った。

ヒースの手を無理やりとると、剣の柄《つか》を握らせる。

「この剣から決して手を離すな。この指輪を持った者に渡せ。その男が、シドとお前を守るだろう」

冬月は、ヒースの目の前に赤い石の嵌《はま》った指輪を落とした。そのままゆっくりと地面に倒れる。ぐ、と男の口元から血が流れ、濁《にご》っていく瞳が、地面に落ちた指輪を捉えた。

「トールバランの輝かしき未来のために……」

譫言《うわごと》のように呟き、冬月が事切れた。その右手は自身を貫いた長剣の柄にかけられている。

なにが起きたのか分からないまま、ヒースは震える指で指輪を拾った。大きな赤い石の嵌まったそれは、ヒエンが貸してくれたものによく似ている。

胸元の指輪を確かめようとしたけれど、手がわななていてうまく動かない。

「ヒース、また来たよ」

いつの間にか、頭を押さえつけていたジダイが身を起こし、寺院の方を指差していた。

あれは、王宮の兵士たち。

目の前に転がる、見知らぬ男たちの死体。

渡すなと言われた長剣。

（……助けて）

倒れたままのシド。不安げにこちらを見上げるジダイ。

（助けて）

壊れてしまった黄昏の書の指輪。

（呼べ）

ヒースは辺りを見回した。どこにも隠れる場所のない見晴らしのいい丘。

「──様が倒されたぞ！」

「あの剣を奪還しろ！」

腰袋に触れる。そこに、ヒースの書はないのに。

（呼べ）

「殺せ！　宝剣だけは死守しろ！」

天に突き上げられた多くの剣が、光を弾いてきらめいている。

（我が名を呼べ！）

「ヒースラッド!!」

ヒースが絶叫した瞬間。

「そこは普通、僕の名前でしょう?」

呆れたような声と共に、辺り一面に白い雷が走った。

同時に、世界が静けさに包まれる。

「なんで……」

呆然と見上げる頭上には、無愛想なヒースのガーディアンの顔があった。

「あいつに連れて来られた」

ヒースは、自分が都合の良い夢でも見ているような気がしていた。

どうしてヒエンがここにいるのか、ヒースラッドがここにいるのか、理由を問うことさえ思いつかず呆然としているうちに、ヒエンはヒエンディラと共にあっという間に追っ手を蹴散らしてしまった。

「逃げるよ」

冬月の胸から長剣を引き抜き、シドを担ぎ上げながら告げる声に我に返り、ヒースはジダイの手を強く握り締め夢中でその場を後にした。

混乱の中を抜け出し、ヒエンが用意していた馬車で追っ手をかわしてシテを脱出する。

ヒエンディラの助けを二度ほど借り、ヒエンと交代で馬車を走らせて、やっと国境だと言われる辺りまでやって来た頃には夕暮れが近づいていた。

小川が流れているのを見つけて、さすがに少し休憩《きゅうけい》しようという話になった。

馬車の中で、ジダイは意識のないシドに折り重なるようにして熟睡《じゅくすい》していた。ヒースラッドの檻《おり》の中で、安心したのだろう。

小川まで下りて馬車に積まれていた水筒に水を汲《く》み、手拭きを濡らして手や顔の汚れを拭うとたちまち真っ黒になる。

面倒になり小川に両手を差し入れ顔を洗うと、水が冷たく頬がぴりぴりとした。

そのままぼんやりとしていると、上流から小さな白い花がいくつも流れてきた。誰かが流してでもしたのだろうか。動かないヒースに警戒が緩んだのか、小鳥が飛んできてその花をついばみ飛んで行った。つられて見ていると、仲間が飛んできて赤くなりかけた空で戯《たわむ》れている。ひどくのどかなぴちゅぴちゅという鳴き声がして、その向こうに、太陽がゆっくり山に帰ろうとしているのが見えた。まるで、何事もなかった平和な一日のように。

(……っ)

山の稜線《りょうせん》がゆらりと滲《にじ》みそうになって、ヒースが息を詰めた時。

「ここ、まだ血がついてるよ。間に合ったと思ったけど、もしかして怪我してる？」

いつの間にか傍に来ていたヒエンに頬を拭われた。

「大丈夫」

 慌てて首を横に振ると、ヒエンが苦笑するのが分かった。

「でもヒース、君……」

 両手を取られて、紫色の瞳がこちらを覗き込んだ。

 男の手に包み込まれた自分の手がじんわりとあたたかくなり、ヒースは体を震わせた。

「会ってからずっと、泣きそうな顔してるよ」

 ぱたぱたぱた、と手首に雨が降ってきたようだった。

 すぐ目の前にあるヒエンの瞳がこれ以上ないほど丸くなって、けれど、すぐにヒースの視界はぼんやりと見えなくなってしまう。

「え、ちょっとヒース、いきなりどうしたの」

 そんなもの、ヒエンがつつくからいけないのだ。全部ヒエンが悪い。

 そう、ヒースは心の中で毒づいた。

 ヒエンが、あんな場面に、いつもと変わらない飄々（ひょうひょう）とした態度で、当たり前のように現れたから。

 ヒースラッドを連れてきてくれたから。

 手を握って、ヒースがこれまで必死に我慢していたことを暴くから。

 もう大丈夫なのだという思いがどっと胸に込み上げて、怖かったのと、安心したのが一気に襲いかかってきて、そうしたら、ずっと心細くて不安で寂しかったことまで思い出した。

 話したいことがたくさんある。

聞いて欲しいこともたくさん。

三書に込められた呪いのこと。遠い過去に失われた一族のこと。その末裔が、動き出していること。

〝黄昏〟や夏嵐、シテでヒースに親切にしてくれた人たちがどうなってしまったのか。

目が覚めたシドに、どうやって話をしたらいいのか。

見知った顔だから、だから安心したのだと思いたいけれど、それだけではないことをヒースは自覚している。ヒエンが苦手なのに、もうずっと前から心のどこかで頼りにしている。

「ヒエン」

「なに？　どこか痛いの？　ひどい目に遭《あ》わされた？　ねえ、泣いてちゃ分かんないよヒース」

「ヒエン」

「うん、聞いてるよ？　ここに居るから」

呼べば、声が返ってくる。

胸元の赤い石に話しかけるよりも、ずっと鮮明に。

（帰ってきたんだ）

ヒースは、珍しく狼狽《うろた》えているヒエンが見当違いな慰《なぐさ》めを言うのを聞きながら、それでもずっと握り締められた両手から伝わる安心を一生懸命感じていた。

4

「ヒース様、お帰りを今か今かとお待ちしておりました。ご無事でなによりです」

「は、初めまして」

寂《さび》れた館の広間で、見知らぬ男に満面の笑みで歓迎を受けて、ヒースはその勢いにこそりと頭を下げた。

イースメリアに入ってから、ヒエンは馬車をソヴェリナ寺院ではなく、このシテとの国境に近い館へと向けた。

ヒースがシテへ発《た》ってから、ソヴェリナ寺院でも色々とあったらしい。

王都から、エリカとザクロを助けるために最適な人物が来たのだ、とヒエンは言った。書の修繕の準備を整え、エリカとイルシオーネを連れて待っている。

だからヒエンはヒースを迎えに来たのだと。

「君にとっても、きっと助けになってくれる人だから、詳しいことは直接会って聞くといいよ」

「……そう」

もう大丈夫だよとヒエンに言われて、ヒースは安心すると同時に、どこか気が抜けたような気持ちになった。

結局ヒースがシテまで行かずとも、エリカを救う方法は見つかったのだ。

一体自分はなにをしにシテまで行ったのだろう。ふと、そんなことを思った自分に動揺して、ヒースは慌ててその気持ちを振り払った。

馬車にはシドとジダイが眠っている。彼らのことを、誰にどう説明すべきか。トールバランは、イースメリア王宮へはまだ訪れていないのだろうか。

答えは見えずとも、考えることは山のようにあった。

館に着いた頃には、日はすっかり沈んでいた。

未《いま》だ死んだように眠るジダイと意識を失ったままのシドをヒエンと手分けして抱《かか》え、館に入ったすぐの広間に、初老の男が立っていた。

後ろに控《ひか》えていたランツァが、ヒースの腕からジダイを抱き上げて連れていく。

思わず制止しようとしたが、ご心配なく、と先に言われればヒースはジダイから手を離すしかない。

ヒエンとランツァは連れ立って、広間の正面にある階段を上っていく。

「申し遅れました。サールヴァールと申します。この度《たび》、久遠《くおん》の書の主人とそのガーディアンを救うため、総大神官様にお力添えを頂《いただ》き、こちらに参りました。知の聖騎士、いえ、真の書の友人ヒース様のことはかねがねお聞きしており、是非《ぜひ》お会いしたいと今日の日を心待ちにしておりました」

「ありがとう、ございます」

銀灰の髪をすべて後ろに撫《な》でつけた初老の男は、穏やかな笑みを浮かべ、自身の子供のような年頃のヒースにも非常に丁寧な態度をとった。おざなりではない握手は力強く、ヒースを書の友人と呼ぶその声に揶揄《やゆ》の響きはない。

王宮の人々が基本的に知の聖騎士ヒースを落ちこぼれだと認識していることを考えれば、その態度は意外に感じるほどだった。

「ヒース様のお陰で黄昏《たそがれ》の書とその主人をこちらにお連れすることもできました。あまり時間がありませんので、すぐに、我々も久遠の書の修繕に取りかかります。ヒース様のご尽力を無駄にはいたしません。後のことは我々に任せて、ヒース様はどうぞ、お部屋でお休みください」

え、と戸惑いの声をあげたヒースの前で、サールヴァールは使用人を呼んだ。ヒースを部屋に案内するよう指示を出している。

まだ誰にもシドと黄昏の書について話してはいなかった。ヒエンにすら。

硬直しているヒースを見てなにを思ったのか、男はヒースの目を見てぐっと笑みを深めた。

「私はすべて、存じ上げております。お連れ頂いた黄昏の書の主人は、書を移されたばかりのようですね。少々無理をさせますが、問題なくエリカから書を取り出すことができるかと思います。どうぞご心配なく。後のことは、ヒエンとランツァがうまくやりますので。ヒース様はどうぞ、久遠の書のガーディアンの回復をお祈りください」

サールヴァールは、まるで自身の部下のようにふたりの名を出した。

どうしてそこで、ヒエンとランツァの名が出るのかヒースにはまったく分からなかった。それに彼らは剣士で修繕師ではない。

「……ヒエンに、会わせてください。エリカとイルシオーネにも。ふたりは今どうしているのですか？」

背筋を不安が込み上げ、ヒースは上階を見つめた。

階段に向かいかけるが、ヒースの前に立ったサールヴァールに行く手を阻《はば》まれる。

「おふたりとも、既に準備に入られています。ご心配であれば、ヒース様のガーディアンにお尋ねください。この館に、彼女らや書を害す者はひとりもおりません」

言われて、ヒースは自分の腰袋に納められた自身の書のことを思い出した。

確かに、ヒースラッドはなんの反応も示していない。

（大丈夫だから、落ち着け）

脳裏にヒースラッドの声が響き、もしエリカの身になにかあれば、ザクロが黙っていないはずだと思い至る。

かたりとも物音のしない上階を見つめたまま動きを止めたヒースを見て、もう大丈夫だと判断したのだろう。サールヴァールは恭《うやうや》しく一礼すると、階段を一歩一歩上《のぼ》っていく。

その後ろ姿を見つめながら、ヒースは再び、言いようのない不安が込み上げてくるのを感じていた。

また、ヒースの知らない場所で、何か分からないことが起きている。

――一体、あの男は何者だろう？

◆

ヒース、ヒース、と小さく自分の名を呼ぶ声で目が覚めた。

眠れないと思っていたのに、疲れて意識が飛んだようだ。

うっすらと目を開けると、視界に飛び込んできたのは金色と暁《あかつき》。どちらも眩《まばゆ》い朝の色。

「イルシ……！」

「静かに」

華奢《きゃしゃ》な手が、ヒースの口元を両手で押さえた。

目を見開いたまま、ヒースはこくこくと頷く。

イルシオーネがゆっくりと手を外すとヒースは身を起こして、暗がりの中で、互いにまじまじと見つめ合った。

「無事で安心した、ヒース。心配していた」

目元を緩《ゆる》ませ、先に抱きついてきたのはイルシオーネだった。

いつも堂々とした印象のイルシオーネが、幼子のように抱きついてきたのが意外で、ヒースは表情を確かめようとしたが、思いのほか強く抱きつかれて叶わなかった。

「本当に、ここに居るんだねイルシオーネ。まだ信じられない」

サールヴァールが総大神官にイルシオーネの外出許可を取り付けたのだと聞いてはいたが、今こうして目の前にいても、ヒースにはこれが現実だとは思えなかった。

聖女は、ソヴェリナ寺院に居るものだから。

「一体なにがあったの。修繕は本当に行われたの？　イルシオーネの体の調子は？　エリカとザクロは無事？　シドの様子は？　あのサールヴァールという人は何者なの？　どうして、ヒエンとランツァをあの人が使っているの」

どれほど耳をこらしても、上階で一体何が行われているのかと、ヒースには少しも分からなかった。

まるで館全体がヒースラッドの檻《おり》に包まれたような静けさで、不安ばかりが募《つの》った。

イルシオーネはヒースに抱きつく腕に更に力を込めた。その体が震えていることにヒースは気づく。

「あの男が何者なのか私にもよく分からなくなった。王都でエリカに文字を教えていたらしくて、エリカは信頼し切っている。三書にも詳《くわ》しく、なによりザクロがあの男が近づくことを許したから、書に危害を与える男ではないと思ったんだ。エリカを助けてくれると言うなら、味方は多いに越したことはないと思って」

これまでのことを思い出すように、イルシオーネはヒースの肩口で言葉を紡《つむ》いだ。

「私はあの男が王宮の人間なのだと思っていた。総大神官はサールヴァールを王都から連れてきた、と言っていたからな。だが、あの男自身は一度も王宮との関わりを口にしたことがない。それなのに、総大神官はサールヴァールを国王よりも上に置く扱《あつか》いをするし、サールヴァールの知識は、国王や総大神官が持つものに匹敵している。ランツァも、サールヴァールが突然現れたと言うのに、一度もその素性《すじょう》に言及《げんきゅう》しなかった」

ぐっとヒースの肩を押し、イルシオーネは体を離した。薄闇の中で金色の瞳が光る。

「一昨日《おととい》、サールヴァールが言ったんだ。近日中にシテから黄昏の書が渡されると。サールヴァールの部下がシテ王宮と接触していると聞いてはいたんだが、イースメリアの王宮となんの関係もないかもしれない男に、どうしてそんなことができる？　だが、現実に黄昏の書とその主人はここに届けられた。一体、シテでなにがあった？　ヒエンはヒースを迎えに行ったんじゃなかったのか？」

「どういう意味？　ヒエンは、確かに私を迎えに来てくれたけど」

イルシオーネの瞳に、みるみるうちに涙が溜まっていく。

「エリカの体から書を取り出す儀式のせいで、意識が朦朧《もうろう》としていたから聞き間違いかもしれない。でも、ヒエンはサールヴァールに剣を渡した。長い剣で、剣身に文字が刻まれていた」

どくりと、ヒースの心臓が鳴った。冬月《ふゆつき》の胸を貫いた長剣を、ヒエンが抜き取っていたことを思い出す。

「ヒエンが言ったんだ。『無事に回収できてよかったよ』って。それから、フンツァに向かってこう言った。『せっかく君が僕の部下たちを嬲《なぶ》って盗ってきてくれたものだからね。シテで随分《ずいぶん》役に立ってたみたいだよ』」

イルシオーネの白い頬の上に、幾筋《いくすじ》も涙の跡ができるのを、ヒースは呆然と見つめた。

「サールヴァールはふたりの肩を叩いて、よくやってくれた、と言った。どうして、サールヴァールがヒエンとランツァにそんなことをするんだ。ランツァは私のガーディアンだ。ヒエンは、知の聖騎士だろう？　あの剣はなんなんだ。ヒエンの部下というのが王立図書院の守備兵のことなら、あれが紛失《ふんしつ》したという宝剣なのか？　だが、それならランツァが盗ったとはどういう意味だ。何故《なぜ》ランツァがそんなことをする必要が？　その剣がどうしてシテにあるんだ」

痛いほどに肩を摑まれていたけれど、ヒースはそれを解こうとはしなかった。

イルシオーネの言葉がぐるぐると頭を巡《めぐ》って、こめかみがひどく痛んだ。

剣。長剣。宝剣。

――任務にあたり、王より宝剣があなたに預けられます。剣身に呪《じゅ》が刻まれており、久遠の書のガーディアンの力を弱めると言われているものです。

ソヴェリナ寺院へやってきた知の聖騎士長ルドベキアが、そんなことを言っていた。

紛失したことは聞いていないが、甲冑《かっちゅう》の男が振るった剣がガーディアンの力を無効にしていく様はこの目で見た。

突然ケルマ寺院を取り囲んだシテ王宮の兵士たち。

彼らの要求は黄昏の書の引き渡しだった。

トールバランの末裔《まつえい》を名乗る使者に、書を返還せよと迫《せま》られたから。

シドが倒れたのは、〝黄昏〟の身になにかが起きたから。

ガーディアンの力を弱める宝剣を振るう甲冑の男の前に、リベイラ神徒は次々に倒れた。

――この剣から決して手を離すな。この指輪を持った者に渡せ。その男が、シドとお前を守るだろう。

ヒースの前に飛び出し、その身を剣に貫かれた冬月。

あの男は、最期《さいご》になにを言った？

――トールバランの輝かしき未来のために……。

「ヒース？」

寝台から飛び降りると、ヒースは衣装棚に収めたスカートのポケットに手を突っ込んだ。

固い感触を握り締め、胸元の石を取り出す。

寝台に戻ると、戸惑った表情のイルシオーネの前に両手に握ったものを並べて置いた。

「同じ指輪？」

ヒエンがお守り代わりにとヒースに渡した指輪は、冬月が落としたものとほとんど同じだった。嵌められた赤い石の大きさがわずかに違う程度。

「ランツァも、同じものを持ってる？」

強張るヒースの声に、イルシオーネは見たことはないと首を横に振る。

「この指輪が、どうかしたのかヒース」

そんな、まさか。

ヒエンが？　だってヒエンは知の聖騎士だ。選定式で正式に任命された、国民から絶人な人気を誇《ほこ》る知の聖騎士。この国で十指に入る剣豪で、国王からの覚えもめでたい。

「この指輪は――」

声が震えた。ただの偶然ではないのか。ただ、よく似た指輪というだけでは。

これが本当だったら、どうなると言うのだ。

「僕が遠い昔に失われた一族の一員だっていう証《あかし》だよ。君のランツァもね」

きぃ、と大きな音を立てて部屋の扉が開き、笑みを含んだ声が楽しげに響いた。

開ききった扉の向こうに、ヒエンとランツァが立っている。

ヒースとイルシオーネは互いの手を握り、思わず身を寄せ合った。

「イルシオーネ様がご寝所《しんじょ》にいらっしゃらなかったので、心配いたしました」

「大丈夫だって僕は言ったんだけどね」

あくまでも慇懃《いんぎん》な態度のランツァが、今は見知らぬ人に見える。

イルシオーネの手に、ぐっと力が込められた。その目は、ただランツァを見つめている。

「お前は一体なにを考えているランツァ。私のガーディアンであるお前は、なにをしようとしている」

責める響きにも、暁の聖女の近侍《きんじ》は動じる様子がなかった。

扉からこちらに入ることは一切なく、その場で片膝をつく。胸に右手を当て、深く頭《こうべ》を垂れると長い銀髪が床に触れた。

「イルシオーネ様、この身はトールバランの血を引き、生まれ出た瞬間より一族のために捧《ささ》げられたものですが、この心はすべてイルシオーネ様のものです。私の望みはただひとつ。あなたの自由です」

「なにを……」

ランツァがなにを言っているのか、イルシオーネには理解できていないようだった。否《いな》、理解しながら、その事実を呑み込めないでいる。

「シテの王宮に、三書の呪いを盾に黄昏の書の返還を迫ったのはサールヴァールね？」

ヒースは、にやにやと腕組みをして扉に背を預けている男に問うた。

「ご名答」

ぱちぱちと、ヒエンは軽く手まで叩いてみせる。

「ふざけないで。サールヴァールの目的はなに？　復讐《ふくしゅう》？」

「そんな面倒なこと！」

ヒースの推理を、ヒエンは一笑に付した。

「大昔のこの国の偉い人たちがさんざん殺し尽くしてくれたお陰で、あれから何百年経った今でも僕らはすごく少ないんだよ。今更復讐するには人数が足りないからね。サールヴァールはもっと簡単な方法で行くことにしてる」

簡単な方法？

考えかけ、浮かんだ想像にヒースは青ざめた。

シドやジダイたちと話したばかりではないか。

「三書の呪いを盾にして、イースメリアとシテを自分のものにするつもり？」

「惜しい。これだけできあがった国を、今更乗っ取るなんて非効率的な真似はしないよ。ただ、ほんの少し僕たちが暮らしやすくなるよう、二国に協力を仰《あお》ぐだけだよ。イースメリアとシテの国民は今まで通りの日々を送る。エリカも、イルシオーネ、君の生活だって今までとは比べものにならないくらい自由で快適になるはずだ。それって君が欲しかったものだろう？　ランツァだってそのためにこれまで頑張ってきたんだよ。楽しそうだと思わないかい？」

明るい声には、憎悪や復讐といった負の感情はまるで感じられず、ただ楽しい未来がそこにあるのだと思わせる響きに満ちている。

ばちりと片目を瞑《つぶ》って見せるヒエンがあまりにもいつも通りのヒエンで、ヒースはなにも言えずに、震えるイルシオーネの体を抱き締めた。

朝食の席で、午前中にこの館を引き払うとサールヴァールから告知が為《な》された。

とは言え、イルシオーネは体調不良で部屋にこもり、エリカもザクロも未だ目覚めず、シドも体力回復のための眠りにつき、やっと目覚めたジダイはシドの傍に張りついて離れない。

結局その席に着いていたのはヒースとヒエン、サールヴァールの三人だけだった。

サールヴァールは当然のようにソヴェリナ寺院へ帰ると告げて、ヒエンもそれを当然のように了承した。

部屋へ戻り、ほとんどない荷をまとめたヒースは、少しの間目を閉じて考え、やがて立ち上がった。

やっと立ち入りを許された二階へ向かうと、ジダイとシドの部屋に入り、次にイルシオーネを見舞った。ヒエンの姿はなかったが、館の裏で、馬車の準備をしているとランツァに教えられてそちらにまわった。

ヒエンはブラシを手に、馬の毛並みを梳《す》いていた。

「どうしたの」

呼びかける前に、ヒエンはヒースを振り返った。

「話があるの」

「怖い顔だね」

「茶化さないで」

はいはい、と手を挙げてヒエンは軽くブラシを馬の背に走らせた後、それを近くにあった道具箱に放った。

水桶《みずおけ》で手を洗いながら、なに？　と首を傾《かし》げる。

ヒースは膝の上で拳を握りながら、あの、と口を開いた。部屋で水を飲んできたのに、もう口が渇《かわ》いている。

「一度、王立図書院に帰らない？」

全てを整理するにはあまりに時間が足りなかった。だからヒースは、「今自分が一番したいこと」だけを考えることにした。

ヒースに分かるのは、「これはおかしい」ということだけ。それから、ヒエンは知の聖騎士で同僚だということ。

「どうして？　僕の正体、知ってるでしょ」

面白《おもしろ》そうに、ヒエンの瞳が細められた。

「……そ、それ、本当にヒエンがしたいことなの？」

「どういう意味」

丸くなった目に、ヒースは言葉を重ねた。

「ヒエンは、この国が憎《にく》いの？」

「どうして。そんなわけないでしょ」

本気で、ヒエンはそう言っているようだった。

「じゃあ、どうしてサールヴァールに手を貸すの」

堪《たま》らず問えば、ヒエンの瞳から笑みが消えた。

「生まれた時にそう決められたからだよ。トールバランの末裔として、トールバラン一族の汚名を雪《すす》ぐために生きるようにってね。お陰で鍛えた剣の腕前は国王の覚えめでたく、ガーディアンを呼び出して知の聖騎士の称号まで頂いた。すべて、そう在《あ》るよう定められたから、その道を来ただけだよ。君とは違ってね」

そんな風に話すヒエンを見るのは初めてで、ヒースは知らず気圧《けお》される自分を叱咤《しった》した。

同時に、王立図書院で楽しそうに守備兵らに囲まれて剣を振るっていた姿を思い出して、胸が痛くなる。あれが全部嘘だったと言うのだろうか。

「それは、つまり、ヒエンが本当にしたいことじゃないっていうことでしょう？　だったら」

「ヒースこそ、僕たちと一緒に行こうよ」

ぱっと表情を明るく変えて、ヒエンがヒースの両手を取った。

昨日握り締められた時にはただあたたかいと感じたはずなのに、今日は知らない人の手に思える。

「だってヒース、知の聖騎士になんかなりたくないって、王様に必死に訴《うった》えてたでしょ。サールヴァールは、君が書と心を通わせてガーディアンを呼び出した書の友人だから、ヒースのことは凄く買ってるよ。王立図書院で落ちこぼれ聖騎士なんて呼ばれてるより、君の価値を本当に分かっている人に囲まれて過ごす方がよっぽどいいと思わない？」

力を込められた両手を、ヒースは振りほどいて背中に隠した。

「それでも、呪いを盾に人を脅《おど》すような真似をするのは違うと思う。サールヴァールのやり方が、本当にトールバラン一族の汚名を雪ぐとヒエンは思ってるの？」

書を愛し、書に愛された一族の末裔が、書にかけられた呪いを盾に人を脅すなんて。

記憶を継ぐことはできても、感情を継ぐことはできないと〝黄昏〟は言った。

イースメリアの民もシテの民も苦しむことはない。ただ、二国に協力して貰い、自分たちの暮らしを効率的に良くするだけ――。

サールヴァールの内にあるのは復讐心でも憎しみでもない。トールバラン一族の記憶を継いだ器に、権勢欲が備わっただけ。

「ヒエンはトールバランの末裔かもしれないけど、知の聖騎士でもあるでしょう？　書がそんな風に扱われることを止めるのは、知の聖騎士の役目じゃないの？　だから、」

きゅ、とヒエンの口角が上がった。

「君ってなんにもできないくせに、あれは嫌、これは嫌って自己主張だけはやたら強くて、呆《あき》れちゃうよ。ここにいる誰も、君みたいに振る舞ったりしないのにね」

その顔に、ヒースの喉が鳴る。

ヒエンは腰を屈《かが》めてヒースの顔を覗き見るように近づいてくる。

「ねえ、君の大好きな物語は人を呪うための話だったわけだけど、それってどういう気持ち？　まだあの話が好きなの？　街中で皆に広めていたけど、それが王家を呪う話だったなんて滑稽《こっけい》だよね。書の本質が読み取れないのに知の聖騎士だなんて、恥ずかしくないの。それなのに、まだ自分が選べる立場だと思ってるなんて恐れ入るよ」

明らかにこちらを傷つけようとする言葉に、ヒースはわなないた。

「好きよ。大好きよ。嫌いになんかなれない。だって、私が読み取った本当のことだってきっとあるもの。どうしてそんなひどいこと言うの」

今までに一度だって、ヒエンがこんな態度をとるところを見たことがない。

「ひどい？」

前髪が触れそうな距離で、ヒエンが猫のように瞳を細める。

凄まじい怒気が男を渦巻《うずま》いて、その気配にヒースは立っているだけで精一杯だ。一体なににそんなに怒っているのかすこしも分からないが、ヒースの言い返した言葉に反応したことだけは確かだった。

「僕がどれだけ好きだって言っても、君ときたらちっとも僕を好きにならないし、言うことも聞かない。一体僕のなにが気に入らないの？　ひどいのはヒースの方でしょ」

こんな時に、なにを言い出すのだ。

思ったが、その時ヒースは長い間、ヒエンを前にする度に感じていた気持ち悪さの正体が分かった。

「気に入らないのは、ヒエンの方じゃない」

強く言い返したつもりが、何故か声が震えていた。ヒエンが怪訝そうに片眉を上げる。

それを見つめながら、ヒースは一言一言かみしめるように告げた。

「最初からずっと、あなたは私のことが嫌いなんだわ」

〝ムカついた〟を〝傷ついた〟と言い換えるように、いつも満面の笑みでヒースが好きだと口にするヒエンは、何故かは分からないけれど、心の底からヒースが嫌いなのだ。

感情が伴っていないのにまるで本当のような表情を作るから、ヒースは知らずそれを感じて気持ち

が悪くなっていた。

別に嫌われているならそれで構わない。ヒースだって、ずっとヒエンが苦手だったのだからこれで同じ。

それなのに、泣きたいような気持ちになっているのはどうしてなのだろう。

ヒエンはヒースの言葉にぱちりと瞬いて、

「ヒースの癖《くせ》に、生意気だな」

いつものように、甘い笑みを零《こぼ》した。

「おい、なにをしている。直に聖騎士が来る。表にまわれ。出るぞ」

「すぐ行くよ」

顔を出したランツァにヒエンは明るく返し、ヒースに向き直った。その表情に、もう先程までの怒りは感じられない。

「もうすぐ君の好きな知の聖騎士の皆がここに駆けつけるよ。僕と行かないって言うなら、向こうに帰るといい。王命を破ってシテへ向かった罰《ばつ》を受けたければね」

「王立図書院に、報告したの？」

「サールヴァールが、どうしても君を手に入れたいって言うからね」

事も無げに頷いたヒエンを見ても、ヒースはもう驚かない。

「帰るわ」

「そう。エリカもイルシオーネも悲しむだろうね」

ヒースに冷めた目で頷くと、ヒエンは馬車の扉を開けて中からそれを取りだした。

ばさりと広げられたのは、知の聖騎士を象徴する緋のローブ。

「帰るならこれが必要でしょ」

ヒエンの背にはいつから緋のローブがなかっただろう、とヒースは男を見ながら思った。

ヒースの肩にやさしく緋のローブを纏わせながら、ヒエンが囁く。

「サールヴァールは三書を使ってイースメリアとシテを裏から操るつもりだよ。エリカやイルシオーネたちは彼の大事な駒になるってわけ。止めたいなら、いつでもおいでよ。僕は退屈じゃない方につくだけだから」

楽しみにしてるよ、相棒。

悪戯っぽい笑みを浮かべてヒースの肩を軽く叩くと、ヒエンは馬に乗りもう振り返らなかった。


馬車が次々と館の門から出ていく。

王立図書院に戻ることは、イルシオーネらには告げていた。

ジダイはシドと共に行くと言った。サールヴァールが、彼らを悪く扱うことはないだろう。

ヒースにはヒースのすべきことがある。

エリカに挨拶できなかったことだけが心残りだ。

思いながら小さく溜息を吐いた時。

最後尾の馬車が大きく揺れたかと思うと、小さな影が馬車の外に転がり出た。

「ジダイ⁉」

小さな影は素早く起き上がるとなにかを抱えてヒースに向かい駆けてくる。

その背後から、ヒエンディラの姿が飛び上がった。雷光を放つたおやかな手が、ジダイやヒースらに向けられる。

が、今度は二台目の馬車の扉が吹っ飛ぶように開き、黒い影が跳躍《ちょうやく》した。

「ザクロ！　ジダイとヒースを守って！」

今の声はエリカのもの。黒い髪をなびかせ、ザクロはジダイの小さな体を抱えるとひと飛びでヒースの背後に立った。

ヒースラッドの檻がヒースとジダイを包み込み、ザクロの右腕が一閃《いっせん》すると、背後から飛んできた矢が叩き落される。ヒースらを追い越したいくつかの矢は、ヒエンディラの雷に弾き飛ばされた。

「ヒース！」

懐かしい声に振り返ると、豊かな赤い髪を翻《ひるがえ》し、今にも泣きそうな、怒ったような顔をしたアンドレアナが真っすぐ駆けてくるのが見えた。

その背後に、フラガやルーピンといった顔ぶれが見える。

ジダイを抱きかかえたまま、ヒースは傍らに立つ久遠の書のガーディアンを見つめ、道の向こうに小さくなろうとする馬車を見送った。

Guardian's Guardian

それは幸いの音

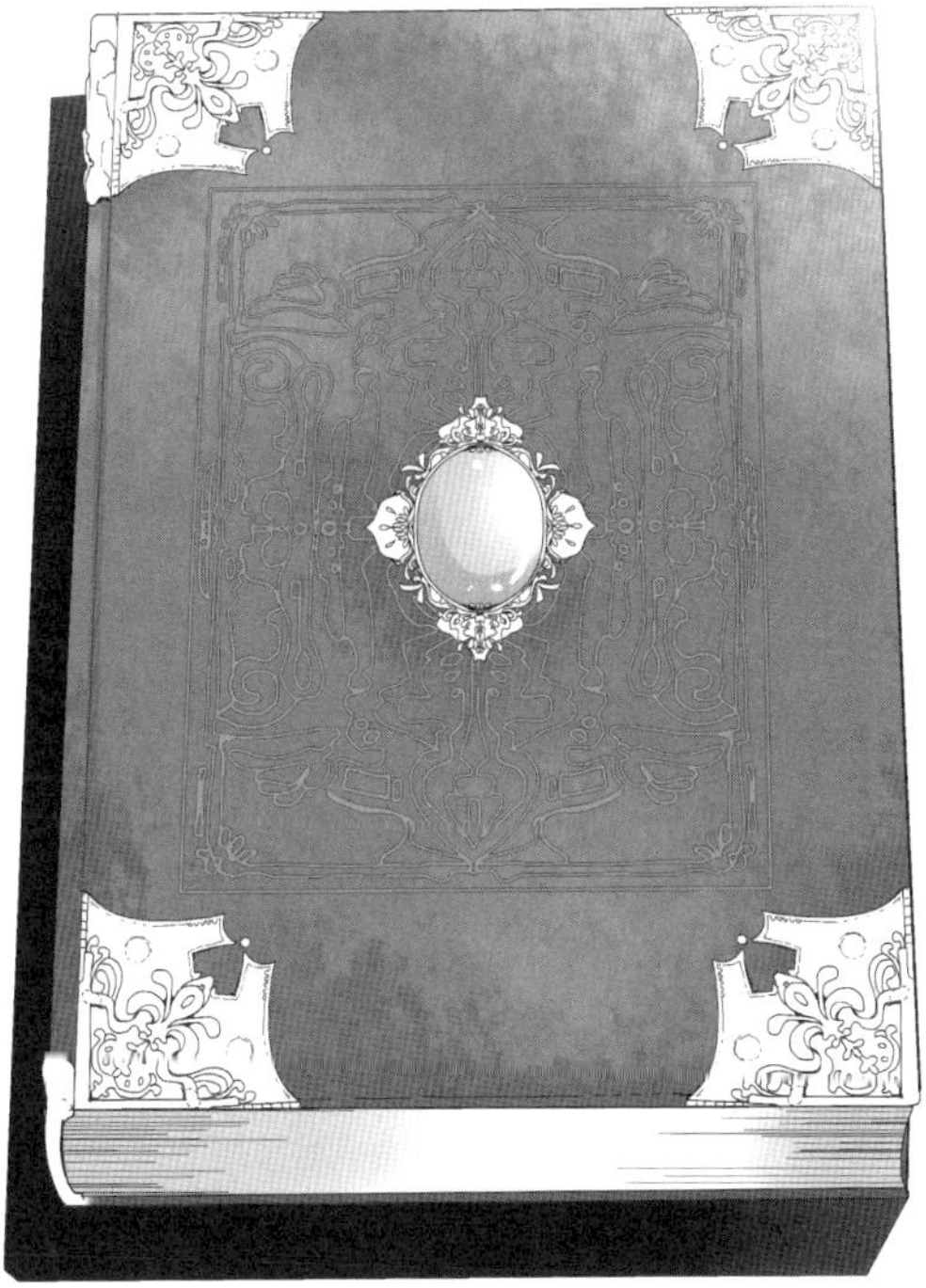

——お前はこれから、ちゃんと幸せにならなくちゃいけない。お前が覚えてきた音には、すべてに意味と想いが込められている。いつかお前が、私の言葉の意味を理解する日がくることを祈っているよ。

そう言ってジダイを見知らぬ土地の夫婦の元に置き去りにした男は、祭壇《さいだん》の上にジダイの姿を認めると、驚愕《きょうがく》に目を見開いた。どうして、と声なく問う男の顔をジダイは挑《いど》むように見つめる。

「何度も言ったじゃないか。僕は書に対してなにも感じない。好きも嫌いもないし、書の思いも分からない。あなたは僕に〝幸せ〟になれと言ったけど、僕はそれがなにか知らないから、勝手に求められてもなりようがない」

「こんな所でなにをしているジダイ！　その格好はなんだ。……儀式は中止だ！　この子は違う。ちょっとした手違いだ。ジジイは、いや、黄昏《たそがれ》様はどちらに」

青い装束《しょうぞく》に身を包んだ少年の言葉を遮《さえぎ》り憤りの声をあげた男は、周囲に控《ひか》える神徒らに怒鳴りながら、ジダイを祭壇から抱き下ろそうと両腕を伸ばした。その手から、ジダイは逃《のが》れた。

「手違いじゃない。今からなにが起きるのか、全部黄昏様に聞いて分かってる。その上で僕が自分で決めたんだ」

「お前はなにも分かっていない。死ぬ目に遭《あ》うと言ったのは冗談じゃないんだぞ！」

いつも穏やかだった男の激高《げっこう》する様にジダイは体を強張《こわば》らせた。が、すぐに奥歯を嚙みしめ顎《あご》を上げる。

「それでも、僕はあなたの居《い》るところに居たいんだ。シド」

◆

ジダイが書を五十冊分覚えたらケルマ寺院に連れて行くのだと言ったのは、ジダイを生んだ女がある日突然連れてきた男だった。チチオヤだと女は言ったが、それがなんなのか、ジダイにはよく分からなかった。

ジダイをケルマ寺院に連れて行くことができたら、今よりも良い暮らしができる。こんなぼろ家ではなく、広くて素敵な家に移るのだと、女はチチオヤと楽しそうに話していた。

手始めに男は、自身が記憶している書をジダイに覚えさせようとした。

男の後について、男が言った通りに繰り返す。ある程度の区切りまでくると、最初から通して言ってみろと促《うなが》される。そこで言葉を思い出せなかったり、一字でも言い間違えたり詰まったりすれば、容赦《ようしゃ》なく殴り飛ばされた。

普段の食事はパンがひとつだけか、具のほとんど入っていないスープが一皿だけだったが、書を一冊暗記すると、褒美《ほうび》だと言って女や男が食べている肉や魚の切れ端を与えられた。

いつもお腹が空《す》いていて、少しでも多く食べたくて、ジダイは男の言葉を必死で聞き取り記憶した。

書を覚えていないからと外出も許されず、それが許されるようになったのは、遂《つい》に男が暗記する書をジダイがすべて覚えてからだった。

男はジダイを連れて街中の図書館へ赴《おもむ》くと、書棚から適当に一冊を取り朗読し始めた。

周囲にはジダイと同じように大人の後について書を唱和している子らもいたが、彼らはしょっちゅう言い間違えたり適当に繰り返していたりした。よく聞き取れなかったからもう一度！　などと無邪気にねだるのを聞いて、ジダイは反射的に体を強張らせた。そう告げた子供が殴り飛ばされると思ったからだ。公《おおやけ》の場所だからか、その時には子供は殴られていなかったが、きっと家に帰ったらあの子供は大人からぶたれて食事を抜かれるのだろう。それなのにどうしてあの子供はあんなにも楽しげにしているのか。

同時に、図書館にある書の数を見てジダイは心の底から絶望した。男はきっとここにあるすべての書を記憶するよう言うはずだ。目の前にも後ろにもそびえ立つ書棚は途方もなく巨大に見え、床から天井《てんじょう》近くまでびっしりと並ぶ書は、この先も続く苦しみが永遠となったことをジダイに示していた。恐怖のあまりその場から逃げ出して路地裏で嘔吐《おうと》したジダイを殴りつけ、男はジダイを図書館へと引きずり戻した。

「お前の年なら、五十も書を詰め込めば十分だろう。それができたらケルマ寺院に連れて行ってやる。そこじゃ、書を一冊でも多く詰め込んでる奴《ヤツ》が偉《えら》いんだ。飯が腹一杯食えるぞ」

その時ジダイが記憶していた書の数は十に満たなかった気がする。五十という数字はひとつの区切りで、まともにものを考えることのできないジダイの頭は、お腹一杯食べることができるというそれだけを理解した。

ジダイの人生にチチオヤが現れたのも突然だったが、背のひょろりと高い垂《た》れ目《め》の男がやって来たのも突然のことだった。書を四十と少し記憶した頃だ。

いつものように殴られていたら庭先に見知らぬ男が現れて、ジダイを殴るのをやめるよう言った。それから少しの間女やチチオヤと話をした後、何かを彼らに差し出した。

話し合いの間、部屋の隅《すみ》で全身を強張らせていたジダイの前にゆっくりとした動作でやってくると、男は片膝をついて、ジダイと目線を合わせた。

「やあ。私はシドと言う。随分《ずいぶん》たくさん書を覚えているんだってね」

大人の目を同じ高さで見るのは初めてのことだった。それらはいつも、ジダイを見下ろす位置にあった。しかし今、真正面から自分を見つめている灰色の瞳は、ジダイに対する憤りも蔑《さげす》みも映《うつ》さずただ微笑《ほほえ》んでいるように見えた。これまでに向けられたことのない視線に晒《さら》されて、ジダイは身震いした。この男は、一体なんだ。

シドは、ジダイの緊張に苦笑しながら、少し首を傾《かし》げて問うた。

「君の一番好きな書はなんだい?」

なにを言われたのかよく理解できなかった。さっさと答えねぇか！　と男が背後で叫び、

「分からない」

慌てて答えたが、今度はシドが怪訝《けげん》な顔をする。

「どういう意味かな?」

「好きか嫌いかなんて考えたことがない」

日々膨大《ぼうだい》に脳に詰め込まれる〝書〟は、ジダイにとって音と音の連《つら》なりでしかなかった。チチオヤの声が紡《つむ》ぐ音を記憶しなければ、生きることができない。ただそれだけ。

「……そうか」

男の目が不意に剣呑《けんのん》な光を帯びたので、自分はなにか間違えたのだとジダイは思った。そうして不意にシドの右手が頭に伸びてくるのを見て、反射的に両腕を交差させて庇《かば》った。

その反応にシドはびくりと止まり、ジダイを見つめた。灰色の目は怒っていないようだった。シドはジダイの目を見たまま慎重《しんちょう》に腕を伸ばして頭にそっと触れ、一度だけ撫《な》でた。そのまま、完全に硬直しているジダイの左手をやさしく摑《つか》み取《と》り、行こうかと促《うなが》した。ジダイはその時、手を繋《つな》ぐということさえ知らなかったから、シドの大きな手が固く握り締めた自分の左手を包む感触に緊張した。

「どこに？」

「……お前がもう、むりやり書を覚える必要のないところに」

ほんとう？　と掠《かす》れた声で呟くジダイに、本当さ、とシドは明るく笑って見せた。

「二度と、そんなことはしなくていい」

シドに強く握られた手を引かれるまま、ジダイは家を出た。一度も後ろを振り返らずに。


それからシドはジダイに、お腹が一杯になる感覚や、ひもじさに一度も目覚めることなく訪れる朝や、どれだけ歩いても体や頭がふらふらしない毎日をくれた。

シドはケルマ寺院の信徒だと女たちに言っていたから、ケルマ寺院に行けばたくさん食べられるとチチオヤが言ったのは本当のことだったのだとジダイは思った。まだ覚えた書は四十と少しなのに、良いのだろうか。

ケルマ寺院へ向かっているのだろうと思い込んでいた道中、ジダイはずっと、食事をすればうまいかと尋《たず》ねられ、目が覚めればよく眠れたかと問われ、長時間歩くと疲れていないかと気遣《きづか》われた。

シドは目にしたものの感想をよく口にして、ジダイにもそれを問うた。新緑が萌《も》えるようだな、目が痛いくらいだ。月が冴《さ》え渡って美しいと思わないか。あそこに強く光る星が見えるかい？　可愛《かわい》い花だな。覚えておくといい、こういう花は女性に喜ばれる。ああ、こいつは旨《うま》そうだ。この肉は炙《あぶ》って食べるのが一番なんだ。あの果物《くだもの》を知ってる？　お前はどれが食べたい？　お前はどの形がいいと思う？　お前はどんな色が好きだい？

これまで周囲の景色などまともに見たこともなかったし、それに注意を払い感想を抱《いだ》く気持ちがジダイにはよく分からない。けれど言葉に詰まっても、答えが分からなくても、シドは一度もジダイに手を上げたりしなかった。

「無理に答えなくていいよ。お前が感じたことを、感じた時に言えばいい」

そう笑って、問われる度《たび》に緊張して無言になるジダイに何度だって話しかけるので、次第にシドに訊《き》かれるままに頷いたり、シドの言葉を復唱して返すようになった。

そんな日々を過ごした後、シドがジダイをどこかの夫婦の元へ置いていこうとしたので、ジダイはあまりの衝撃《しょうげき》に目の前が真っ暗になった。自分も共にケルマ寺院へ行くのだと思っていたのに、何故《なぜ》、と。

シドの上衣《うわぎ》の裾《すそ》を両手で握り締め、真っ青になって問うたジダイに、それまでどんなことでも分かりやすく教えてくれた男は、はっきりとした理由を口にしなかった。

「お前はこれから、誰よりも幸せにならなくちゃ。俺と共にケルマ寺院に行っても、幸せになれない」

ジダイに分かっているのは、シドと共に居たいということだけだった。〝幸せ〟など知らない。

言葉を失うジダイに、シドは「前途の幸いを願う祈りをお前に」と、リベイラ教の教典に書かれているという一節を口にし始めた。

途端、ジダイの全身は総毛立《そうけだ》った。その音を、知っている。たちまち体が強張り、喉の奥が緊張で渇《かわ》いた。それでも耳はシドの声が紡《つむ》ぐ音を拾おうとし、口は勝手にそれを復唱する。

「違うんだ、ジダイ。繰り返さなくていい。覚えなくていいんだよ、ジダイ。私が悪かった」

気付けばジダイは、シドに痛いほど強く抱き寄せられて、何度も何度も覚えなくていいと囁《ささや》かれていた。その必死な声が何故かひどくおかしくて、ジダイは安心して意識を手放した。

目が覚めてもシドがまだ傍《そば》に居たから、もう置いて行かれないと思ったのはジダイの勘違いで、それからもシドは折を見てはジダイを人に預けようとした。

ケルマ寺院へ行けばひどい目に遭う。書を記憶するより、死ぬより、もっとひどい目に。あそこはお前の苦手な音で溢《あふ》れてる。お前は自由になったんだぞ。だからどうか聞き分けてくれ。

そんなことを、大人に言うように真剣な顔をしてジダイに告げるくせに、具体的にどんな目に遭うのかは決して口にしなかった。

シドの決意が固いことを子供心に感じ取ったジダイは、三度《みたび》、人に預けられようとした時にそれを受け入れ、シドの背中を見送った。それから、預けられた家を抜け出すとひとりでケルマ寺院を目指した。

旅の方法はシドとの短い時間の中で覚えていたし、ケルマ寺院については誰に尋ねても知っていた。何日もかけて寺院に辿《たど》り着《つ》いた時には、ジダイはすっかり疲れ切っていたけれど、自分のするべきことは忘れなかった。

「一番偉い人に会わせて。両親にここへ行くよう言われたんだ。僕は書を四十と少し覚えてる」

ジダイにとっては運が良かったのだろう。冬月《ふゆつき》という目つきの鋭い男が現れて、ジダイを見ると同じような子供らが集められた部屋に放り込んだ。部屋では、信徒らしき男がひとり、書を手にして子供らに読み聞かせている。その音にぎくりと体が強張り、ジダイは必死でシドの声を思い出した。

(覚えなくていい)

脳内で力強く断言する声が響けば、耳からの音は次第に小さくなり、やがて気にならなくなった。

やがてその部屋に、白く長い髪と髭《ひげ》をたくわえた老人が現れ〝黄昏〟と名乗った。部屋を見回し、子供らの顔を順に見つめていたが、ジダイを見るなりふさふさとした眉毛《まゆげ》の奥に埋もれている小さな目が鋭く見開かれたのが分かった。やがてジダイだけが〝黄昏〟に連れ出され、部屋を移された。

そこで初めて、ジダイは自分に対してなにが行われるのかを知った。〝黄昏〟が語って聞かせたのではない。ジダイが自ら問うたのだ。死ぬよりひどい目に遭うとはどういう意味か、と。

ケルマ寺院に自ら足を踏み入れるまでの経緯《けいい》を話せば、〝黄昏〟は長い髭を何度も撫でながら、深い溜め息を吐《つ》いた。惨《むご》いことを。そう呟いてジダイを見つめる眼差《まなざ》しはシドと同じく複雑な色に満ち、この老人が自分をケルマ寺院から追い出すのではとジダイは畏《おそ》れた。しかし老人はゆるやかに首を横に振った。

「追い出しはせんよ。我々の求める〝幸い〟のためにはお前が必要じゃ。お前の〝幸い〟にシドが必要なように」

「シドが何度も僕に言ったけど、〝幸せ〟ってどんなもの？　そんなにいいものなの」

ジダイの心底からの問いに、〝黄昏〟は虚を突かれたような顔をしたが、嘆息《たんそく》してやっぱりよく分からない答えをくれた。

「誰に教えられずとも、その時がくれば自《おの》ずと分かるはずじゃ。お前の中に、それはもうあるのじゃから」

◆

遠くで、誰かの声がしていた。

低く静かな声が、何度も何度も同じ音を繰り返している。その音に導かれて、ジダイは意識を取り戻した。

全身が熱く重怠《おもだる》く、体の節々が痛み、指先ひとつ動かすのも億劫《おっくう》だ。頭はぼうっとして、地面が揺れているような気がする。そして体の奥底に、今まではなかった〝何か〟がある。

（黄昏の書）

儀式は無事に終わったのだろうか。確かにこれは、死ぬほどの苦しみだ。二度と受け容《い》れたりしたくない。

シドはまだ怒ったままだろうか。それを思うと、熱を感じていたはずの腹の奥が一気に冷えた。

それにしても、先ほどから耳元で聞こえる音はなんなのだろう。

ジダイは重い瞼《まぶた》をゆっくりと開けた。

「……っ！　目が、覚めたのか」

視界に飛び込んできたのは、ジダイの手を両手で握り、自身の額に押しつけているシドの横顔だった。ジダイの顔を見るなり、その瞳が潤《うる》む。はたはたと男の目から涙がこぼれ落ちて、ジダイは心底驚いた。瞬間。

音が、言葉となった。

――守り給《たま》え守り給え。よき生を。守り給え守り給え。よき終わりを。この者の前途が幸いであるように。この者の終わりが幸いであるように。守り給え守り給え。よき生を。

それが教典に記された一節だと分かったが、ジダイの体は強張らず、口はその音を復唱しなかった。

代わりに、ジダイの胸は込み上げてくる熱でいっぱいになり、目からは勝手に涙が溢れ出した。

「ジダイ、苦しいのか？　痛いのか？　誰か、薬師《くすし》を呼べ！　子供が目覚めた！　早く！」

大声で叫ぶシドを見上げながら、ジダイはとうとうしゃくりあげて泣いた。

体中が痛くて堪《たま》らない。それ以上に、胸が苦しくて痛くて堪らない。

音に込められた想いが伝わってきて、心が震えて、どうしたらいいのか分からない。

ジダイはシドが唱え続けた一節を、胸のうちで何度も、何度も、繰り返す。

それはジダイに与えられた、幸いの音だった。

あとがき

この度はガーディアンズ・ガーディアン2巻を手に取ってくださり、ありがとうございます。楽しんで頂《いただ》けましたでしょうか。

回を追うごとに登場人物がわらわら増えていき、家族や友人たちに、カタカナの名前がずらっと並ぶと誰が誰だか分からないと言われて申し訳なく思っている今日この頃ですが、3巻を読み終わる頃にはきっと見分けがつくようになっているかと思われますので、最後までどうぞよろしくお願いします。

今回新しく出てきたのが、黄昏《たそがれ》の書にまつわる人たちです。1巻でちらっと出てきた人もいますが、これで三書に関係する人たちが皆揃《そろ》いました。

作中では省《はぶ》きましたが、ヒースたち知の聖騎士のガーディアンにはそれぞれ主人の名をもじった名前がつけられている（ヒース→ヒースラッド）一方、シテのリベイラ神徒のガーディアンは特に名を持ちません。主人である神徒らの夏嵐《なつあらし》や秋曙《あきあけ》という名は、彼女たちがガーディアンを持った時に〝黄昏〟から授かったもので、本名は別にあります。

ソヴェリナ寺院のランツァら聖神兵のガーディアンは、彼らにとっては神と同等の存在なので、名を付けるなどもってのほかで、やはり呼び名を持ちません。

これを踏まえると知の聖騎士とガーディアンの距離はとても近くて、名付けることで意識的にガーディアンとの結びつきを深めようとしたんだろうなとか。

リベイラ神徒たちもガーディアンには全幅《ぜんぷく》の信頼を寄せていますが、それでも、彼らは決して自分たちのものではないという意識を、名付けないことではっきりさせているような気がします。

そして今回ラスト、正体が明らかになる人たちがいますね。

2巻の校正をしていたら、担当さんから「色々分かってから読み返すと、結構伏線が張られていたことに気付きました」と言われました。

既に雑誌で読んでくださっている方にも、今2巻を読んでくださった方にも、今回のラストを踏まえて再度読み直してもらった時には、初見との印象の違いも楽しんでもらえたら嬉しいです。

ヒースにはひたすら試練続きの日々ですが、少しずつでも進んでいく彼女が、新たに明らかになった事実を前になにを求め、なにを選び取ろうとするのか。あと少し見守ってやってください。

とても素敵なイラストで「ガーディアンズ・ガーディアン」の世界を盛り上げてくださる田倉《たぐら》先生、いつも我儘《わがまま》を聞いて書きたいように書かせてくださった担当さま、このお話を書く場を与えてくださった小説ウィングスさま、そして、この本を手にとってくださった皆様、本当にありがとうございます。

またお会いできますように。

二〇一七年三月　河上　朔

この本を読んでのご意見、ご感想などをお寄せください。
河上 朔先生・田倉トヲル先生へのはげましのおたよりもお待ちしております。
〒113-0024　東京都文京区西片2-19-18　新書館
【編集部へのご意見・ご感想】小説ウィングス編集部
【先生方へのおたより】小説ウィングス編集部気付　○○先生

【初出一覧】
落ちこぼれ聖騎士と黄昏の人々：小説Wings'15年秋号（No.89）
三書の秘密と失われた一族：小説Wings'16年冬号（No.90）
それは幸いの音：書き下ろし

ガーディアンズ・ガーディアン2
三書の秘密と失われた一族

初版発行：2017年5月10日

著者　河上 朔 ©Saku KAWAKAMI
発行所　株式会社新書館
[編集] 〒113-0024　東京都文京区西片2-19-18
電話(03)3811-2631
[営業] 〒174-0043　東京都板橋区坂下1-22-14
電話(03)5970-3840
[URL] http://www.shinshokan.co.jp/
印刷・製本　加藤文明社

ISBN978-4-403-22112-5

久《く》遠《おん》の書、暁《あかつき》の書、黄昏《たそがれ》の書――
神の神書をめぐって、
女の子たちが頑張る
ビブリオ・ファンタジー!!

WINGS NOVEL
ウィングス・ノヴェル

嬉野 君
異人街シネマの料理人①②
illustration:カズアキ

河上 朔
ガーディアンズ・ガーディアン①
少女と神話と書の守護者
ガーディアンズ・ガーディアン②
三書の秘密と失われた一族
illustration:田倉トヲル

駒崎 優
シャーウッド〈上〉〈下〉
illustration:佐々木久美子

篠原美季
琥珀のRiddle　ギリシアの花嫁
琥珀のRiddle②　ブライアーヒルの悪魔
琥珀のRiddle③　魔の囀り〈ゴースト・ウィスパー〉
illustration:石据カチル

縞田理理
ペテン師ルカと黒き魔犬〈上〉〈下〉
illustration:まち
不死探偵事務所
illustration:如月弘鷹

村田 栞
オーディンの遺産
ナインスペル～オーディンの遺産②～
ラグナロク～オーディンの遺産③～
illustration:鈴木康士

和泉統子
青薔薇伯爵と男装の執事
～出逢いは最悪、しかして結末は～
青薔薇伯爵と男装の執事
～発見された姫君、しかして結末は～
illustration:雲屋ゆきお

四六判　定価:1200円～1600円+税

SHINSHOKAN